놀랍도록 독창적이며 섬뜩할 정도로 현실 세상과 비슷한 무시무시한 세
계를 창조해냈다.

레베카 호크스Rebecca Hawkes, 《텔레그래프》

자비 따윈 없다. 하지만 아름다운 이야기. 다음 내용이 궁금해 앉은자리
에서 다 읽어버렸다. 신화와 마법으로 가득 찬 이 책은 우리 심장을 옥죄
며 잠시도 눈을 뗄 수 없게 만든다. 계속해서 책장을 넘길 수밖에.

키란 밀우드-하그레이브Kiran Millwood-Hargrave,
《소녀의 잉크와 별들The Girl of Ink AND Stars》의 저자

다채롭고 강력한 환상의 세계로 안내하는 책. 스릴 넘치고 극악무도하면
서도 신나는 모험이 교차한다. 우리가 사는 세상과는 사뭇 다른 것 같으
면서도 오싹할 정도로 비슷한 세계를 정교히 만들어놓았다. 우리는 멀리
서 들려오는 이 마법 같은 주문에서 벗어나지 못할 것이다. 주인공 마레
시만큼이나 매력적이고 훌륭한 서사가 이렇게 출간된 것은 우리에게 크
나큰 행운이다.

조너선 스트라우드Jonathan Stroud,
《사마르칸트의 부적The Amulet of Samarkand》의 저자

영어덜트 판타지 소설 중 보기 드물게 잘 쓰인 책이다. 나는 완전히 빠져
들었다. 이 책은 완전히 색다르다.

《북리스트》특별 추천 리뷰

어둡고 매혹적이며 독창적이다. 영어덜트 소설 중 단연 돋보인다. 스릴
넘치고 서스펜스 가득하며 페미니즘이 멋지게 녹아든 서사.

《북셀러》

누구도 따라 할 수 없는 아름답고 멋진 이야기. 이 이야기는 내 마음속에 아주 오랫동안 남을 것이다.

벤 앨더슨*Ben Alderson*, 크리에이터

매혹적이고 가슴 시리며 오래도록 기억될 책. 이 책을 읽는 사람이라면 누구든 마레시의 조용한 마법에 걸려들어 이 독창적이고 박진감 넘치는 이야기에 흠뻑 빠지게 될 것이다.

포 북스 세이크*For Books' Sake*

어둠과 모험, 용기로 가득한 책. 이 책을 잡은 당신은 마지막 장을 덮을 때까지 일어나지 못할 것이다. 읽는 내내 다음 장에서 무시무시한 사건이 나타날 것만 같은 예감에 등골이 오싹하다. 그러다 뒷장으로 넘기면……

로라 도크릴*Laura Dockrill*,
《그냥 말해도 돼》의 저자

책을 읽고 그 책과 주인공에 마음을 완전히 빼앗기는 일은 인생에서 몇 번 일어나지 않는다. 이 책이 바로 그런 책이다. 마법과 환상의 세계가 마치 눈앞에 흐르고 있는 듯한 착각을 일으킨다. 이 책을 읽은 뒤 내가 여자라는 사실이 뿌듯해졌다.

케이시 대버론*Casey Daveron*, 크리에이터

경이로운 책. 당신이 만약 루이즈 오닐의 《오직 당신의 것*Only Ever Yours*》 팬이라면 이 책도 사랑하게 될 것이다. 놀랍도록 독창적이며 꼭 읽어야 하는 책.

앰버 커크-퍼드*Amber Kirk-Ford*, 크리에이터

투르트샤니노프는 고전적인 수단을 이용해 여자들의 마법 세계를 훌륭히 연출해냈다. 하지만 그보다 더 놀라운 건, 새들의 경고, 잔잔한 바다, 그 위를 떠다니는 나뭇가지를 통해 고요한 섬과 수도원 생활이 배경인 매혹적인 판타지 세계를 창조해냈다는 점이다.

《더 혼북》

대단히 훌륭하고 놀라우리만치 마음을 사로잡으며 읽는 재미가 가득한 책. 나는 완전히 매혹당해 이 책에서 벗어나고 싶지 않다.

원스 어폰 어 북케이스 *Once Upon a Bookcase*

아주 잘 쓰인 책이다. 독자층은 다를 수 있지만 주인공 마레시는 《헝거 게임》의 캣니스와 비슷한 매력을 지녔으며, 디스토피아 모험을 좋아하는 여성 독자들이 특히 환호할 만한 책이다.

《더스쿨라이브러리언 *The School Librarian*》

마리아 투르트샤니노프. 1977년 출생의 핀란드 작가로 다섯 살 때부터 동화 쓰기를 즐겼으며 지금은 여러 권의 책을 출간한 판타지 소설 작가이다. 핀란드-스웨덴 방송 YLE 문학상과 두 차례의 스웨덴 문학 협회상을 수상했으며, 한국의 백희나 작가가 수상한 2017년 아스트리드 린드그렌상과 2017년 카네기상 후보에 오르기도 했다. 《레드 수도원 연대기 1 : 마레시와 소녀들》은 레드 수도원 연대기 3부작 중 제1권에 해당하며 푸시킨 프레스에서 전권 출간되었다.

이 여자아이의 이야기에 귀 기울여라.
그리고 절대 잊지 말라.

레드 수도원 연대기

1부 마레시와 소녀들

마리아 **투르트샤니노프** 지음 | 김은지 옮김

김영사

나의 자매,
알렉산드라를 위해

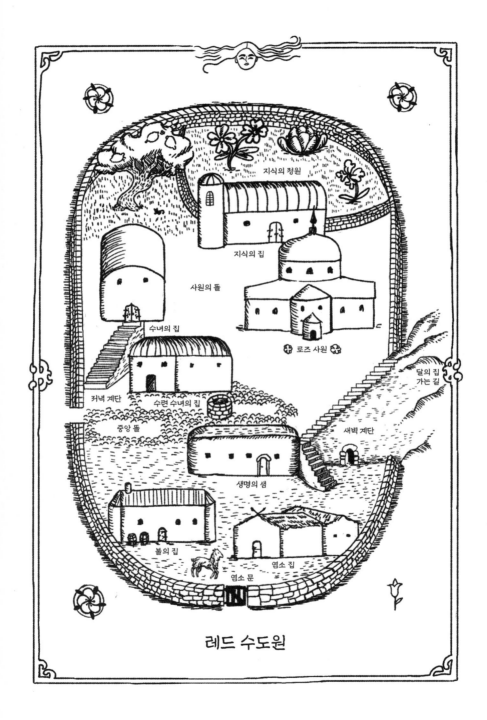

지식의 청원

지식의 집

사원의 돌

수녀의 집

로즈 사원

저녁 계단

수련 수녀의 집

달의 집 가는 길

중앙 돌

새벽 계단

생명의 샘

불의 집

염소 집

염소 문

레드 수도원

은둔의 사원

포도밭

달의 집

동굴

레드 수도원

이빨 바위

선착장

채소밭

샘

메이든 댄스

화이트레이디산

올리브나무 숲

메노스

하른나무

핏빛 달팽이 해변

메노스

32대 원장 수녀 케2년 오 수녀가 작성하였다.
초대 원장 수녀 재임 중
피의 가라이가 기록한 지도에 근거를 두고 있다.

내 이름은 마레시 엔레스다욱테르. 레드 수도원 32대 원장 수녀 재임 19년에 이 글을 쓴다. 나는 수도원에 온 지 4년 만에 이곳의 역사가 담긴 고대 경전을 거의 다 읽었다. 오 수녀님은 내가 쓰는 이야기가 그 장서에 새로 추가될 거라고 하셨다. 기분이 이상했다. 나는 원장 수녀님이나 많이 배운 수녀도 아니고, 그저 수련 수녀일 뿐인데. 하지만 오 수녀님은 다른 누구도 아닌 내가 이 일을 기록해야 한다고 말씀하셨다. 내가 그곳에 있었고, 전해 듣는 이야기는 믿을 만하지 못하니까.

　나는 작가도 아니다. 언젠가 될 수 있을지도 모르겠지만 어쨌든 아직은 아니다. 하지만 작가가 되어 이 이야기를 제대로 할 수 있게 될 때, 사건을 꺼내야만 할 때쯤이면 내 기억은 아주 희미해져 있을 거다. 그러니까 지금, 내가 기억하는 것을 낱낱이 기록해둬야 한다. 그것들이 아직 생생히, 그리고 아주 선명히 마음에 남아 있는 지금. 그 일이 있고 난 뒤 겨우 한 번의 봄이 지났다. 사실 기억에서 떨쳐내고 싶지만 몇몇 순간은 너무나 선명하게 떠오른다. 진동하는 피비린내, 으드득 뼈가 으스러지는 소리. 이제 와서 이 모든 걸 다시 떠올리고 싶진 않지만 그래야만 한다. 죽음에 대해 말하는 건 어렵다. 그렇다고 해서 피해서도 안 된다.

내가 이 이야기를 꼭 해야 하는 이유는 레드 수도원이 이 일을 절대 잊어선 안 되기 때문이다. 하지만 대체 무슨 일이 일어난 건지 나도 그 의미를 좀 더 이해하고 싶기 때문이기도 하다. 읽는 일은 언제나 내가 세상을 더 잘 이해할 수 있도록 해주었다. 쓰는 일 또한 그래주길 바랄 뿐이다.

단어를 고르면서 그 어느 때보다 더 많이 생각한다. 어떤 단어가 진실을 왜곡하거나 꾸며내지 않고 내가 겪은 일을 그대로 말해줄 수 있을까? 내가 고른 단어의 무게는 얼마나 될까? 오직 필요한 말만 할 수 있도록 나도 무척 노력하겠지만 가끔 말이 너무 많아지더라도 신께서는 날 용서해주실 거다.

이야기를 어디서 시작하고 어디서 끝내야 하는지 모르겠다. 이야기의 끝이 어딘지도 모르겠다. 사실, 아직 끝나지 않았다는 느낌이다. 하지만 이야기의 시작은 아주 쉽다. 이 모든 건 야이가 이 섬에 오면서부터 시작되었다.

어느 봄날 아침, 야이가 섬에 오던 날, 나는 바닷가에서 홍합을 캐고 있었다. 바구니가 반쯤 찼기에 잠깐 쉬고 싶어 바위에 걸터 앉았다. 해는 아직 화이트레이디산 뒤에 숨어 있어 해변은 어둑 했고 바닷물에 젖은 두 발이 시렸다. 발아래 둥근 조약돌이 파도 에 쓸려 왔다 갔다 달가닥 소리를 내며 구르고 있었다. 새가 긴 부리로 홍합의 껍데기를 콕 찍었다. 그때 바다 위로 툭 튀어나 온, 뾰족하고 높은 이빨 바위 근처에 작은 배 한 척이 나타났다.

고기잡이배들이 한 달에 몇 번씩은 우리 섬에 들르니까 그 배 가 평소와 다른 방향에서 오지만 않았더라면 나는 별생각이 없 었을 거다. 수도원이 거래하는 배들은 본토가 있는 북쪽에서 오 거나 고기가 많이 잡히는 동쪽 섬에서 온다. 그들이 타고 오는 배는 희고 작아, 우리 섬을 향해 오던 배와는 전혀 다르게 생겼 다. 평소 보는 고깃배에는 보통 파란 돛이 달려 있고 두세 명의 선원이 타고 있다. 본토에서 식량을 갖고 오거나 가끔 새로운 여자아이를 데려오기도 하고 느리게 항해한다. 둥글둥글하게 생긴 이 배들은 해적을 만날까 봐 종종 망보는 사람을 두기도 한다. 나도 4년 전, 이 섬에 왔을 때 꼭 그렇게 생긴 배를 타고 왔다. 바다를 본 것도 그때가 처음이었다.

이빨 바위 쪽에서 곧장 우리 선착장을 향해 오던 그 배의 이름조차 나는 알지 못했다. 그런 배를 보는 일은 극히 드물었다. 그런 배는 엠멜이나 사미트라처럼 아주 먼 서쪽 땅이나 그보다 훨씬 더 먼 곳에서만 온다.

게다가 그런 배들조차 보통은 다른 고깃배들처럼 본토 쪽에서 온다. 그들은 해안을 따라 항해하고 정말 어쩔 수 없을 때만 깊은 바다로 배를 모는 위험을 무릅쓴다. 우리 섬은 아주 작아 일반적인 뱃길을 벗어나면 찾기가 무척 힘들기 때문이다. 로에니 수녀님은 태초의 어머니가 우리 섬을 베일로 싸 보호하는 거라고 했지만 오 수녀님은 못마땅한 표정으로 선원들의 실력이 형편없는 것뿐이라고 말씀하셨다. 나는 섬 스스로 숨었다고 생각한다. 어쨌거나 이 배는 서쪽에서 곧장 오는 바람에 이빨 바위를 살짝 돌아와야 했지만 우리를 찾아냈다. 배의 돛과 선체는 모두 회색이었다. 바다가 잿빛으로 일렁일 땐 눈에 띄지 않을 것이다. 자신의 도착을 알리고 싶어 하지 않는 배였다.

배가 우리의 작은 선착장으로 들어오고 있었다. 나는 벌떡 일어나 자갈 해변을 달려 그곳으로 뛰어갔다. 말하기 부끄럽지만 홍합이 담긴 바구니는 까맣게 잊어버렸다. 로에니 수녀님이 봤다면 분명 한소리 했을 터였다.

"넌 너무 충동적이야, 마레시. 원장 수녀님을 보렴. 수녀님이 본인 일을 그렇게 내팽개치시겠니?"

그는 이렇게 말하곤 했다.

원장 수녀님이 나처럼 덤벙대는 건 상상할 수 없다. 게다가 원장 수녀님이 바짓단을 말아 올리고 발가락 사이에 미역이 낀 채로 허리를 구부려 바구니에 홍합을 따 넣는 모습은 더더욱 상상할 수 없었다. 원장 수녀님도 분명 나처럼 어린 수련 수녀일 땐 이 일을 했을 텐데 말이다. 하지만 원장 수녀님이 한때는 어린 소녀였다니, 도저히 상상이 되지 않았다. 그건 그냥 말이 안 되는 것 같았다.

베르크 수녀님과 눔멜 수녀님은 부두로 나가 배를 맞이할 준비를 마쳤다. 그들은 그 회색 돛에서 눈을 떼지 않았다. 수녀님들은 나를 보지 못했다. 나는 선착장의 낡은 널빤지가 삐걱거려 들키지 않도록 숨을 죽이고 살금살금 다가갔다. 눔멜 수녀님이 그곳에서 뭘 하고 계신 건지 궁금했다. 눔멜 수녀님은 주니어 수련 수녀 담당이고 베르크 수녀님은 어부들과의 거래 담당이다.

"이게 원장 수녀님이 예견하신 그 일일까요?"

눔멜 수녀님이 손으로 눈부신 햇살을 가리며 물었다.

"아마도요. 그러지 않길 바라지만요. 원장 수녀님이 최면 상태에 있을 때 하시는 말씀은 판독하기 힘들지만, 메시지는 분명했어요."

베르크 수녀님이 답했다. 베르크 수녀님은 자기가 확신하지 못하는 것에 대해 어림짐작하는 법이 없다.

눔멜 수녀님은 머리에 두른 스카프를 고쳐 맸다.

"불길한 징조예요. 큰 위험이 닥쳐오고 있어요."

그 순간, 내 발밑에서 삐걱하는 소리가 들렸다. 수녀님들이 뒤를 돌아봤다. 눔멜 수녀님이 인상을 찌푸렸다.

"마레시, 너 지금 여기서 뭐 하는 거니! 불의 집에서 일하고 있을 시간이잖아."

나는 우물쭈물하며 답했다.

"그게…… 홍합을 따다가 배를 봤어요."

그때, 베르크 수녀님이 배를 가리켰다.

"보세요. 배가 돛을 접고 있어요."

선원들이 선착장에 배를 대고 있었고 우리는 이를 지켜봤다. 배에 탄 선원이 너무 적어 이상해 보였다. 파란 튜닉을 입은, 수염이 덥수룩한 노인이 닻을 조정하는 캡스턴 쪽에 있었는데 나는 그가 선장일 거라고 생각했다. 선원이라고는 노인 외에 세 명이 전부였고 그들은 모두 진지하고 심각한 표정이었다. 선장이 먼저 내리자 베르크 수녀님이 선장에게 갔다. 그들이 무슨 이야기를 하는지 들으려고 좀 더 가까이 가려는데 눔멜 수녀님이 내 팔을 꽉 붙잡았다. 베르크 수녀님이 금방 돌아와 눔멜 수녀님에게 뭐라고 속삭였고 눔멜 수녀님은 곧바로 나를 선착장에서 데리고 나가셨다.

눔멜 수녀님에게 순순히 끌려가긴 했지만 호기심이 이는 건 어쩔 수 없었다. 얼른 아이들에게 돌아가 이 새로운 소식을 전하는 주인공이 되고 싶었다. 고개를 쭉 빼고 돌아보니 선장이 배에서 한 여자애를 도와 끌어올려 주고 있었다. 그 애의 가녀린 어깨 위로 헝클어진 금빛 머리카락이 구불구불 흘러내렸다. 그 애는 한때는 흰색이었을 셔츠 위에 소매가 없는 갈색의 긴 슈미즈를 걸치고 있었다. 처음에 나는 두꺼운 실크로 만든 슈미즈라고 생각했지만 그 애가 움직이자 실크가 아니라 해묵은 때가 굳어 반질반질해진 거라는 걸 알 수 있었다. 그 애의 얼굴은 보지 못했다. 그 애가 땅만 보며 조심조심 걸음을 내딛고 있었기 때문이다. 발밑에 있는 땅조차 무너질까 봐 두려워하며 믿지 못하는 것 같았다. 그때는 몰랐지만 그게 바로 야이였다.

나는 늄멜 수녀님이 왜 그렇게 불안해하며 날 선착장에서 끌고 갔는지 알 수 없었다. 그날 오후, 야이가 수련 수녀의 집으로 왔다. 그의 긴 머리카락은 여전히 지저분했지만 단정하게 빗은 상태였고 우리처럼 하얀 상의에 갈색 바지를 입고 머리에는 흰 스카프를 두르고 있었다. 만약 내가 아침에 야이를 보지 않았다면 그 애가 우리와 다르단 사실을 전혀 알아차리지 못했을 거다.

야이는 내 침대 옆자리로 배정받았다. 수련 수녀가 새로 오면 대개 주니어 수녀 기숙사로 배정되는데, 그건 새로 오는 여자아이들이 대부분 어리기 때문이다. 야이는 그렇게 어리지 않아서 우리와 지내게 됐다. 내 생각에 야이는 나보다 한두 살 많아 보였다. 그렇다면 열네 살이나 열다섯 살 정도 될 것이다.

요엠이 에르스 수녀님의 수련 수녀가 되어 불의 집으로 건너간 뒤로 내 옆 침대는 줄곧 비어 있었다. 수련 수녀의 집이 아닌 다른 곳에서 자는 애들은 에르스 수녀님의 수련 수녀들뿐이다. 그들은 불이 절대 꺼지지 않도록 장작을 계속 때는 임무를 지녔다. 그리고 정해진 때에 맞춰 하바 신께 제물을 바쳐야 한다. 요엠은 자기가 특별해서 불의 집의 부름을 받았다고 생각한다. 모두가 자기를 부러워한다고 생각하는 걸 나는 안다. 나도 처음에 이 섬에 왔을 때는 언제나 음식이 가득 쌓여 있는 불의 집에 들어갈 수만 있다면 부러울 게 없다고 생각했다. 내 배는 우리 가족이 고향에서 견뎌야 했던 굶주림의 겨울을 잊지 못했다. 하지만 에르스 수녀님이 얼마나 엄격하신지 알게 되자마자 나는 곧바로 마음을 바꿨다. 수녀님은 자신의 수련 수녀들이라 하더라도 다른 수녀들보다 조금 더 먹는 걸 허락하지 않으셨다. 매일같이 그 맛있는 것들을 만지고 냄새를 맡으며 일하는데 절대 먹을 수 없다니!

게다가 요엠은 잠꼬대를 했다. 나는 그 애가 그립지 않았다.

야이가 자기 침대에 앉자 새로운 아이가 올 때마다 으레 그렇듯 주니어, 시니어 할 것 없이 기숙사 아이들이 모두 모여들어 야이를 둘러쌌다. 어린아이들은 리넨 스카프 밖으로 흘러나온 야이의 기다란 금빛 머리카락이 예쁘다며 감탄했다. 우리가 머리에 두르는 스카프는 쨍쨍 내리쬐는 햇볕으로부터 우리를 보호하지만 스카프를 두른 상태에서는 절대 머리를 묶으면 안 된다. 머리카락을 잘라서도 안 된다. 머리카락은 우리가 가진 힘을 품고 있다고 오 수녀님이 말씀하셨다.

조금 나이가 많은 아이들은 야이에게 어디에서 왔는지, 여기까지 오는 데 얼마나 오래 걸렸는지, 수도원에 오기 전엔 이곳에 대해 알고 있었는지 이것저것 물었다. 야이는 미동도 하지 않고 가만히 앉아 있었다. 야이는 남들보다 창백한 피부를 갖고 있지만 그때 안색이 특히 더 창백하다는 걸 난 알 수 있었다. 야이의 눈 밑은 거무죽죽하다 못해 보랏빛으로 질려 있었다. 봄철 제비꽃처럼 말이다. 그 애는 자기를 향해 쏟아지는 어떤 질문에도 입을 열지 않고 멍하니 주변을 둘러보았다.

내가 침대에서 일어섰다.

"그만하면 됐어. 모두 오늘 할 일이 있잖아. 이제 가봐."

아이들은 내가 시키는 대로 했다. 내가 처음 이 곳에 왔을 때는 실수투성이라 아무도 내가 하는 말을 들어주지 않았던 걸 생각하니 웃음이 났다. 이제 나는 수련 수녀의 집에서 가장 나이가 많은 축에 속했다. 아직 수녀님의 부름을 받지 못한 나는 가장 오래된 수련 수녀 중 하나였다. 나보다 오래 수련하고도 수녀님의 부름을 받지 못한 아이는 엔니케가 유일했다.

나는 야이가 쓸 벽장과 그 안에 개켜진 깨끗한 옷을 보여주고 화장실이 어디 있는지 알려줬다. 그러고는 침대에 새 리넨을 까는 것을 도와줬다. 야이는 내가 하는 걸 보고 그대로 곧잘 따랐지만 여전히 아무 말도 하지 않았다.

"오늘은 아무것도 안 해도 돼."

내가 리넨 커버를 침대 모서리 안으로 집어넣으며 말했다.

"조금 있다가 저녁 감사 기도 드리러 로즈 사원으로 갈 거야. 걱정하지 마. 내가 어떻게 하는 건지 다 알려줄게."

나는 자리에서 일어났다.

"이제 저녁 먹을 시간이다. 불의 집은 이쪽이야. 가는 길 알려줄게."

야이는 여전히 말이 없었다.

"저기…… 내 말, 이해해?"

나는 조심스레 물었다. 어쩌면 그 애는 너무 먼 곳에서 와서 이곳 해안 지방의 말을 할 수 없는 건지도 몰랐다. 나도 이 섬에 처음 왔을 때 이곳 말을 할 줄 몰랐다. 로바스나 우룬디엔, 라보

라 같은 북쪽 땅에서는 여기 해안 지역과는 다른 언어를 사용한
다. 해안 쪽 말들은 서로 비슷하다. 단어나 발음이 조금씩 다르
긴 하지만 무슨 말을 하는지는 서로 알아들을 수 있다. 오 수녀
님은 그들 사이에 무역 거래가 계속되면서 언어가 비슷해졌다
고 말씀하셨다. 나는 수도원에 들어온 첫해, 이곳 언어를 몰라
무척 고생했다.

야이가 조심스레 고개를 끄덕였다. 그러곤 갑자기 입을 열어
말을 꺼냈다.

"여기, 남자들이 없다는 게 사실이야?"

야이의 목소리는 의외로 허스키했고 그 애가 쓰는 억양은 전
에 들어보지 못한 낯선 것이었다.

나는 고개를 끄덕였다.

"응, 없어. 남자는 이 섬에 들어오지 못해. 우리 수도원이 거래
하는 선원들도 이 섬에 내리지 못하는걸. 베르크 수녀님이 선착
장에 나가서 생선 같은 것들을 사 오셔. 그래도 수컷 동물은 있어.
성질 못된 수탉 한 마리랑 염소 몇 마리. 그 외에 남자는 없어."

"그럼 생활은 어떻게 하는 거야? 누가 동물을 돌보고 밭을 일
궈? 여자들은 누가 보호하고?"

나는 야이를 데리고, 좁지만 높이 우뚝 선 기숙사 문을 향해
걸었다. 이곳에는 문이 엄청 많고 그 문은 모두 다르게 생겼다.
문은 한번 닫히면 스스로 잠긴다. 우리를 보호하고, 숨겨주고,
베일을 덮고, 스스로 몸을 감춘다. 문을 통과할 때면 문에 달린
반짝이는 철제 장식이 눈을 똑바로 뜨고는 나를 지켜보고, 커다
란 나무 매듭이 노려보며, 정교하게 조각된 무늬가 이글이글 불

타는 눈으로 감시한다. 언젠가 문을 지나며 문이 모두 몇 개인지 세어본 적이 있는데 적어도 스무 개가 넘었다.

내가 살던 고향 집은 문이 두 개밖에 없었다. 집과 화장실에 한 개씩. 둘 다 아버지가 만든 가죽 경첩에 나무 널빤지를 댄 것이 다였다. 밤이 되면 아버지는 큰 나무 막대를 문에 걸어 안에서 문을 잠갔다. 화장실도 안에서 걸쇠를 걸어 잠글 수 있었는데 나라에스 언니가 화장실에 들어가면 남동생 아키오스가 밖에서 나무 막대기를 넣어 걸쇠를 위로 푸는 장난을 치는 통에 언니가 좀 내버려 두라고 소리를 지르곤 했다.

나는 복도를 걸어가며 수련 수녀의 집을 안내했다.

"우리는 곡식을 기르지 않아. 섬이 돌투성이거든. 우리가 필요한 건 본토에서 들여와. 그래도 채소 몇 가지를 키우는 땅이 있고 올리브나무 과수원도 있어. 포도주로 쓸 용도로 은둔의 사원에서 포도나무도 가꿔. 우리는 축제나 의식이 있을 때만 포도주를 마실 수 있는데 그건 일 년에 몇 번 안 돼."

우리는 따사로운 저녁 해가 남아 있는 바깥으로 나왔다. 나는 머리에 두른 스카프를 눈 아래로 잡아당겼다. 로에니 수녀님은 내가 그럴 때마다 혼내시지만 난 햇빛에 눈이 부신 게 싫다.

"보호 같은 건 필요 없어. 이렇게 먼 곳까지 배를 타고 오는 사람은 거의 없는걸. 수도원까지 오는 산길이 얼마나 가파른지 못 봤어? 여길 둘러싼 높은 성벽은 어떻고? 이 성벽을 통과할 수 있는 문은 딱 두 개뿐이야. 하나는 네가 지나온 문이고 다른 문은 염소 문이라고 있어. 네가 본 문은 엄청 무거운 데다 빗장을 걸어 잠글 수 있고, 염소 문은 산으로 통해."

내가 산을 가리켰다.

"그 길은 우리가 염소에게 풀을 먹이러 갈 때 데려나가는 샛길로도 이어져. 은둔의 사원이나 화이트레이디산, 채소밭도 그 문을 지나서 가고. 산 쪽에선 문이 잘 안 보여. 그래서 그 문을 이미 알고 있는 사람이 아닌 이상 찾기가 무척 힘들어. 그리고 마지막으로 수도원에 침입자가 들었던 일도 아주 오래전 얘기야. 초대 수녀님들께서 이 섬에 막 도착했을 때였다는데 그래서 외벽을 쌓은 거래. 그 뒤로는 침입이 없었어. 이 섬에 사람들이 정착해 사는 곳은 수도원뿐이야. 그러니 우리가 경계해야 할 사람은 없어."

나는 이 말을 하면서 액운을 물리치려고 오른쪽 검지로 왼쪽 손바닥에 동그라미를 그렸다. "우린 모두 태초의 어머니의 종이야. 만약 정말 우리가 위험에 처하면 그분께서 우릴 보호해주실 거야."

중앙 뜰은 비어 있었다. 이미 모두 불의 집으로 간 게 분명했다. 신선한 생선이 들어왔다는 소문이 돌면 생기는 풍경이었다. 수도원에 오기 전 나는 말린 생선을 두어 번 먹어본 게 다였는데, 뭐랄까 그 생선은 맛이랄 게 딱히 느껴지지 않았다. 하지만 에르스 수녀님은 요리를 할 때면 각종 허브와 진귀한 향신료로 마법을 부렸다. 수녀님이 만든 스튜를 처음 입에 넣었을 때는 그 낯선 맛이 하도 강렬해 거의 뱉을 뻔했다. 가까스로 그러지 않을 수 있었던 건 지켜보고 있던 수녀님들의, 그러면 안 된다고 말씀하시는 듯한 표정 덕분이었고 내겐 무척 다행인 일이었다. 만약 거기서 내가 스튜를 뱉어버렸다면 얼떨결에 내가 얼마나 얼뜨

기인지 모두에게 알리는 꼴이었을 거다. 그러지 않아도 나는 이미 충분히 내가 배운 것이 없고 이곳에 어울리지 않는다는 기분이 들던 참이었다. 특이한 향신료들의 이름은 나중에 다 배웠다. 동쪽 땅에서 나는 계피, 북쪽 땅에서 자라는 명아주, 우리 비탈진 산에서 나는 노란 이루크와 야생 오레가노.

나는 야이를 보았다. 내가 이 섬에 처음 왔을 때 그랬던 것처럼 이 아이도 어색할 터였다. 야이를 다독여주려고 손을 뻗었는데 내가 때리기라도 할 줄 알았던지 야이가 순식간에 몸을 웅크렸다. 야이는 잔뜩 얼어 두 손에 자기 얼굴을 파묻었다. 그 애의 뺨은 아까보다 훨씬 더 창백해져 있었다. 내가 조심스레 말했다.

"겁내지 않아도 돼. 여길 보여주려고 한 것뿐이야. 저기 봐. 생명의 샘이야. 저긴 내일 가게 될 거야. 저기 보이는 계단은 사원의 뜰과 지식의 집, 수녀의 집, 그리고 로즈 사원으로 이어져. 계단이 서쪽으로 나서 저녁 계단이라고 불러."

야이가 손가락 사이로 얼굴을 조금 내보였다. 나는 하던 말을 이어갔다.

"저 길고 좁은 계단은 달의 계단이라고 해. 계단이 270개나 돼! 내가 직접 세어봤어. 계단을 따라 올라가면 달의 뜰과 달의 집이 나와. 원장 수녀님 방은 저기에 있어. 원장 수녀님은 만나봤어?"

야이는 얼굴을 감싸 쥐고 있던 손을 내리고 고개를 끄덕였다. 그 애가 원장 수녀님을 만난 건 이미 알고 있었다. 이곳에 도착하면 아이들은 모두 원장 수녀님을 만난다. 내가 물은 건 그게 궁금해서가 아니었다. 야이의 긴장을 풀어주고 싶었다.

"저길 올라가는 일은 별로 없을 거야. 이제 새벽 계단으로 가자. 새벽 계단은 불의 집이랑 헛간 쪽으로 이어져. 이리 와."

나는 야이의 손을 잡고 갈까 생각했다가 마음을 바꿔 그 애가 뒤에서 따라올 수 있게 앞장서서 걸었다. 야이는 몇 발자국 떨어져 내 뒤를 따라왔다. 나는 내가 달걀을 가져올 때 닭들에게 하던 것처럼 일부러 이 말 저 말 떠들었다. 야이가 좀 진정되길 바라면서 말이다. 내가 그럴 때면 마레아네 수녀님은 깔깔 웃으면서도 그러도록 내버려 두셨다. 반면 로에니 수녀님은 늘 내게 조용히 좀 하라고 주의를 시키셨다. 마레아네 수녀님은 겁먹은 동물을 진정시키는 데 부드러운 목소리가 도움이 된다는 사실을 알고 계셨다.

"여기선 다들 얼마나 잘 먹고 잘 지내는지 몰라. 곧 알게 될 거야! 처음에 누가 나한테 여기선 매일 저녁에 고기나 생선을 먹는다고 말해줬을 때 그만 웃어버렸다니까. 농담인 줄 알았거든. 매일 고기를 먹는다니! 그런데 농담이 아니었어. 보통은 생선이나 우리가 기르는 염소 고기를 먹어. 어떤 애들은 맨날 염소 고기만 먹는다고 불평하는데 난 아냐. 에르스 수녀님이 염소 고기 하나로 얼마나 맛있고 다양한 음식을 만드시는데. 염소 소시지, 염소 스테이크, 염소 스튜, 그리고 염소 육포. 물론 염소 우유도 있어. 이걸로 온갖 종류의 치즈도 만들어. 닭은 보통 달걀을 얻으려고 기르는데, 가끔은 닭고기가 스튜에 들어가 있을 때도 있어. 에르스 수녀님은 불의 집을 관장하시는 수녀님이야. 수녀님들은 모두 자기 임무를 하나씩 맡고 계셔."

우리는 헉헉 숨을 내뱉으며 마지막 계단을 올랐다. 불의 집 안

뜰에 이르자 흰 살 생선과 삶은 달걀 냄새가 풍겨왔다. 내 배에서 꼬르륵 소리가 들렸다. 나는 아무리 많이 먹어도 늘 배가 고팠다. 굶주림의 겨울을 겪은 뒤 내내 그랬다.

불의 집으로 향하며 내가 말했다.

"우리는 전부 같은 음식을 먹어. 제일 어린 수련 수녀부터 수녀님, 그리고 원장 수녀님까지 모두 말이야. 은둔의 사원에 계신 수녀님들은 예외야. 수련 수녀들이 먼저 먹고 그다음이 수녀님들 차례야. 목욕도 마찬가지고. 내일 아침에 보게 될 거야."

늘 달콤한 빵 냄새가 나는 문을 열고 불의 집으로 들어갔다. 나는 처음 수도원에 왔을 때 초록빛이 감도는 그 갈색 나무에서 정말 빵 맛이 나는 건지 핥아보고 싶은 유혹을 참지 못했다. 결국 오 수녀님께 한 달 내내 바보 같은 짓을 했다고 혼나야 했다. 이제 나도 좀 커서 그러지 말아야 한다는 것쯤은 알고 있다. 하지만 그 문에선 여전히 맛있는 빵 냄새가 난다.

야이는 다시 완전히 입을 다물었다. 내가 말을 너무 많이 한 게 분명했다. 어쨌든 로에니 수녀님도 내가 말이 너무 많다고 말씀하시곤 했으니까. 그래도 이제 야이가 너무 긴장하거나 겁먹은 것처럼 보이진 않았다. 그 아이는 내 옆에 가만히 앉아 요엠이 주는 음식을 받았다. 메뉴는 코르 뿌리 스튜를 곁들인 흰 살 생선과 삶은 달걀이었는데, 코르는 우리 섬 남쪽 언덕에서 난다. 양배추가 아니라 코르 뿌리가 나와 좋았다. 가끔 보면 양배추가 너무 자주 나오는 게 아닌가 하는 생각이 들었기 때문이다.

나는 음식을 다 먹고 의자 뒤로 느긋하게 기대 볼록해진 배를 쓰다듬었다.

"우리가 여기서 이렇게 잘 먹는다고 말해도 고향 사람들은 아무도 믿지 못할 거야."

나는 수도원에서 이렇게 풍족하게 먹는데 가족들은 굶주리고 있을 걸 생각하면 마음이 아프다. 아마도 때때로 배를 곯고 있을 터였다. 내가 살던 곳은 너무 멀어, 가족들이 올해 어떻게 겨울을 났는지, 수확은 어땠는지, 먹을 건 있는지 알 길이 없다. 먹여 살려야 할 입이 하나 줄었으니 남은 식구들이 좀 더 먹을 수 있게 되기를 바랄 뿐이었다. 편지를 쓸 수도 있었겠지만 가족 중에 글을 읽을 줄 아는 사람이 없다. 그리고 그 머나먼 로바스 최북단 깊은 골짜기에 있는 우리 가족의 작은 농장에까지 편지를 가닿게 할 수 있는 방법을 알지 못했다.

나는 고개를 흔들어 슬픔을 털어낸 뒤, 야이를 바라보며 싱긋 웃었다.

"지나간 일은 생각하지 마. 이제 우리랑 같이 있잖아. 그리고 소문을 들었는지 모르겠지만 소문만큼 엄격하진 않아. 저녁 식사 이후는 자유 시간이야. 우리 마음대로 보낼 수 있어."

주변을 둘러보니 에르스 수녀님이 지켜보는 가운데 아이들이 자기 컵과 접시를 들고 부엌으로 가고 있었다. 에르스 수녀님의 수련 수녀들은 다른 수녀님들이 식사를 하러 오시기 전에 기다란 테이블을 깨끗이 닦는 중이었다. 나도 다 먹은 접시와 컵을 들고 일어나 부엌으로 가는 줄에 섰고 야이도 나를 따랐다.

내가 말했다.

"애들은 저녁에 해변으로 나가 수영하거나 조개 줍는 걸 좋아해. 아니면 산에 가서 꽃을 꺾거나 산책을 하기도 하고. 오 수녀님이나 눔멜 수녀님이 내주신 숙제를 하느라 책을 읽는 아이들도 많아. 그냥 수다를 떨거나 놀이를 하는 애들도 있고."

우리는 차가운 물이 든 설거지통에 접시를 담갔다. 아무도 없는 부엌을 뒤로하고 밖으로 나오니 노을이 지고 있었다. 염소 우리 쪽에서 매애 하고 우는 소리가 들려왔다. 젖을 짤 시간이었다. 수녀님들도 삼삼오오 모여 이야기를 나누며 새벽 계단을 올라오고 계셨다. 오 수녀님이 방을 나서시기 전에 내가 먼저 수녀님 방에 도착하려면 서둘러야 했다.

"수련 수녀의 집으로 가는 길, 알지? 저녁 감사 기도를 드리러 로즈 사원에 가기 전까진 너 하고 싶은 거 하면 돼."

"너, 따라가면 안 될까?"

야이의 쉰 듯한 목소리에 나는 또 한 번 놀랐다. 그 애는 두 손을 깍지 낀 채 시선을 발밑에 고정하고 있었다. 심장이 쿵 가라앉았다. 난 야이를 데려가고 싶지 않았다. 저녁 자유 시간은 온전히 나만의 것이었다. 다른 사람과 함께 보낸 적은 단 한 번도 없었다.

나는 머뭇거리며 말했다.

"가면 지겹기만 할 텐데. 음, 난…….''

야이는 잔뜩 긴장한 채로 서 있었다. 두 손을 너무 꽉 잡은 나머지 관절 부분이 하얗게 질려 있었다. 내 눈을 똑바로 바라보지도 못했다. 이 작은 애가 낯선 곳에서 처음 맞는 밤을 차마 혼자 외롭게 보내도록 둘 수 없었다.

"원한다면 물론 그래도 되지."

그 애는 내 말이 떨어지자마자 고개를 들었다. 나는 빙그레 웃었다.

"가자. 서둘러야 해."

나는 새벽 계단을 뛰어 내려갔다. 너무 빨리 뛰어 수녀님들과 부딪히기도 했는데 멈춰서 제대로 사과드릴 새도 없이 계속 달렸다. 그러다 로에니 수녀님과 크게 부딪혀 수녀님의 스카프가 반쯤 벗겨졌다.

"마레시! 앞을 잘 봐야지! 원장 수녀님이 보시면……."

수녀님의 꾸짖는 소리가 멀어져갔다. 나는 울퉁불퉁 돌이 깔린 중앙 뜰을 가로질러 저녁 계단을 껑충껑충 달려 올라갔다. 야이도 내 뒤에 바짝 붙어 왔다.

사원의 뜰은 건물 세 개가 둘러싸고 있다. 그리고 뜰 아래쪽으로는 수련 수녀의 집 지붕이 내려다보인다. 성벽이 있는 서쪽에는 수녀의 집이 있고 산이 있는 동쪽에는 아름다운 로즈 사원이 있으며 북쪽에는 수도원에서 제일 오래된 지식의 집이 있다. 지식의 집 뒤에는 지식의 뜰이 있는데 그곳엔 레몬나무 한 그루가 외따로 있으며 한쪽으로는 바닷바람을 막기 위해 낮은 담을 두른 지식의 정원이 있다.

나는 수녀의 집으로 한달음에 달려가 문을 활짝 열고 오 수녀님 방까지 복도를 내달렸다. 뒤에서 야이가 쫓아오는 발소리가 들렸다.

오 수녀님 방에 들어가려면 문에 달린 황동으로 만든 고리를 두드려 노크를 먼저 해야 한다. 황동 고리는 뱀이 동그랗게 몸을 말아 자기 꼬리를 물고 있는 모양이다. 수녀님께 그 뱀에 관해 물은 적이 있는데 수녀님은 알 수 없는 미소를 지으며 자신의 수호자 같은 거라고 대답하셨다. 나는 더 캐물으면 안 된다는 걸 직감했다. 하지만 속으로는 수녀님이 정확히 무슨 뜻으로 말씀하신 건지 이다음에 꼭 알아내겠다고 생각했다.

똑똑 문을 두드리자 언제나 그렇듯 오 수녀님의 엄한 목소리가 들려왔다.

"들어오렴."

나는 무거운 오크나무 문을 열고 들어갔다. 수녀님은 방의 서쪽 창문 아래 있는 커다란 책상에 앉아 산더미 같은 양피지와 책 사이에 파묻혀 있었다. 상의가 더럽혀지지 않도록 팔에 리넨 토시를 끼고 계셨지만 손가락은 까만 잉크로 얼룩덜룩했다.

평소에는 수녀님은 내가 온 걸 보면 잠깐 눈살을 찌푸리고는 곧바로 벽에 달린 촛대를 가리키며 열쇠를 가져가게 하셨다. 하지만 이번엔 내 뒤에 서 있는 야이를 보시고는 깃펜을 내려놓으며 자세를 고쳐 앉으셨다.

"누구지?"

수녀님이 특유의 무뚝뚝한 말투로 묻자 야이가 움츠러들었다. 나는 수녀님과 야이가 서로 인사할 수 있게 한발 비켜섰다.

"야이예요. 오늘 수도원에 처음 왔어요. 저랑 같이 보물의 방에 가려고요."

나는 얼굴이 빨갛게 달아오르는 걸 느꼈다. 다른 사람들이랑 있을 땐 그 단어를 잘 쓰지 않는다. 처음 그 방을 보게 된 날, 그곳에 가득 들어찬 것들을 보고 내가 방에 지어준 유치한 이름이다. 대단한 보물 같은 게 묻혀 있는 곳이 아니라는 건 나도 알고 있다. 하지만 내게는 섬 전체를 통틀어 가장 소중한 장소다.

오 수녀님은 금세 읽던 책으로 돌아갔다. 열쇠를 가리키고는 다시 책으로 눈을 돌려 다음 장을 넘겼다. 내 생각에 수녀님은 저녁 식사 하러 가는 걸 꽤 자주 잊으시는 것 같았다.

나는 열쇠를 집어 들었다. 손바닥만 한 크기에 화려한 장식으로 꾸며진 열쇠다. 나는 늘 그 우아한 고리를 손으로 꼭 감싸 쥐었다. 야이에게 나가자는 손짓을 하고 등 뒤로 조심히 문을 닫았다. 나는 배시시 웃음이 났다. 어쩔 수가 없었다. 매번 똑같이 설레고 신났다.

지식의 집에 들어서서 우리 교실을 지나고 사방이 돌로 만들어져 메아리가 울려 퍼지는 복도를 한참 따라가면 그 끝에 보물의 방이 있다. 저녁 무렵 지식의 집은 텅 비고 교실 문도 굳게 잠겨 있다. 한번은 엔니케가 내게 그 어두운 밤에 어떻게 그렇게 아무도 없고 으슥한 곳에 혼자 가느냐고 물은 적이 있다. 무섭다는 생각이 든 적은 한 번도 없었다. 그곳에 무서워할 게 뭐가 있을까 싶었다.

저녁에 누군가와 함께 보물의 방에 가는 건 처음이었는데 썩 내키는 일은 아니었다. 우리는 수도원에서 혼자 있을 일이 거의 없다. 보물의 방에서 보내는 시간은 하루 중 유일하게 완전히 혼자 있을 수 있는 시간이었다. 하지만 나는 야이에게 상냥하게 대하려고 노력 중이었다. 그 애도 비밀의 방에 한번 가보고 나면 아마 다른 데로 가고 싶어 할지도 모른다. 뭐, 수도원 고양이를 만나 놀거나 다른 애들이랑 수다를 떨 수도 있을 거다. 말하는 걸 좋아하는 성격은 아닌 것 같았지만.

지식의 집에 있는 여느 방들처럼 보물의 방도 양쪽으로 여는

키가 큰 문이 위엄을 떨치며 서 있다. 붉은 기가 도는 밤색의 나무문은 매끄럽게 사포질돼 반짝반짝 윤이 났다. 오 수녀님이 직접 문을 돌보셨다. 한 달에 몇 번은 사다리와 밀랍이 든 병, 부드럽고 큰 헝겊을 가져와 정성 들여 문을 닦고 윤을 내셨다. 내가 이해하기로 그 일은 수녀님의 공식적인 임무가 아니었다. 로에니 수녀님이 못마땅하다는 듯 혀를 쯧쯧 차는 걸 들었기 때문이다. 하지만 난 오 수녀님이 왜 그러시는지 완전히 이해할 수 있다. 어떤 문은 내 앞에서 굳게 닫힌다. 그리고 어떤 문은 비밀을 감춘다. 또 어떤 문은 위험한 무언가를 봉인하고 있다. 그러나 이 문은 보물의 방 주위에 보호막을 치고 안식처를 내어준다. 나는 기꺼이 오 수녀님을 도와 이 아름다운 나무문이 반짝반짝 빛나도록 돌보고 싶다. 언젠가는 꼭 수녀님과 함께 이 문을 돌보겠다고 청하고 싶다.

나는 열쇠 구멍에 열쇠를 꽂아 돌렸다. 향기로운 꿀 냄새를 풍기는 문이 소리도 없이 스르르 열렸다.

야이가 헉, 숨을 들이마셨다.

보물의 방은 좁고 길다. 양쪽으로 길게 늘어선 벽은 바닥부터 천장까지 책으로 가득 들어찬 탓에 벽이 보이지 않을 지경이다. 문의 반대편 벽에는 세로로 긴 창이 높게 걸려 있어 저녁 햇살이 흘러들어온다. 스물한 개의 판유리가 주르르 이어지는 이 창문은 여태껏 내가 본 창문 중 가장 높다. 수천 권에 달하는 책등 위로 햇살이 부드럽게 떨어진다. 그 방에 들어서면 나는 늘 그곳에 잠시 그저 가만히 서, 오래된 먼지와 양피지 냄새를 들이마신다. 더없는 행복의 냄새. 내가 하루 중 가장 좋아하는 순간이다. 그렇게 서 있으면 다른 일은 다 참을 만해졌다. 가족과 떨어져 수도원에서 혼자 사는 일도, 내가 살던 깊은 산이 우거진 골짜기에 더는 갈 수 없는 일도, 밤이면 밤마다 침대에 웅크리고 누워 슬퍼하는 일도, 세상이 온통 잿빛인 겨울이 오면 아침마다 지겨운 포리지만 먹는 일도 전부 다 괜찮아졌다. 또, 수도원에 처음 들어와 뭘 어떻게 해야 하는지, 해야 할 일은 뭐고 하지 말아야 할 일은 뭔지 아무것도 몰라 수녀님과 시니어 수련 수녀들에게 혼나던 일도, 특히 수도원에 온 첫해, 1년 내내 사람들이 무슨 말을 하는지 거의 알아듣지 못한 일도 말이다. 그 모든 일과 그보다 더한 일도 그저 이 방에 서 있는 것만으로 다 괜찮아졌다. 그렇게 서 있으면 희망이 생겼고 뭔가를 원하게 됐다. 그건 좋은 쪽으로의 열망이어서 생각만으로도 얼굴이 달아오르고 심장이 빠르게 뛰었다.

야이가 책 쪽으로 걸어갔다. 그 애는 손가락 끝으로 책등을 조심히 쓰다듬더니 나를 돌아봤다.

"세상에 이렇게 많은 책이 있는지 몰랐어!"

"나도야. 여기 오기 전까진 전혀 몰랐어. 글 읽을 줄 알아?"

야이는 고개를 끄덕였다.

"엄마가 가르쳐주셨어."

그 애의 눈이 천장까지 쌓인 책을 따라가느라 고개가 뒤로 젖혀졌다.

"정말 엄청나……."

야이는 경외감에 그 말을 반복했다.

"원하는 책은 뭐든 읽어도 돼. 제일 꼭대기에 있는 두루마리들만 빼고. 그건 너무 오래되고 부서질 수도 있어서 오 수녀님 허락을 받아야만 만질 수 있어."

나는 더는 참을 수 없었다. 야이는 이제 혼자 있을 수 있을 거다. 지난밤 읽던 책을 집어 들었다. 그리고 다른 책도. 그리고 또 다른 책도. 책을 몽땅 들고 창문 옆에 놓인 책상으로 갔다. 등 뒤에서 빛이 흘러들어 책을 읽을 수 있었다. 방에는 등유 램프도 있지만 사용하면 야단을 맞는다. 그런 건 상관없었다. 왜냐하면 창문이 어스름한 황혼을 길게 드리웠고, 게다가 나는 어려서 시력이 좋았다. 어둑어둑해질 때까지도 읽을 수 있었다. 한번은 책 읽는 데 정신이 팔려 저녁 감사 기도가 시작한 줄도 모르고 오 수녀님이 나를 찾으러 와 방문 앞에 서 계신 걸 보고 나서야 얼마나 밤이 깊었는지 알아차린 적도 있었다. 수녀님이 얼마나 오래 그곳에 서 계셨는지 알 수 없었다. 나는 벌떡 일어나 마치 분수처럼 죄송하다는 말을 연신 쏟아내고는 정신없이 돌아다니며 책을 제자리에 꽂았다. 깜짝 놀란 새처럼 심장이 콩닥거렸다.

수녀님은 그런 나를 조용히 지켜보고 계셨는데 평소 무뚝뚝하게 야단치던 모습보다 그게 더 무서웠다. 하지만 수녀님께 가까이 다가가보니 수녀님의 양쪽 입꼬리가 살짝 올라가 얼굴에 옅은 미소가 서려 있었고 나를 보는 눈길도 따뜻했다. 오 수녀님은 내 머리를 가만히 쓰다듬으셨다. 엄마와 헤어진 후로 누군가가 내 머리를 그렇게 쓰다듬은 건 처음이었다. 목이 메어 말이 나오지 않았다. 수녀님은 여기저기 뻗친 내 갈색 머리카락을 귀 뒤로 단정하게 넘겨주고는 부드러운 손길로 내 뺨을 쓰다듬으셨다.

우리는 함께 방을 나왔다. 나는 문을 잠그고 수녀님께 열쇠를 건넸다. 그리고 수녀님을 따라 지식의 집을 나온 후 로즈 사원으로 갔다. 수녀님이 함께 가주신 덕분에 나는 늦은 걸 들키지 않고 저녁 기도에 몰래 낄 수 있었고 야단맞는 일도 간신히 피했다. 적어도 그 순간에는.

그날 이후, 오 수녀님은 예전과 다름없이 엄격한 모습이셨지만 나는 이제 수녀님이 그다지 무섭지 않았다. 한번은 수녀님 방에 들른 적이 있었는데 수녀님이 책 읽는 데 너무 집중한 나머지 내가 온 걸 전혀 알아차리시지 못했다. 머리에 쓴 스카프는 완전히 헝클어진 채 한 손으로는 무심히 회색 머리를 긁적이고 있었고 다른 한 손으로는 천천히 책장을 넘기고 있었다. 그 순간 나는 알았다. 오 수녀님은 나와 같은 부류였던 것이다.

책상에 앉은 나는 한시라도 빨리 책을 읽고 싶은 마음에 허겁지겁 책을 펴 읽어 내려갔다. 방은 완전히 고요했다. 밖에서 바닷새의 노래와 조용한 파도소리만이 들려왔다. 한참 동안 책을 읽었다. 첫 번째 책을 다 읽고 두 번째 책을 집어 든 순간 야이가 생각났다. 고개를 들었다.

야이는 햇빛이 비추는 바닥에 앉아 무릎 위로 책을 펴 읽고 있었다. 책이 너무 커 그 밑에 깔린 다리가 보이지 않았다. 석양이 서서히 사라지고 마침내 책에도 어둠이 들었지만 야이는 일어서지 않고 조금이라도 남은 빛을 찾아 조금씩 몸을 움직였다. 그 애는 여전히 고개를 파묻은 채 책을 읽고 있었다. 저녁 감사 기도에 가려면 이제 책을 정리해야 했는데 내가 몇 번이나 부르고 나서야 야이는 그 소리를 들었다.

그날 이후, 저녁에 나 혼자 보물의 방에 가는 일은 없었다. 그 애는 쥐 죽은 듯 조용했고 언제나 내가 말하는 대로 따라주어 나는 야이와 함께 있는 것에 금방 익숙해졌다. 오래지 않아 우리는 평생 함께 지낸 것 같은 친구가 되었다.

다음 날, 야이가 수도원에서 처음 맞는 아침은 날씨가 화창했다.
이곳의 봄 날씨는 무척 아름답다. 그러나 가을이 되고 태초의 어
머니가 머리를 빗기 시작하면 섬에 폭풍이 몰아친다. 그땐 산비
탈로 내동댕이쳐질까 봐 아무도 감히 바깥에 나갈 엄두를 내지
못한다. 그러나 그날 아침에는 따뜻한 봄기운이 찾아오고 있었
다. 우리 메노스 섬은 아직 봄옷으로 갈아입은 건 아니어서 꽃은
피지 않았지만 초원이 파릇파릇 무성해지고 있었고 염소들은
이를 기뻐하며 울었다.

　우리는 모두 잠에서 깨 침대를 정리하고 줄을 섰다. 나갈 준비
를 마친 뒤, 내가 기숙사 문을 열었다. 눔멜 수녀님은 우리가 모
두 잘 있는지 확인하셨고 우리는 수녀님을 따라 중앙 뜰로 나갔
다. 아직 이른 시간인 데다 쌀쌀한 날씨에 바위가 새벽이슬로 검
게 물들어 있었다. 중앙 뜰로 나간 우리는 눔멜 수녀님을 따라

태양을 향해 경배를 올렸다. 우리는 매일, 해가 동쪽 바다 너머로 떠오를 때, 우리에게 온기와 생명을 전하는 태양에 경배를 드린다. 수도원에 오기 전까진 태양이 이렇게 중요하다는 걸, 그리고 어떤 생명도 태양 없이 존재할 수 없다는 걸 알지 못했다. 지금은 그 사실을 알게 되어 기쁘다. 그리고 수련 수녀 친구들과 함께 태양을 맞이하는 건 언제나 즐거운 일이었다. 그러나 나는 언젠가 위쪽 사원의 뜰에서 수녀님들과 함께 태양을 맞이할 수 있게 되기를 간절히 바랐다. 게다가 여기 중앙 뜰보다는 위쪽 사원의 뜰에서 해가 뜨고 지는 모습이 훨씬 잘 보였다.

나는 야이에게 어떻게 경배를 드리는 건지 자세를 보여 줬다. 그리고 각각의 자세가 뭘 뜻하는지에 대해서도 소곤소곤 일러 줬다. 원래라면 우리는 태양 경배 시간에 말을 하면 안 되지만 야이가 새로 온 점을 감안해 눔멜 수녀님이 내게 예외를 적용해 주셨다. 내가 또 뭔가를 지적받는 대신 이번에는 규칙을 위반해도 된다는 특혜를 받고 있다는 사실을 알아챈 사람이 있는지 보려고 목을 빼고 주변을 둘러봤다. 요엠은 나를 봤지만 고개를 획 돌렸다. 요엠은 누구에게든 아무리 깊은 인상을 받았다 한들 절대 겉으로 티를 낼 애가 아니었다.

태양 경배가 끝나고 우리는 눔멜 수녀님을 따라 중앙 뜰을 지나 생명의 샘으로 갔다. 그곳에서는 콧케 수녀님이 우리를 기다리고 있었다. 콧케 수녀님은 생명의 샘을 관장하신다. 쉴 새 없이 물에서 피어오르는 수증기 때문에 수녀님의 피부는 언제나 약간 쭈글쭈글하고 옷은 축축해 장어 표피처럼 수녀님의 동그란 몸에 달라붙어 있다. 생명의 샘으로 들어가는 돌문은 너무 무거워 여자 한 명이 열 수 없고 수녀님들 여럿이 함께 문을 열어야 한다.

나는 야이가 옷을 벗는 걸 도왔다. 야이는 주저하다가 다른 아이들이 모두 옷을 벗는 걸 보고 나서야 옷을 벗었다. 그 애가 상의를 벗자 나는 그 애가 왜 망설였는지 알 수 있었다. 야이의 등이 온통 매나 채찍에 맞은 듯한 흉터로 심하게 얼룩져 있었다. 매질을 당했던 아이는 이곳에 야이 말고도 여럿이 있다.

여자아이들이 이 섬에 오는 데는 갖가지 이유가 있다. 때로는 해안 지대에 사는 가난한 부모가 아이를 먹여 살릴 수 없어 딸을 보낸다. 또 어떤 부모는 딸이 남들보다 예리하고 탐구심이 강하다는 걸 알아채고 여자의 신분으로 받을 수 있는 최상의 교육을 받게 하려고 딸을 보낸다. 어떤 부모는 몸이 불편하거나 아픈 딸이 수도원에 가면 수녀님들께 극진한 보살핌을 받을 수 있다는 얘기를 듣고 딸을 보내기도 한다. 위다처럼 말이다. 위다는 장애를 갖고 태어났지만 가족이 돌봐줄 수 없어 이곳에 오게 됐고, 쌍둥이 자매인 란나가 위다와 절대 떨어지지 않으려고 해 함께 왔다.

가끔은 부유한 아버지가 딸을 보내 수도원에서 교육을 받게 하려고 은화를 대주는 경우도 있다. 뭐, 딸이 못생기거나 다른 부족한 점이 있어 남편감을 찾을 수 없을 거라 여기는 건지도 모른다. 우리 수도원에서 유년 시절을 보낸 여자라면 세상 어디를 가도 늘 자기 자리를 찾을 수 있기 때문이다.

요엠이 딱 그런 경우다. 요엠의 아버지는 딸을 이곳에 보내면서 요엠이 전문 요리사가 될 수 있을 정도로 실력을 쌓길 바랐다. 그러면 딸을 결혼시키기가 좀 더 쉬울 거라는 심산에서였다. 요엠에게는 네 명의 자매가 있는데 모두 요엠보다 예쁘고 이미 오래전에 결혼을 했다. 요엠이 가끔 그렇게 심술궂은 이유가 그것 때문인지 궁금할 때가 있다.

아주 간혹 아이들이 스스로 도망쳐 오기도 한다. 주로 우룬디엔이나 그 주변 나라들, 아니면 서쪽 땅 어딘가에서 온다. 여자가 아는 것도, 말하는 것도 금지된 문화 안에서 배움을 열망하는 아이들. 그런 땅에선 우리 수도원에 대한 소문이 적들의 귀를 피해, 여자들의 노래와 금지된 전설을 통해 오직 은밀한 귓속말로만 전해진다. 그 누구도 우리 섬에 대해 대놓고 말하지 않지만 어찌 된 영문인지 거의 모든 이가 우리 섬을 알고 있다. 헤오와 마찬가지로 엔니케도 도망쳐 온 여자애들 중 하나다. 엔니케는 나마르에서 온 아카데 사람이며 나마르는 우룬디엔과 아카데 사이 국경 지대에 있는 도시인데 성벽으로 둘러싸여 있다. 엔니케와 헤오도 야이처럼 몸에 흉터가 있다. 나는 이 애들처럼 야이도 과거에 비슷한 일을 겪은 게 아닌지 의심했었는데 이제 분명히 알게 되었다.

야이는 나를 따라 매끄러운 대리석 계단을 한 걸음 한 걸음 내려와 따뜻한 욕탕 안으로 들어갔다. 지하 깊은 곳에서 뜨거운 물이 솟아났다. 우리는 손을 잡고 물속을 천천히 걸어 탕의 건너편 계단에 다다랐다. 수련 수녀 중엔 수영을 할 줄 아는 애들도 많지만 나는 아니다. 야이는 물을 무서워하는 것 같진 않았지만 이동하는 내내 불안해 보였다. 마치 그 애 주변으로 물이 소용돌이라도 치는 것처럼 야이는 몸을 웅크렸다.

우리는 뜨거운 물에서 점차 차가워지는 물로 이동하기에 "앗, 추워!"라는 말이 절로 나온다. 가끔은 순서를 반대로 해, 마지막에 뜨거운 물로 몸을 녹일 수 있으면 좋겠다는 생각도 든다. 하지만 무더운 여름날에는 옷을 다시 입기 전에 차가운 물로 몸을 식히는 기분이 끝내준다.

우리는 다 씻고 난 뒤 눔멜 수녀님을 따라 돌문을 지나 밖으로 나갔다. 이제 수녀님들 차례였다. 수녀님들은 아침 의식을 먼저 지내고 우리 다음에 목욕을 하신다. 우리는 불의 집으로 가 아침 식사를 할 시간이었다. 야이가 나를 따라와 내 옆자리에 앉았다. 나는 그 애가 내 그림자가 되기로 마음먹었다는 걸 알 수 있었다. 새로 온 아이가 이곳에서 좀 더 오래 지낸 누군가를 졸졸 따라다니는 걸 우리는 그렇게 부른다. 그 신입 수련 수녀는 수도원에 적응할 때까지 자기가 의지하는 사람을 그림자처럼 따라다닌다. 나를 따라다니는 아이는 생전 처음이었고 일종의 뿌듯함 같은 게 없었다고는 하지 못하겠다. 나는 허리를 똑바로 세우고 앉아 맞은편에 있는 엔니케를 보고 보란 듯 웃었다. 나는 엔니케의 그림자였다. 친언니 나라에스와 똑같은 곱슬머리에 다정한 갈색 눈을 지닌 엔니케를 보면 늘 언니 생각이 났다. 내가 엔니케 없이도 잘 지낼 수 있을 만큼 충분히 용감해진 건 몇 주쯤 지나서였다. 엔니케는 그동안 내게 귀찮은 내색 한 번 하지 않았다. 엔니케가 내게 그랬던 것처럼 나도 야이에게 너그럽고 인내심 있게 대해줘야겠다고 속으로 다짐했다.

그날 아침은 드디어 우리가 갓 구운 신선한 빵을 다시 먹을 수 있게 된 날이었다. 에르스 수녀님과 그의 수련 수녀들은 하바 축제를 준비하며 그 전날 오븐을 청소하고 축성을 했고, 우리는 다시 빵을 구울 수 있었다. 몇 달 동안 지겹게 포리지만 먹다가 오븐에서 갓 나온 따뜻하고 짭조름한 빵을 한 입 베어 무니 입안에서 축제가 벌어지는 것 같았다. 빵을 입에 한가득 물고 엔니케를 보며 헤죽 웃자 엔니케가 깔깔 웃어댔다.

"마레시, 너만큼 봄의 빵을 좋아하는 애는 아마 없을 거야!"

"응! 봄의 빵보다 더 좋은 건 딱 하나밖에 없어."

우리는 킥킥거리며 마주 보고 한 목소리로 외쳤다.

"나둠 빵!"

엔니케와 있으면 자주 웃게 된다. 그 애를 좋아하는 수많은 이유 중 하나다.

야이는 말없이 앉아 음식을 깨작거렸다. 빵은 좀 먹었지만 양파 피클과 훈제 생선은 그대로 남겼다. 내가 그 애의 접시를 가리키며 말했다.

"여름까지 조금만 기다려봐! 그럼 빵에 삶은 계란도 나오고 두껍게 썬 염소 치즈도 먹을 수 있어. 그리고 봄의 별이 다시 잠들 때쯤에는 꿀도 나온다고!"

엔니케가 말했다.

"가을 아침에 마레시를 봐야 한다니까. 주방에서 견과류하고 씨앗을 넣고 나둠 빵을 굽거든. 그럼 불의 집이 열리기도 전에 얘가 제일 먼저 달려와서는 배고픈 강아지처럼 문 앞에서 코를 쿵쿵대고 있어! 가을에는 치즈랑 새빨간 니른베리 소스도 함께 먹을 수 있어."

"민트랑 꿀을 넣고 소스를 만들거든. 에르스 수녀님은 태초의 어머니께 바쳐도 될 만큼 좋은 거라고 하셨어."

소스를 떠올리기만 했는데도 나는 입술을 핥았다.

엔니케가 궁금한 얼굴로 야이를 보았다.

"네가 있던 곳에선 어떤 음식을 먹었어?"

야이는 조개처럼 입을 꾹 다물고는 자기 안으로 숨어 멍하니 허공을 바라봤다. 나는 고개를 저어 엔니케에게 신호를 보낸 뒤 야이의 주의를 딴 데로 돌려볼 요량으로 서둘러 화제를 바꿨다.

"가을 아침 식사가 없었더라면 겨울 내내 포리지만 먹는 걸 도저히 견딜 수 없었을 거야. 허구한 날, 포리지, 포리지, 포리지. 그 긴 겨울 동안 내가 꿈꾼 게 뭔지 알아?"

야이는 말이 없었지만 엔니케는 웃으며 고개를 끄덕였다.

"달의 무도! 달의 무도가 끝나면 달의 뜰에서 거대한 축제가 열리거든."

"그땐 향신료에 버무린 코안 알도 먹을 수 있어. 코안새는 우리 수도원의 상징이야. 그래서 달의 무도 직후, 일 년에 딱 한 번만 그 알 요리를 먹을 수 있어. 엄청 바삭바삭하고 맛있는 고기 파이랑 시나몬을 뿌린 참깨 비스킷도 나와."

나도 모르게 침이 꿀꺽 넘어갔다. 그 맛있는 음식을 다 떠올리자니 입에 침이 고였다. 엔니케도 물을 한 모금 마셨다.

"그때는 물 말고 다른 것도 마실 수 있어. 진한 벌꿀 술이랑 달콤한 와인 말이야!"

"그렇게 다 먹고 나면 수련 수녀의 집으로 내려가는 계단이 얼마나 길게 느껴지는지 몰라!"

우리는 까르르 웃었다. 그러니까 엔니케와 나 말이다. 야이는

웃진 않았지만 긴장이 약간 누그러진 것 같았다. 그 애가 마음이
좀 풀린 것 같아 기뻤다. 나는 식탁에서 일어났다.

"가자. 이제 수업 시간이야."

우리는 마지막으로 남은 빵을 불에 바치고는 새벽 계단을 내
려가 중앙 뜰을 지나고 저녁 계단을 올라 지식의 집에 도착했다.
지식의 집은 이 섬에서 가장 오래된 건물이다. 초대 수녀님들께
서 배 **나온멜**을 타고 이 섬에 도착한 뒤 가장 먼저 지었으며 아
마도 가장 중요한 건물이었을 거라고 오 수녀님이 말씀하셨다.

수업이 시작하기 전 나의 임무는 주니어 교실의 낡은 나무 문
옆에 서서, 수녀님이 오시기 전에 주니어 수련 수녀들이 자기 자
리에 똑바로 앉을 수 있게 돕는 것이다. 내가 늦게 도착한 아이
들을 안내하는 동안 야이는 엔니케를 따라 우리 시니어 교실로
갔다. 가장 늦게 도착하는 아이는 언제나 헤오다. 그날 아침에도
헤오는 지식의 뜰에 있는 레몬나무 아래 앉아 놀고 있었다. 그
애는 그릉그릉 소리를 내며 세상천지 모르고 누워 있는 회색 수
도원 고양이를 쓰다듬고 있었다. 내가 가까이 가자 헤오가 나를
올려다봤는데 그 아이의 처진 두 눈 때문에 헤오는 늘 웃고 있는
것처럼 보였다.

"마레시, 고양이 데리고 수업에 가면 안 돼?"

"안 되는 거 알잖아. 빨리 가자, 헤오. 눔멜 수녀님이 곧 오실
거야. 혼나고 싶지 않지, 그렇지?"

"마레시도 많이 혼나잖아."

헤오는 자리에서 일어나면서 그 작은 손으로 내 손을 잡으며
말했다.

"난 마레시처럼 되고 싶어."

나는 헤오가 머리 위에 두른 하얀 스카프에 입을 맞췄다.

"내 좋은 점을 따라. 나쁜 점 말고."

우리는 손을 잡고 서둘러 주니어 교실로 갔다. 통통한 눔멜 수녀님이 늘 그렇듯 활기찬 모습으로 교실에 들어오시기 바로 직전에 헤오도 간신히 자리에 앉을 수 있었다. 눔멜 수녀님이 헤오를 야단치는 일은 절대 없었는데, 헤오도 그 사실을 잘 알고 있었다.

주니어 수업이 시작되자 나도 내 교실로 서둘러 달려갔다. 수업에 늦어도 되는 사람은 내가 유일했다. 시니어 수련 수녀 교실 문은 약간 더 어두운 색이란 점만 빼면 주니어 교실 나무 문과 똑같이 오래되고 낡았다. 나는 문을 닫을 때마다 무척 조심했는데 그도 그럴 것이 문을 쾅 닫으면 아예 부서져버릴 것 같았기 때문이다.

나는 교실로 들어가 슬그머니 내 자리에 앉았다. 우리는 큰 테이블을 하나 두고 오래된 나무 벤치에 함께 앉아 수업을 듣는다. 오 수녀님은 교실 앞쪽에서 수업을 하신다. 곧 정식 수녀가 될 시니어 수련 수녀들은 수업에 오지 않는 대신 앞으로 맡게 될 임무에 대해 배우기 시작한다.

나는 수업이 너무 좋다. 사랑한다. 우리는 역사, 수학, 태초의 어머니, 세상의 이치 같은 것을 배우고 달, 해, 별 그리고 그것 말고도 훨씬 많은 걸 배운다. 주니어 수련 수녀들은 읽고 쓸 줄 모른다면 그것부터 배우고 물론 다른 것도 많이 배운다.

그날 우리는 지난 시간에 배운 섬의 역사에 관해 이어서 얘기

하던 중이었다.

"초대 수녀님들이 어떻게 이곳에 오시게 된 건지 기억나니?"

오 수녀님이 물었다. 내가 벌떡 일어나자 수녀님이 고개를 끄덕이셨다.

"그래, 마레시."

"초대 수녀님들은 수녀님들이 살던 땅을 벗어나고 싶으셨어요. 온갖 권력을 손에 쥔, 사악한 남자가 자기 나라 사람들을 아주 못살게 굴었거든요."

내가 대답했다. 바로 얼마 전 보물의 방에서 읽은 책에 나온 내용이었다.

"그 남자는 자기 나라 사람들 그 누구도 지식을 소유하게 두지 않았어요. 하지만 수녀님들은 노예로 살길 거부하고 그들이 훔칠 수 있는 최대로 지식을 훔쳤어요. 그리고 배 **나온넬**을 타고 이 섬에 오셨죠."

오 수녀님이 고개를 끄덕였다.

"그래, 몹시 고되고 긴 항해였단다. 수녀님들은 동쪽 아주 먼 곳에서 오셨어. 너무 멀어서 우리는 이제 그 이름을 기억할 수도 없게 됐구나. 초대 수녀님들 이후로 동쪽 땅에서 수도원에 온 사람은 없단다. 엄청나게 큰 폭풍이 **나온넬**을 우리 섬에 데려왔을 때 배가 산산조각나지 않은 건 기적이었지. 배가 거기 떨어진 건 도리어 나중에 지식의 집을 지을 장소를 수녀님들께 계시해준 셈이었단다."

엔니케가 일어섰다.

"하지만 수녀님, 어떻게 그런 일이 가능하죠? 지식의 집은 이렇게 높은 산 위에 있는걸요. 아무리 힘센 가을 폭풍이라 해도 배를 이렇게 높은 데까지 오게 할 수는 없을 거예요."

그 애는 창밖을 가리켰다.

오 수녀님이 다시 고개를 끄덕였다.

"네 말이 맞다. 하지만 가장 오래된 문헌에 그렇게 기록되어 있단다. 그땐 폭풍이 훨씬 더 거셌는지도 모르지. 아니면 우리가 그 글을 다른 방향으로 해석해야 할 수도 있고."

야이를 보니 꽤 집중해 듣고 있었다. 몸을 잔뜩 앞으로 기울이고 수녀님께 시선을 고정하고 있었다.

"초대 수녀들이 가져온 모든 힘은 지식의 집에 숨겨져 있다."

내가 기억나는 구절을 암송했다.

"수녀님, 왜 지식이 아니라 힘이라고 하는 거죠?"

"그건 바로 지식이 힘이기 때문이야."

도리가 말했다.

도리는 마레아네 수녀님의 수련 수녀로, 동물을 돕는 일을 한다. 나이는 나보다 몇 살 많은데 늘 꿈을 꾸듯 딴 데 정신이 팔려 있어 종종 철없는 어린애처럼 보이기도 한다. 도리는 새를 좋아해서 섬에 올 때 새 한 마리를 데려왔다. 그 새는 도리가 살던 곳에서 신성시되는 새라고 했다. 비둘기 정도 크기에 빨강, 파랑 깃털이 달려 있으며 파란빛이 나는 깃털은 빛에 따라 색깔이 변한다. 어떤 때는 초록이었다가 어떤 때는 검정이었다가 또 어떤 때는 금빛을 띤다. 평소에 새는 도리의 어깨 위에 앉아 귀를 쫑긋 세우고는 그 애의 검은 머리카락을 쪼거나 잡아당긴다. 그 새는 이름이 없고 그냥 새라고들 부르는데 도리가 말을 걸면 알아

듣는 것 같기도 하다.

오 수녀님은 도리를 보고 인자하게 웃으셨다. 수녀님의 얇은 입술과 어두운 색 눈은 웃을 때 그나마 인상이 약간 누그러져 보이는데, 그건 아주 드문 일이었다.

"그래, 도리. 지식이 곧 힘이란다. 너희들이 이곳에 와 지식을 배우고, 배운 걸 가지고 다시 세상으로 나가는 일이 무척 중요한 건 바로 그 때문이지. 우리가 가르칠 수 있는 걸 너희들이 전부 배우고 나면 말이야. 나르 수녀님의 수련 수녀들은 약초를 쓰는 방법이나 의술에 관한 지식을 세상에 전할 수 있으니 특히 더 그렇단다."

"그렇지만 다른 지식도 중요하잖아요."

내가 끼어들었다. 나는 도리보다 어리기는 했지만 나도 얼마나 많이 아는지 오 수녀님께 보여드리고 싶었다.

"수학, 그리고 천문학, 그리고 역사도요. 또……, 음, 또…….."

더 이상 머릿속에 떠오르는 게 없었다.

요엠이 끼어들었다.

"위생이요. 그리고 농사법이요. 적은 양으로 많은 사람을 먹이는 방법 말이에요. 굶주리는 사람들이 더 안 생기도록."

"동물 보호요!"

도리가 들떠서 소리쳤다.

"건축이요. 다리를 짓고 큰 건물을 세우고 건축물이 얼마나 튼튼한지 계산하는 일도요."

엔니케도 덧붙였다.

나는 의기소침해졌다. 나 혼자 그것들을 다 생각해내 말하고 싶었다.

"너희들이 말한 것 모두 옳아. 어떤 지식이든 너희들이 고국으로 가져갈 수 있는 지식이라면 모두 중요하단다."

오 수녀님이 대답했다.

"하지만 분명 우리 중 누군가는 이곳에 남는 것도 중요한 거죠? 지식에 생명을 불어넣고 그걸 새로운 수련 수녀들에게 전해주는 일 말이에요."

내가 물었다.

"그렇지."

오 수녀님이 답했다. 그리고 수녀님은 내 눈을 보며 사뭇 진지하게 말씀하셨다.

"하지만 세상을 피해 숨으려고 수도원을 핑계 삼아서는 안 된단다."

나는 그 말의 의미를 완전히 이해할 수는 없었지만 더 이상 질문하지 않았다. 내가 아는 건, 이 섬에는 따뜻한 태양과 시원한 바람, 향기로운 언덕이 있고 염소와 벌, 수녀님들과 친구들이 함께 있다는 것이었다. 이곳은 나의 집이었다.

*

쉬는 시간이 되자 엔니케와 나는 우리가 가장 좋아하는 장소인 레몬나무 아래로 갔다. 야이도 함께 왔다. 우리는 빵을 뜯어먹고 시원한 샘물을 마시며 성벽 너머로 은빛 물결이 일렁이는 푸른 바다를 바라보았다. 바다가 너무 반짝거려 눈이 시렸다. 살랑살랑 부는 바람에 코끝을 찌르는 향기로운 꽃과 풀 내음이 실려왔다. 나르 수녀님이 지식의 정원에서 키우시는 것들이었다. 새가 산들바람을 타고 우리 머리 위를 빙빙 돌았다. 때로는 혼자서, 때로는 희고 반짝이는 날개를 퍼덕이는 무리와 함께. 양말을 신은 듯 네 발만 회색 털로 덮인 검은 고양이가 정원의 낮은 담벼락 위에 앉아 털을 단장하고 있었다. 엔니케는 앞으로 다리를 쭉 펴고 앉아 레몬나무에 몸을 기대어 쉬고 있었다.

"어떤 임무든 수녀님께든 하루빨리 부름을 받고 싶어. 언제까지고 오 수녀님의 수업만 듣고 있을 순 없어."

"하지만 수업은 재밌는걸! 우린 매일 새로운 것을 배우잖아!"

내가 놀라 입을 떡 벌리고 엔니케를 쳐다보자 그 애가 빙그레 웃었다.

"마레시, 넌 매일같이 계속 지식들을 배울 수 있겠지. 하지만 이제 난 뭔가를 실제로 해야만 해. 상상해봐, 원장 수녀님이 나를 달의 종으로 부르시는 걸! 그건 정말 굉장한 영광일 거야."

"넌 선택되지 않은 수련 수녀 중에서 가장 오래된 아이잖아. 원장 수녀님은 당연히 너를 부르실 거야."

나는 바닥에 등을 대고 누워 레몬나무에 매달린 나뭇잎들을 바라봤다. 작고 하얀 꽃들이 짙은 이파리들 사이 여기저기에서 별처럼 빛나고 있었다. 검은 고양이가 담에서 폴짝 내려와 우리를 향해 도도한 자태를 뽐내며 걸어왔다. 야이가 조심스레 손을 내밀자 고양이가 골골 기분 좋은 소리를 내며 그 손에 머리를 가져다 댔다. 그때, 별안간 야이의 몸이 얼어붙었다. 나는 벌떡 일어나 야이의 시선을 따라갔다.

푸른 돛을 단 하얗고 작은 배 한 척이 저 아래 항구로 들어오고 있었다.

내가 달래듯 말했다.

"고기잡이배야. 갓 잡은 물고기를 팔러 온 거야. 저기 봐, 베르크 수녀님이랑 수련 수녀 루안이 있잖아. 수도원의 거래를 담당하고 있거든. 이제 배가 선착장에서 나간다, 보이지? 우리는 보통 바구니 가득 신선한 생선을 얻고 삯으로 동전이나 밀랍 양초를 드려. 아니면 나르 수녀님이 만드신 치료용 연고로 대신하기도 하고. 나르 수녀님은 우리가 아플 때 우릴 돌봐주시는 분이야. 약초와 치료에 관한 건 뭐든지 알고 계셔. 보통 뱃사람들은 필요한 걸 먼저 말해둬. 다음에 올 때 수녀님이 준비해둘 수 있게 말이야."

야이는 여전히 긴장을 풀지 못했다. 엔니케와 나는 눈짓을 교환하고는 자리에서 일어났다.

"수업 시작하겠다. 가자."

야이는 수도원의 생활 방식에 금방 적응해갔다. 그 애는 뭐든 한 번만 보여주면 바로 익혔다. 식사를 마치면 다 먹은 그릇을 부엌으로 가져갔고 하바 신께 마지막 남는 빵을 바쳤으며 생명의 샘에 가 옷을 빨고 매일 저녁 책을 읽으며 오 수녀님 숙제를 했다. 며칠 지나지 않아 태양 경배를 위한 동작을 익혔고 감사와 찬미의 노래를 외웠다. 저녁에는 나와 함께 곧장 지식의 집으로 달려가 해질녘까지 책을 읽었다. 그 애는 내 곁을 잠시도 떠나지 않았다. 수녀님들도 이를 눈치채고는 일을 배정할 때 우리를 갈라놓지 않으셨다. 그래서 나와 야이는 늘 함께 붙어 산으로 염소를 데려갔고, 함께 해변에서 홍합을 캤으며, 그해 먹을 첫 치즈도 함께 만들었다. 또, 우물에서 물을 길어 올리고, 뜰을 쓸고, 수련 수녀의 집을 청소할 때도 함께했다.

야이가 전에 몸을 쓰는 일을 별로 해본 적 없다는 사실도 곧 알게 되었다. 그 애는 힘이 없어서 물통도 반만 차 있어야 겨우 들 수 있었다. 하지만 그걸로 불평한 적은 한 번도 없었다. 어쨌든 그 애가 말을 하는 일은 거의 없었다.

*

야이는 밤에 무서운 꿈을 꾸는 것 같았는데, 그 애가 불안한 듯 이리저리 뒤척이는 소리에 나도 가끔 잠에서 깨곤 했다. 야이가 자면서 낮게 중얼거리는 소리도 들었지만 무슨 말인지 알아들을 수는 없었다. 야이는 어떤 이름을 계속해 불렀다. 우나이. 나는 그게 여자 이름인지 남자 이름인지조차 알지 못했다. 하지만 야이에게 무척 중요한 사람이라는 건 분명해 보였다. 왜냐하면 야이가 매일 밤 우나이 꿈을 꾸는 것 같았기 때문이다. 우리는 한 기숙사에서 다 같이 자니까 야이가 꿈을 꾸다 내는 소리를 들은 사람이 나뿐만은 아니었다.

시간이 흘러 몇 주 뒤, 봄이 절정에 이르렀다. 날이 따뜻해지자 수녀님들은 달의 무도, 그리고 봄에 있는 갖가지 행사에 관한 얘기들을 슬슬 꺼내기 시작했다. 산이 곧 하얗고 파란 봄꽃으로 물들었고 벌과 곤충들이 붕붕대는 소리가 하늘 가득 울려 퍼졌다. 도리는 새들과 함께 노래를 하며 거닐었다. 그 애는 어떤 새든 똑같이 흉내 낼 줄 아는 재능을 갖고 있었다.

야이가 온 지 보름쯤 된 어느 날 저녁, 우리는 기숙사에서 잘 준비를 하며 함께 모여 앉아 있었다. 나이가 좀 더 많은 아이들이 어린아이들의 머리를 빗겨주었고 나는 엔니케의 엉킨 곱슬

머리를 푸는 걸 돕고 있었다. 엔니케의 머리카락은 하루가 끝날 때쯤이면 늘 폭풍이라도 휩쓸고 지나간 듯 엉켜 있었다. 그 애는 머리를 뒤로 젖히고 눈을 감고 앉았다.

엔니케가 중얼거리며 말했다.

"내가 어릴 때 언니가 이렇게 해줬어. 이제 머리에 닿던 언니 손길 말고는 다른 건 거의 기억이 나지 않지만."

헤오가 내 발밑에 앉아 자기 머리카락 색깔과 똑같이 까만 새끼 고양이와 장난을 치고 있었다. 고양이가 날카로운 이빨과 발톱으로 헤오의 손가락을 향해 덤비고 긁는데도 그 애는 별로 신경 쓰지 않았다.

헤오가 말했다.

"나는 여자 형제가 없어. 마레시, 넌 있어?"

나는 엔니케의 뻗친 머리를 단정하게 빗질해 주며 고개를 끄덕였다.

"남동생 한 명, 여동생 한 명, 언니 한 명. 남동생은 너랑 나이가 같아, 헤오. 하지만 언니가 내 머리를 빗겨줄 시간 같은 건 없었어. 언니는 엄마를 도와 농장 일을 했고 나는 어린 동생들을 돌봐야 했거든."

나는 마른침을 꿀꺽 삼켰다. 안네르 이야기를 하는 건 여전히 힘들었다.

"내 막냇동생은—"

야이는 실과 바늘을 꺼내 바지에 난 구멍을 수선하는 중이었다. 나는 마음을 가라앉히고 이야기를 이어갈 참이었는데 야이의 두 뺨이 하얗게 질려 있었다. 두 뺨이 화이트레이디산 봉우리에 쌓인 눈처럼 하얬고 바느질감도 어느새 무릎 위에 떨어져 있었다. 바로 그때 헤오가 내 말에 불쑥 끼어들었다.

"야이, 우나이가 누구야? 밤에 네가 그 이름을 부르는 걸 들었거든."

"헤오!"

내가 다급히 소리치자 헤오가 깜짝 놀라 그 큰 갈색 눈을 들어 나를 쳐다보았다. 동시에 야이가 울음을 터뜨렸다. 몹시 격양되고 슬픈 울음소리였다. 야이는 손을 들어 올리더니 자기 얼굴을 내려쳤다. 내가 자리에서 펄쩍 뛰어 그 애 손을 꼭 붙들기 전까지 몇 번이고 반복해 자기를 때렸다. 그러나 그 애가 고통에 차 흐느끼는 건 막을 수 없었다. 나는 야이 손을 꽉 잡고 엔니케를 돌아봤다.

"눔멜 수녀님을 불러와 줘!"

다른 아이들이 길을 터주고 엔니케가 쏜살같이 달려 나갔다. 헤오는 아무 말도 하지 못한 채 침대 사이에 파묻혀 작은 몸을 공처럼 동그랗게 말고 웅크려 있었다. 눔멜 수녀님이 헐레벌떡 뛰어 들어오셨고 우리가 야이를 재빨리 수녀님 침대로 데려갔다. 야이가 저항한 건 아니었지만 그 애가 자기를 때리거나 할퀴지 못하도록 야이의 두 손을 꼭 붙잡고 있어야만 했다. 엔니케가 빠르게 나른 수녀님도 모셔 와 야이에게 약을 먹일 수 있었다. 그러자 야이는 약간 진정되는 것처럼 보였고 곧 수녀님 침대 위로 축 늘어져 누웠다.

수녀님들이 조용히 손짓해 엔니케와 내게 나가라는 신호를 보냈다. 우리는 잔뜩 동요된 주니어 수련 수녀들을 침대로 돌려

보내느라 애를 먹었다. 마침내 기숙사에 정적이 찾아들자 엔니케와 나는 신선한 바람도 쐬고 한숨 돌릴 겸 밖으로 나갔다.

중앙 뜰 위로 짙고 푸른 하늘에 별이 총총히 빛나고 있었다. 적막이 흘렀고 바다의 잔잔한 파도 소리만이 담을 넘어 들려왔다. 엔니케와 나는 숨을 깊이 들이마셨다.

"야이는 나보다 훨씬 더 안 좋은 일을 겪은 것 같아. 나도 가끔 아버지나 할아버지에게 맞았거든. 그런데 걔한테는 매질보다 훨씬 나쁜 일이 있었던 거 같아."

나는 나를 낳아준 아버지에게 맞는다는 게 어떤 느낌일지 상상해보려고 애썼다. 작고 빼빼 마른 나의 아버지를 떠올렸다. 가도 가도 끝이 없던 겨울, 자신이 먹을 몫을 우리에게 전부 양보하던 나의 아버지. 수도원을 물어물어 그게 대체 어디 있는 건지, 어떻게 가는 건지, 알아볼 수 있는 건 모조리 물어보고 다녔을 아버지의 모습도 떠올랐다. 또, 내가 수도원에 있는 게 그 누구보다 내게 최선이라는 걸 깨닫고 눈물을 뚝뚝 흘리던 아버지의 모습도. 내가 집과 마을, 고국을 떠나 멀고 먼 서쪽 바다로 길을 나서는 수레에 올라타자 내 손을 꼭 붙잡고 놓지 못하던 모습도 말이다.

"야이는 안전하다는 감정을 모르는 거야."

입 밖으로 소리 내 말하고 나니 나는 그 말이 사실이라는 걸 깨달았다.

"우리가 알려주면 돼."

우리는 필요한 것들을 대부분 수도원에서 스스로 마련한다. 바다에서 홍합을 따고, 산에서는 산딸기 같은 과일을, 새들에게서는 알을 얻는다. 염소를 길러 우유와 치즈, 고기를 얻고, 마레아네 수녀님이 기르는 벌에게서 꿀도 얻는다. 수도원과 은둔의 사원 사이에 있는 골짜기에서는 채소가 자라고, 그 옆에는 올리브 나무와 포도밭도 있다.

하지만 옷을 지을 천이나 제단에 올릴 향, 그리고 곡물이나 생선, 소금, 향신료 같은 것들은 사야 한다. 이런 것들을 사려면 은화가 꽤 필요한데 다행히도 우리에게는 핏빛 달팽이가 있어 우리에게 필요한 것보다 은화가 늘 좀 더 넉넉하게 있다.

천을 진짜 크림슨색으로 염색하려면 반드시 핏빛 달팽이가 필요하다. 평범한 붉은색 종류라면 다른 식물에서도 얼마든지 얻을 수 있지만, 핏빛 달팽이가 내는 그런 깊고 강렬한 색깔은 달팽이 외에는 어디서도 구할 수 없다. 나도 물론 그 빛깔이 아름답다고 생각하지만 사람들이 모두 그 색을 좋아하고 그래서 그 천이 그렇게 비싸게 팔린다는 사실에는 매번 새삼 놀라고 만다. 핏빛 달팽이에서 얻는 붉은 색소는 왕의 옷이나 장신구, 귀족들이 사용하는 원단을 염색하는 데 쓰인다. 금고에 은화를 쌓아둔 자들만이 누릴 수 있는 색이라는 말이다. 이 핏빛 달팽이 덕분에 수도원의 이름도 레드 수도원이 되었다. 적어도 난 그렇게 생각했다. 하지만 내가 그렇게 말하자 오 수녀님은 수도원의 이름이 그렇게 된 데는 여러 다른 이유도 있다고 하셨다. 성스러운 피나 다른 것들과도 관련이 있다고 하셨는데 그 당시에는 이해하기에 너무 어려운 말들이었다.

원장 수녀님이 어렸을 적에는 핏빛 달팽이 진액으로 만든 크림슨색 천이 지금처럼 비싸지 않았다고 했다. 그때는 핏빛 달팽이가 이곳뿐 아니라 발레리아의 섬이나 롱호른 섬처럼 저 먼 서쪽 땅에도 살았다. 그런데 발레리아 사람들이 큰 통에 달팽이를 잔뜩 담아 염료를 얻고서는 뜨거운 뙤약볕 아래에서 말라 죽도록 그대로 버려두었다. 그래서 매년 여름이면 발레리아 군도에서는 몇 주씩이나 악취가 진동했다. 그리고 끝내 핏빛 달팽이는 완전히 자취를 감췄다. 단 한 마리도 살아남지 못했다.

하지만 우리 섬에서는 달팽이가 여전히 아주 잘 살아가고 있다. 우리는 염료를 얻기 위해 다른 방법을 사용하기 때문이다. 우리는 봄의 별이 깨어나고 봄이 절정에 이르는 때를 기다렸다가 달팽이를 채집한다. 여름이 채 다가오기 전에 제일 먼저 로즈 사원에서 감사 의식을 치른다. 이때 거대한 모닥불을 피우는데 그동안 비바람에 휩쓸리거나 해서 여기저기 흩어진 나뭇조각들을 모두 모아 태운다. 그러고 나선 날씨가 가장 좋은 날을 기다린다.

핏빛 달팽이는 로에니 수녀님 담당이다. 수녀님이 달팽이 수확 날을 정할 뿐 아니라 이에 관련된 모든 걸 결정하고 염색하는 과정도 감독하신다. 그리고 염색한 원단에 한해서는 베르크 수녀님과 함께 거래에도 관여하신다. 나는 로에니 수녀님의 매서운 눈빛이 원단 가격을 올리는 데 한몫했을 거라고 생각한다. 그렇게 번 돈이 전부 원장 수녀님의 금고 안에만 있는 건 아니다. 그 돈은 수련 수녀가 레드 수도원을 떠나 세상으로 다시 돌아갈 때, 세상에 나가 필요한 일을 하라고 주어지기도 한다. 병원을 짓거나 학교를 세우거나 어떤 방식이든 사람들이 좀 더 잘 살 수 있게 도우라고 말이다.

나도 가끔 생각해보긴 했다. 내가 만약 내 어머니와 아버지, 언니, 동생이 있는 집으로 돌아간다면 그 돈을 가져갈 수 있다. 그 돈이면 내가 살던 마을 전체를 위해 뭔가를 할 수도 있다. 그 돈이면 더 이상 굶주림의 겨울도 없을 것이다. 마을 사람들 모두 신발을 신고 두꺼운 털옷을 입을 수 있다. 나는 안네르를 생각했다. 지금도 마을에는 안네르처럼 굶어 죽는 아이들이 여전히 많을 것이다.

그러려면 내가 수도원을 떠나야 한다. 친구들, 아침 목욕, 달의 무도, 수업도 포기해야 한다. 지식의 정원, 고양이들, 마레아네 수녀님의 새끼 염소도. 절대 굶주릴 일 없는 이 안전한 곳을 두고 떠나야 하는 것이다. 무엇보다 오 수녀님과 보물의 방과도 헤어져야 한다.

로에니 수녀님은 자신이 피의 종이라는 이유로 자기가 남들보다 우월하다고 생각하는 것 같다. 피의 제전 동안만큼은 로에니 수녀님도 로즈의 영역인 로즈 사원에서 특별한 임무를 수행하는데 그래서인지 훨씬 더 뽐내는 것처럼 보인다. 그렇게까지 콧대를 세울 필요는 없는데. 로즈의 종은 원장 수녀님 다음으로 제일 중요한 종인데도 수녀님들 중 가장 겸손하시다.

로에니 수녀님의 수련 수녀인 토울란은 내가 좋아하는 친구다. 그 애가 작년에 피의 수련 수녀로 부름을 받았을 때 내가 얼마나 실망했는지 모른다. 그 애와 로에니 수녀님은 완전히 다르단 말이다. 요엠이 그 일에 훨씬 더 잘 어울렸을 텐데! 나는 토울란이 무척 힘들어할 거라고 생각했다. 로에니 수녀님과 매일같이 함께 일해야 한다면 나라도 분명 그럴 것 같았다. 그런데 내가 토울란에게 속마음을 내비치자 그 애는 그저 나를 보며 미소를 지었다.

"난 로에니 수녀님의 훈계나 꾸지람 같은 것들은 아무렇지 않아. 그리고 그런 것들을 흘려듣고 나면 수녀님 말속에 담긴 중요한 것들을 배울 수 있거든. 로에니 수녀님은 아는 것도 정말 많고 맡은 일에도 늘 성실하셔. 수녀님이라면 핏빛 달팽이를 끝까지 지키실 거야. 게다가 피의 종이 되고 나니 태초의 어머니의 가장 깊은 신비에도 좀 더 가까이 갈 수 있어."

토울란은 우리 수련 수녀 중 언제나 가장 분별 있는 아이였다. 우리가 기도 중 빠져나와 수영하러 갈 때도, 지루한 임무를 피하려고 외양간에 숨어 게으름을 피울 때도 토울란은 우리와 함께 가지 않고 남아 자기가 맡은 일을 묵묵히 했다. 그 애는 우리를 고자질한 적도 없다. 토울란은 재미없는 친구가 아니라 진중한 아이였다. 그 애는 어릴 때 부모님이 끔찍한 병에 돌아가시는 걸 두 눈으로 봤다. 그 일이 있고 나서 토울란은 혼자서 그 길고 위험천만한 길을 지나 수도원에 온 것이다. 나는 줄곧 토울란이 나르 수녀님의 수련 수녀가 될 거라고 생각했다. 그 애는 늘 약초와 치료법에 관심이 많았으니까. 그러나 토울란은 태초의 어머니의 신비를 더 깊이 공부해보고 싶다고 했다.

*

올봄, 우리는 아름다운 날씨가 내려주는 축복을 한껏 즐겼다. 난데없이 불어오는 폭풍도 없었고 그저 포근하고 기분 좋은 날씨가 이어졌다. 화이트레이디산은 여전히 머리에 새하얀 눈의 왕관을 쓰고 있었지만 봄의 별이 잠에서 깨어나자 어깨 아래가 하얀 풀코른 꽃으로 뒤덮여 산 전체가 아직 눈 이불을 덮고 있는 것만 같았다.

우리가 부활의 제를 지내고 원장 수녀님께서 정성 들여 제물을 봉헌하고 난 뒤로 매일 아침 화창한 날씨가 이어졌다. 하지만 로에니 수녀님은 그중에서도 가장 완벽한 날을 고르려고 고심하고 또 고심했다. 북동풍이 불어오는 날을 기다렸다.

마침내 어느 날 아침, 피의 종이 무겁게 둥 하고 울렸다. 우리는 모두 그 소리에 잠에서 깼는데, 그럴까 봐 내가 미리 야이에게 일러두었는데도 그 애는 잔뜩 겁을 먹고 침대 위에 얼어붙어 있었다.

"수확 주간의 시작이야! 수업도 없어!"

엔니케가 침대에서 뛰어 내려와 야이 손을 잡고 침대 밖으로 이끌었다.

"우리 한동안 바다에서 지낼 거야! 태양 경배도 안 해도 되고, 빨래도 안 해도 돼. 지루한 일은 전부 하나도 안 해도 돼!"

나는 엔니케를 보며 어색하게 웃었다. 재미있는 수업도 없고 불의 집에서 맛있는 음식도 먹을 수 없고 보물의 방에서 책을 읽을 수도 없다니. 물론 나도 기뻤다. 하지만 내가 기쁜 이유는 조금 달랐다. 달팽이 수확은 수녀님과 수련 수녀가 모두 함께하는 유일한 일인데, 나는 우리가 다 같이 모여 일하는 게 좋았다. 이 때는 은둔의 사원에서 지내는 수녀님들까지도 나오신다. 수도원에 남는 사람은 허리를 숙일 수 없어 달팽이를 잡지 못하는 나이 든 수녀님들뿐이다.

우리는 불의 집 앞뜰에 모였다. 마레아네 수녀님과 도리가 수녀원에서 기르는 당나귀 두 마리에 마구를 씌워 수레를 끌게 했는데 그 수레에는 단정하게 돌돌 말린 비단실과 털실이 가득 실려 있었다. 토울란과 로에니 수녀님이 우리에게 바구니를 하나씩 나눠주었다. 원장 수녀님도 예외는 아니었다. 우리는 바구니를 하나씩 들고 염소 문을 나섰다.

산길을 따라 걷자 섬 전체에서 꿀과 이슬 향기가 진동했다. 내가 고향에 살고 있을 때는 이런 곳이 존재한다는 걸 상상도 하지 못했다. 따뜻하고 배불리 먹을 수 있고 맘껏 배울 수 있는 곳. 이곳과 달리 로바스에서 사는 건 동굴에서 사는 것 같았다. 우리는 바깥세상이 어떻게 돌아가는지 알지 못했고 아는 거라고는 춥고 어두운 동굴뿐이었다. 수도원에 와 글을 읽을 수 있게 되니 아주 큰 창문이 하나 열린 것 같았다. 그 창에서는 따뜻한 빛이 쏟아져 들어왔다. 나는 숨을 깊게 들이마셨다. 맛있는 음식을 잔뜩 먹어 배가 불렀고 얼굴에는 따뜻한 햇살이 내려앉았으며 상쾌한 봄바람이 내 다리를 부드럽게 감쌌다. 이 모든 것에 감사했다. 행복. 나는 생각했다. 이게 바로 행복이었다.

앞장선 수녀님들은 자기 옷 중 가장 해지고 얼룩덜룩한 옷을 입고는 다리 위로 바지를 돌돌 말아 올린 채 걷고 있었다. 여기저기에서 웃고 떠드는 소리로 소란스러웠지만 나는 오 수녀님의 낮은 목소리를 구별해낼 수 있었다. 야이는 손에 바구니를 꼭 쥔 채 내 옆에 붙어 걸었고 헤오는 제일 친한 친구 이스미와 함께 뒤에서 뛰어놀며 따라오고 있었다. 빨간 머리의 이스미는 작년 여름 발레리아에서 와 우리와 함께 지내고 있다. 그 뒤로는 엔니케가 주니어 아이들과 함께 노래를 부르며 오고 있었다.

뜨거운 돌담 위 곤히 잠자는 고양이,
폴짝폴짝 내 작은 개구리!
황금빛 공처럼 이글거리는 태양,
폴짝폴짝 내 작은 개구리!
빨간 망토를 입은 소녀가 기다려
머리에는 꽃 왕관을 둘렀지
바람이 은빛 목소리로 피리를 부네,
폴짝폴짝 내 작은 개구리!

나는 뒤를 돌아 아이들을 보았다. "폴짝폴짝" 하는 구절이 나올 때마다 그 애들이 개구리처럼 폴짝폴짝 뛰며 깔깔대고 있었다. 수레를 끄는 당나귀가 아이들 뒤를 따랐고, 또 그 뒤로는 시니어 수련 수녀들이 오고 있었다. 눈부신 햇살 아래 머리 위로 두른 스카프가 조용히 나풀거렸다.

나는 야이를 보았다.

"우리, 오늘은 바닷가에서 잘 거야. 날씨가 지금처럼 계속 좋으면 더 오래 머무를 수도 있고. 밖에서 잔 적 있어?"

"아니, 없어. 집에선 여자아이들은 해가 지면 밖으로 나갈 수 없었거든."

야이가 자기 과거를 스스로 말한 건 그때가 처음이었다. 나는 야이가 어디서 왔는지 궁금했다. 처음에는 데벤란드에서 온 게 아닐까 생각했지만 그곳에서 왔다기에는 야이의 머리카락이 너무 금색이었다. 그래도 엄두가 나지 않아 물어보지는 못했다.

"조금 불편할 수도 있어. 나도 처음에는 잘 못 잤어. 낮에 일하느라 엄청 피곤했는데도 말이야. 하지만 잠들지 못해도 괜찮아. 밤하늘에 쏟아지는 별을 실컷 볼 수 있거든."

오솔길 초입에는 길을 따라 낮은 담이 있다. 수도원은 가파른 절벽 위에 자리하고 있는데, 그 길을 지나다니는 사람들이 절벽 아래로 떨어지지 않도록 담이 보호해줬다. 빨간 머리 이스미가 뛰어오더니 우리 앞에 있는 그 낮은 담 위로 훌쩍 뛰어올랐다. 그 애는 두 팔을 양쪽으로 펴고는 겁도 없이 담 위를 걸었다.

"나 좀 봐! 이제 내가 여기서 제일 크지!"

이스미가 의기양양하게 웃었다. 내가 미처 손을 쓰기도 전에 야이가 달려가 이스미를 땅에 내려놓으며 화를 냈다.

"떨어질 뻔했잖아!"

야이가 담 너머로 고개를 내밀어 절벽을 내려다보았다. 파도가 밀려와 들쑥날쑥 솟아난 바위에 부딪히며 하얀 거품을 일으키고 있었다.

이스미는 그저 헤헤 웃고는 다른 곳으로 뛰어가 버렸다. 어린애들은 원래 세상 무서운 걸 모르고 뛰놀지만 이스미는 특히 왈가닥이다.

곧 평평한 길이 나타났다. 우리는 산의 남쪽 길을 걷고 있었다. 포도나무밭을 지나는데 나무에서 이제 막 새로운 연둣빛 잎이 돋아나고 있었다.

"여기선 시랄뤼 수녀님이랑 수녀님의 수련 수녀들이 포도를 키우고 건포도도 만들어. 겨울에 축제가 있을 땐 가끔 포리지에 건포도가 섞여 나오기도 하고. 올리브 과수원은 저기 만 근처 골짜기에 있어."

내가 손으로 가리키며 말했다.

야이는 햇살에 반짝이는 바다 때문에 눈이 부시는지 눈을 가리며 말했다.

"바다라는 거, 정말 크다. 눈을 잠깐 깜빡이는 사이에도 색이 계속 달라져. 계속 바다만 보고 있어도 지루하지 않을 것 같아. 그리고 저 수평선……, 청명한 날에는 칼끝처럼 선명한데 또 덥거나 비가 올 땐 잘 보이지 않고."

내가 물었다.

"너희 집은 바다에서 멀었어?"

야이가 손을 내렸다.

"아니, 하지만 바다를 본 적은 없어. 집이랑 집 근처 골짜기에 있던 들판을 벗어나 본 적이 없거든. 내가 아주 어렸을 때는 가족들이랑 빛의 축제에 함께 가기도 했는데, 어느 날부턴가 아버지가 여자애들은 이제부터 집에 있으라고 하셨어."

야이에게 다른 형제자매가 있다는 뜻이었다.

"나도 무에리오에 가기 전까지는 바다를 본 적이 없어."

내가 그렇게 말하자 야이가 고개를 갸웃했다.

"무에리오는 발레리아에 있는 바다 마을이야. 수도원에 오는 여자애들이 대부분 그곳에서 와. 남쪽으로 내려오면서 꽤 큰 호수도 봤는데 처음 바다를 봤을 때 놀랐던 기억이 잊히지 않아. 끝도 없이 이어졌지. 배를 탈 때도 얼마나 무섭던지!"

나는 그때를 떠올리며 웃었는데 야이는 심각한 표정을 하고 있었다.

"나도 무서웠어. 하지만 바다가 무서웠던 건 아니었어."

"마레시!"

헤오가 내 팔을 잡아당기며 나를 불렀다.

"마레시, 재밌는 이야기 해줘!"

나는 헤오의 천진난만한 얼굴을 보며 웃었다.

"헤오, 말할 때 끼어드는 건 예의 바른 행동이 아니야."

"알아, 하지만 마레시가 계속 얘기만 하고 있잖아. 이스미도 이야기 듣고 싶댔어!"

"화이트레이디산 이야기해줄까? 왜 항상 머리에 눈으로 만든 모자를 쓰고 있는지?"

"아니, 마레시, 수도원에 해적이 쳐들어왔을 때 이야기해줘!"

이스미가 내 다른 쪽 팔을 붙들었다. 나는 야이를 힐끗 쳐다봤다. 야이는 그런 이야기를 듣고 싶지 않을 것 같았다. 야이가 괜히 겁먹을지도 모른다. 그래, 뭐, 이야기는 행복한 결말로 끝나니까. 나는 이야기를 시작했다.

"초대 수녀님들이 **나온델**을 타고 섬에 오고 나서 몇 년 뒤 일이야. 지식의 집과 수녀의 집은 이미 지은 상태였고 로즈 사원을 짓던 중이었지. 수녀의 집은 지금보다 훨씬 작았는데 그땐 수녀님이 일곱 분밖에 없었으니까. 수녀님들 이름 기억나, 헤오?"

"카비라, 클라라스, 가라이, 에스테기, 오르세올라, 술라니, 또……."

헤오는 기억을 떠올려내려고 입술을 깨물었다.

"마지막 수녀님 이름이 정말 안 외워져."

"다에라, 초대 로즈의 종이시지."

나는 바구니를 다른 쪽 손으로 옮겨 잡으며 야이를 보았다.

"저길 봐. 수도원이랑 화이트레이디산 사이에 있는 골짜기로 이어지는 길이야. 그쪽엔 우리가 가꾸는 채소밭도 있고 북쪽으로 올라가면 은둔의 사원도 있어. 지금은 화이트레이디산 남쪽으로 내려가서 섬의 남쪽 해안으로 갈 거야. 거긴 땅이 평평해서 달팽이를 수확하기 좋거든."

"얼른 해적 얘기 계속해줘!"

이스미가 졸랐다.

"알겠어. 그때는 수도원에 은화가 별로 없을 때였어. 핏빛 달팽이들이 이 섬에 사는 걸 발견하기 전이었거든. 어쨌든 수녀님들은 건물을 짓고 지식을 모아 수도원을 세우느라 정신없이 바쁘셨어. 그때는 수련 수녀도 없었을 거야. 내 추측이지만. 그리고 수도원에 대한 소문이 세상에 퍼지기 전이었던 것 같아."

"그런데 배 한 척이 왔잖아! 진짜 큰 배!"

헤오가 소리쳤다.

"그래. 빨간색과 회색으로 된 돛을 달고 뱃머리가 뾰족하게 생긴 커다란 배가 왔지. **나온멜**과 무척 닮은 배였어. 책에 나오진 않았지만 그 배는 동쪽에서 왔을 것 같아. 초대 수녀님들이 오신 곳 말이야. 배에는 나쁜 남자들이 타고 있었어. 그 남자들은 초대 수녀님들이 가진 지식을 손에 넣고 싶어 했어. 그리고 초대 수녀님들까지 잡아가고 싶었던 것 같아."

그 순간, 야이가 발을 헛디뎠다. 내가 재빠르게 야이의 손을 붙잡아 그 애가 똑바로 설 수 있게 도와주었다.

"그건 성벽을 쌓기 전의 일이었어. 그땐 수도원이 완전히 무방비 상태였고. 어느 날 밤, 해적들이 항구로 곧장 쳐들어왔어. 수녀님들은 자고 계셨어. 하지만 섬은 잠들지 않고 있었지. 남자들이 섬에 발을 내딛자마자 섬에 있는 모든 새들이 일제히 울어대서 수녀님들을 깨웠어. 수녀님들은 곧바로 지식의 집으로 달려갔지."

"수녀님들은 왜 거기로 가셨어, 마레시? 왜 산으로 가시지 않았지?"

"나도 잘 몰라, 헤오. 음……. 지식을 지키려고 그러셨는지도 모르고."

"지식을 어떻게 지킬 수 있는 거야?"

"책 안에 지식이 담겨 있다면…… 나 말하는 중이잖아, 그만 좀 방해해. 어쨌든 수녀님들은 지식의 집으로 달려갔고 남자들이 그곳을 에워쌌어. 수녀님들 숫자에 비하면 남자들은 훨씬 더 많았어. 게다가 남자들이 뽑아 든 시퍼런 검이 달빛에 번득였지. 그런데 그들이 지식의 집 안으로 쳐들어가려고 하자 이상한 일이 생겼어. 아무리 유리창을 부수려고 해도 돌로 만든 것처럼 단단해 깨지지 않았어. 그래서 남자들은 꾀를 냈어. 건물에 불을 질렀지. 처음엔 성공한 것처럼 보였어. 나무로 만든 문이랑 지붕이 불에 타들어 가기 시작했거든. 남자들이 기뻐하며 소리를 질러댔어. 이제 수녀님들은 꼼짝없이 그 안에 갇혀 지식과 함께 재가 될 참이었어. 배에 있다가 뒤늦게 합류한 한 남자가 불을 보고는 화가 나 길길이 날뛰었어. 이 여자들이 가진 힘과 지식을 주인님께 가져가야 한다고 고래고래 소리를 질러댔어. 여자들 목숨은 알 바 아니지만 지식까지 연기로 사라지면 안 된다고. 그 말에 남자들은 곧바로 불을 끄러 달려갔어."

"불에 탄 자국, 봤어. 지식의 집 문에 난 거 말이야. 불길에 그을린 자국은 영영 사라지지 않을 거야."

야이가 땅을 보고 걸으며 나직이 말했다.

그 애가 그렇게 말하고 나니 그제야 나는 그 말이 사실이라는 걸 깨달았다. 지식의 집 문 아래쪽에는 오래전 불에 그슬려 까매진 흔적이 남아 있었다.

"남자들은 여자들이 나올 때까지 기다리기로 했어. 여자들이 물이나 먹을 걸 찾아 결국 나와야 할 거라고. 그래서 해적들은 아주 오랫동안 기다릴 심산으로 바닥에 철퍼덕 앉았지."

"그런데 해적들이 그들을 봤어! 바로 **달의 여자들!**"

헤오가 기다리지 못하고 외쳤다.

"맞아. 남자들은 무릎 위에 칼을 꺼내놓고 수녀님들이 나오기만 하면 당장 베어버릴 태세로 앉아 있었는데 갑자기 땅이 흔들렸어. 산에서 일곱 명의 거대한 여자들이 땅을 쿵쿵 울리며 걸어왔지. 달의 여자들은 달빛으로 만들어진 것처럼 은색으로 하얗게 빛났는데 어찌 된 일인지 그들이 발을 디딜 때마다 하늘이 울리고 땅이 흔들렸어. 여자들이 길게 늘어뜨린 머리카락으로 산을 휘갈기자 꽃과 나무들은 사정없이 뽑혀 나뒹굴었지. 이윽고 그들 몸에서 엄청난 빛이 뿜어져 나왔어. 남자들은 겁에 질려 고개를 돌렸지만 자기들 칼에 빛이 반사돼 눈이 멀고 말았지. 남자들이 앞을 아예 볼 수 없게 되자 일곱 명의 거대한 여자들이 어마어마하게 큰 바위를 들어 올려 남자들을 향해 힘껏 내던졌어. 그 바위들은 정확히 남자들을 향해 돌진했고 그들을 전부 바다로 쓸어버렸어. 바위는 수도원의 털끝도 스치지 않았어."

우리는 모두 조용해졌다.

"해적들이 서 있던 땅이 빨갛게 피로 물들었대. 그때 바다로 굴러떨어지지 않고 남은 바위들이 성벽의 토대가 됐어."

나는 야이를 힐끗 쳐다봤다. 얼굴이 유령처럼 하얗게 질려 있는 것에 비해 표정은 침착해 보였다.

"그 거대한 여자들은 어디서 온 거야? 수녀님들은 지식의 집에 계셨잖아, 그렇지?"

"나도 몰라, 헤오. 섬이 불러온 걸 수도 있고. 어쩌면 초대 수

녀님들이 우리 생각보다 훨씬 더 대단한 능력을 가지셨는지도
모르고. 너무 오래전 일이라 아무도 정확히 알지 못해."

헤오와 이스미가 앞으로 달려 나가 조약돌을 발로 뻥뻥 차면
서 자기들이 달빛으로 만든 거대한 여자들이라며 소리쳤다. 야
이가 걱정스러운 표정으로 나를 보았다.

"새들이 또 우릴 깨워줄까? 누군가 침입한다면 말이야."

*

정오가 막 지났을 무렵 우리는 해변에 도착했다. 해가 중천에
높이 올라 우리 머리 바로 위에서 한낮의 열기를 쏟아내고 있었
다. 섬의 남쪽 해안은 산과 바다 사이에 벼랑이 없는 유일한 장
소다. 화이트레이디산의 남쪽 자락은 완만한 평지가 이어지다
가 해안에 가까이 다다르면 바위가 켜켜이 쌓인 바다와 만난다.
그래서 바다가 얕고 달팽이를 잡기에 완벽한 조건을 갖췄다. 우
리는 울창한 하른나무 아래 앉아 에르스 수녀님과 요엠이 나눠
주는 빵과 치즈를 먹었다. 에르스 수녀님의 다른 수련 수녀인 시
실은 우리 사이를 돌아다니며 샘물을 따라주었다. 물은 석조 항
아리에 담아 당나귀 수레의 가장 아래 쪽에 보관해둔 덕에 시원
했다.

로에니 수녀님이 우리를 불렀다

"너희 대부분 뭘 해야 할지 알 게다. 야이, 이스미는 다른 애들
을 보고 따라 하려무나. 나와 토울란이 여기 있을 테니 달팽이를
바구니에 담아 이곳으로 가져와. 그럼 우리가 염색하는 방법을

알려줄 거야. 그리고 달팽이들은 조심히 다뤄야 한다! 절대 다치게 해선 안 돼."

우리는 모두 차가운 바닷물로 걸어 들어갔다. 주니어들은 웃고 떠들며 뛰어놀았고 수녀님들은 아이들이 다치지 않도록 지켜보았다. 야이는 내 옆에 붙어 나를 따라다녔다. 나는 야이에게 바위에 딱 달라붙어 숨어 있는 달팽이를 어떻게 찾아내는지, 그 달팽이를 바위에서 어떻게 떼어내는지 보여주었다. 달팽이들이 놀라울 정도의 힘을 발휘해 바위에서 떨어지지 않으려고 하기 때문에 다치지 않게 하려면 무척이나 조심해야 했다.

"난 달팽이가 붉은색일 거라고 생각했어. 그런데 진주처럼 하얗네."

달팽이를 떼어내는 데 처음으로 성공한 야이가 달팽이를 집어 들며 말했다.

"붉은 진액은 안에 들어 있어. 이제 곧 볼 거야."

나는 달팽이를 바구니 안에 조심히 내려놓으며 대답했다.

바구니가 다 차자 우리는 그걸 들고 로에니 수녀님과 토울란이 있는 나무 아래로 갔다. 그들은 수레 위에 네 개의 긴 널빤지를 올려 임시로 간이 탁자를 만들어놓았다. 당나귀들은 나무 아래서 한가로이 풀을 뜯고 있었다.

토울란은 우리에게 바구니를 내려놓으라고 하고는 비단실 타래를 풀어 탁자 길이 세 배 정도는 될 만한 실을 꺼내놓았다. 핏빛 달팽이는 뭔가에 놀라거나 겁을 먹으면 그 귀한 붉은 색소를, 그래서 이름까지 그렇게 지어진 검붉은 색소를 내뿜는다. 로에니 수녀님은 야이에게 달팽이 한 마리를 건네준 뒤 먼저 시범을 보였다. 수녀님이 손가락으로 달팽이의 껍데기를 톡톡 치니 달팽이가 놀라 진액을 뿜었고 수녀님은 능숙하게 그 붉은 진액을 실로 닦아냈다. 달팽이가 진액을 다 뿜어내자 우리는 달팽이를 빈 바구니에 다시 조심히 가져다놓고 다음 달팽이를 집었다.

이렇게 하면 실을 염색하는 데 시간이 오래 걸린다. 예전 발레리아 사람들이 그랬던 것처럼 우리도 달팽이의 진액만 뽑아 쓴 뒤 통 안에 던져놓고는 썩어 문드러져 죽게 두면 염색 작업도 훨씬 더 많이 할 수 있고 은화도 더 많이 모을 수 있다. 하지만 그렇게 하면 핏빛 달팽이들은 곧 모두 사라지게 될 거다. 게다가 우리 수도원은 그렇게 많은 은화가 필요하지도 않다.

바구니에 있던 달팽이의 염색 작업이 다 끝나자 우리는 달팽이들을 데리고 조금 멀리 떨어진 해변으로 갔다. 그러고는 바구니를 조심히 기울여 달팽이들을 다시 바다로 돌려보내 주었다. 팔과 손이 빨갛게 물들었는데, 염색 작업을 다 끝내고 나면 이보다 훨씬 더 새빨개진다. 수확 주간이 끝나면 우리가 있었던 바닷가 한쪽은 늘 피로 물든 듯 빨갛게 물이 들고, 로에니 수녀님과 토울란이 나뭇가지에 널어놓은 빨간 실 아래 풀밭도 석류석처럼 빨갛게 물이 든다.

저녁이 되자 에르스 수녀님과 그의 수련 수녀들이 바위 위에 음식을 차려주었다. 점심때보다 빵과 치즈가 풍족했고 고기파이 안에는 말린 니른베리와 갖가지 향신료가 잔뜩 들어가 있었다. 이 고기파이는 에르스 수녀님이 달팽이 수확 때만 구워주시는 특별 요리다. 온종일 달팽이 염색 작업을 한 덕분에 음식을 집어 먹는 우리의 손가락이 모두 검붉게 물들어 있었다. 저녁을

다 먹고 나자 수녀님들은 수련 수녀들과 수녀들이 몸을 따뜻하게 할 수 있도록 두 개의 모닥불을 피워주셨다. 우리는 불 가에 둘러앉아 재잘재잘 이야기를 나눴다. 서쪽 수평선 위로는 크림색 구름이 몽글몽글 떠 있었고 구름 속으로 해가 지는 모습은 마치 황금빛 공이 구름에 매달려 있는 것 같았다. 바다는 눈부시게 푸른 가운데 조용히 일렁였다. 바다가 속삭이듯 잔잔한 파도 소리가 들려왔다. 바다에 맞닿은 하늘은 잘 익은 복숭아처럼 노을로 물들고 있었지만 그 위에 낮게 깔린 구름 위로는 하늘이 아직 푸르렀다. 고개를 들어 더 높은 하늘을 보니 어둠이 내리고 있었다. 별 하나가 벌써 고개를 내밀어 우리 머리 위에 떴다. 코안새 몇 마리가 특유의 끼룩 우는 소리를 내며 어둑어둑해진 바다 위를 날았다. 해가 바다 너머로 사라지고 하늘이 보랏빛으로 거무스름해질 때쯤 헤오가 내 무릎에 머리를 대고 잠이 들었다. 바다는 이제 연보라색과 청록색이 뒤섞인 실크처럼 은은한 빛을 내고 있었다. 수평선 바로 위로 봄의 별이 차갑게 반짝였다.

온종일 허리를 구부리고 일했더니 등도 아프고 두 눈도 자꾸 감겨왔다. 조용한 파도 소리는 바다가 부르는 자장가처럼 들렸다. 하지만 나는 바다 위로 밤하늘에 어둠이 내리는 모습을 보고 싶었다. 그래서 다른 아이들이 모닥불 주위에 자리를 잡고 담요 안으로 들어가 버린 후에도 나는 한참을 졸음과 싸웠다. 얼마 지나지 않아 야이와 나, 둘만 남게 되었다. 야이는 검푸른 하늘을 뚫어지게 바라보고 있었는데 이제 사그라들고 있던 모닥불이 그 두 눈에 비쳐 그 애의 눈동자가 까맣게 빛났다.

"평생 내가 본 것 중에 가장 아름다운 풍경이야, 안 그래? 너무 아름다워서 가슴이 아파."

나는 경이에 찬 눈으로 하늘을 보며 말했다.

야이는 울음을 참는 듯 고개를 끄덕였는데 그 애 얼굴에 눈물이 흘러내렸다. 나는 내 무릎을 베고 잠든 헤오의 머리를 조심히 내려놓고 야이 옆으로 갔다. 야이가 저번처럼 소리를 지르거나 발작을 일으킬 것 같지는 않았다. 그 애는 그저 밤하늘에 있는 별들을 바라보며 조용히 앉아 울고 또 울었다. 나는 야이의 손을 꼭 잡았다. 우리는 깊은 밤이 우리를 에워싸는 동안에도 그렇게 한참을 말도 없이 가만히 앉아 있었다. 여전히 별에서 눈을 떼지 않은 채 야이가 말을 꺼냈다.

"우나이는…… 이걸 볼 수 없겠지. 우나이는 내 언니야. 우나이는 내가 이곳에서 보는 아름답고 경이로운 것들을 하나도 보지 못할 거야."

야이는 뺨에 흐르는 눈물을 아무렇게나 손으로 슥슥 닦았다.

"그런 걸 생각 중이었어, 마레시. 우나이가 볼 수 없고 이제 할 수도 없는, 그런 모든 것들 말이야."

"언니가…… 죽었어?"

"응, 죽었어. 죽어서…… 땅에 묻혔지."

야이는 내 손을 잡고 있던 손을 빼 자기 두 눈을 꾹꾹 눌렀다.

"마레시, 나는 그들이 우나이를 땅에 묻는 걸 봤어. 내 아버지와 형제들이 우나이 얼굴 위로 흙을 뿌렸어. 그리고 우나이를 묻은 땅 위로 올라가 발로 밟는 것도 봤어. 그러고는 삽을 내려놓고 마을로 내려가는 모습도. 우나이가 사라진 걸, 그래서 내 착한 언니가 이제 더 이상 자기들 골칫거리가 아니게 된 걸 기뻐하며 축하주를 들이켰어. 그들은 나와 어머니를 그냥 우나이 무덤 옆에 내버려 두고 가버렸어."

이 섬에 오는 많은 아이가 사랑하는 사람을 잃고 온다. 나도 야이의 고통을 이해한다는 마음을 전하고 싶어 그 애 손을 잡으려고 했지만 야이는 주먹을 꽉 쥔 손을 놓지 않고 차가운 표정으로 앉아 있었다.

"우나이는 남에게 아주 작은 해도 못 끼치는 사람이야! 우리들 중 누구보다 순종적인 아이였다고. 우나이는 자기한테 말을 건 남자애랑 아무 일도 없었다고 그렇게 맹세했는데 아버지는 그 말을 믿지 않았어. 우나이가 우물에 다녀오는 길에 남자애가 물을 달라고 해서 준 게 다였는데. 우나이는 모든 사람한테 친절해. 이름도 모르는 남자애였어! 하지만 아버지는 우나이를 믿지 않았고 더러운 계집애라며 욕했어. 그 남자애가 우리 코호족이 아니라 미호족이었거든. 그게 일을 더 나쁘게 만들었어. 우리는 절대 미호족이랑 어울리면 안 되거든. 아버지는 우나이 때문에 우리 가족의 명예가 더러워졌다고 했어. 그러니 우나이가 죽음으로 대가를 치러야 한다고. 나는 그때 우나이가 어떤 심정이었을까 계속 생각해, 마레시."

야이가 똑바로 앉아 내 눈을 보며 말했다. 그 애의 커다란 두 눈이 어둠 속에서도 까맣게 빛났다.

"매일 밤 침대에 누우면 내가 우나이가 돼. 우나이의 고통이 내게도 생생히 느껴져. 입안에 흙이 들어차고 산더미 같은 돌과 흙이 내 위로 쏟아져 폐를 짓누르고 코를 막아. 점점 숨이 막혀 오는데 가족들이 그 위에서 날 지켜보고 있어. 내 사랑하는 동생도 보고 있지. 그런데 날 구해주지 않아. 내가 우나이야, 마레시. 매일 밤, 내가 우나이가 된다고!"

나는 공포에 질려 몸을 움직일 수가 없었다.

"네 말은,"

내 목소리가 떨렸다.

"그러니까 네 말은, 네 언니가—"

야이가 조용히 말했다.

"우나이는 살아 있었어, 그 사람들이 우나이를 묻었을 때. 그러고는 우나이를 묻은 땅 위로 올라가 발로 꾹꾹 밟았지."

＊

화창한 날씨가 이어져 우리는 바닷가에서 일주일을 머물렀다. 달팽이 수확이 순조롭게 진행되었던 터라 로에니 수녀님은 기분이 좋아 보였다. 원장 수녀님은 거의 항상 우리와 함께 있었지만 밤에는 수도원으로 돌아가 나이 든 수녀님들을 챙기셨다. 에르스 수녀님은 수련 수녀들과 함께 수도원을 여러 차례 오가며 우리를 먹일 음식을 당나귀에 잔뜩 실어 나르셨다.

일주일이 다 되어가니 어린아이들은 지루해했다. 나는 두세 명씩 짝지어 자기들끼리 해변이나 숲으로 놀러 나간 아이들을 찾으러 이리저리 뛰어다녀야 했는데 시간이 지날수록 그 횟수도 점점 늘어났다. 나는 아이들을 찾고 나면 다시 일하라고 보내지는 않았지만 내가 보는 데서 놀 수 있게끔 잘 지켜보았다. 어린애들은 조금만 부주의해도 바다에 빠질 위험이 있었고 숲은 너무 커 길을 잃기 십상이었다.

어느 날 오후, 숲에 들어가 놀던 헤오와 이스미를 찾아 손을 잡고 데리고 나오던 중이었다. 나는 무릎을 꿇고 앉아 아이들을 보며 말했다.

"내가 보는 곳에서 놀아야 해. 숲에서 놀다가 길을 잃고 저녁 식사 시간을 놓치면 어떡해? 얼마나 배고프겠어. 시실과 요엠이 오늘 엄청 신선한 치즈와 잼을 가져올 텐데."

"마레시가 제때 우리를 찾을 거잖아. 항상 그랬잖아."

헤오가 완전히 확신에 찬 목소리로 말했다.

헤오와 이스미는 까르르 웃으며 손을 잡고 달려가 바위 위로 올라가 놀았다. 그때 원장 수녀님이 내게 다가와 햇빛을 손으로 가리며 아이들이 노는 걸 지켜보셨다. 나는 자리에서 일어났다.

"원장 수녀님, 죄송해요. 아이들을 잘 보려고 하는데 저도 일하고 있을 때는 둘 다 잘하기가 어려워요."

수도원에 온 지는 몇 년 되었지만 원장 수녀님과 직접 이야기하는 건 손에 꼽는 일이었다. 원장 수녀님에게는 수련 수녀와 이야기하는 것 말고도 중요한 일이 훨씬 더 많았다.

"눔멜 수녀님이 네게 주니어 수련 수녀들을 돌보라고 지시하셨니?"

수녀님이 손을 내리며 물었다.

"아니에요, 수녀님."

나는 고개를 들어 수녀님의 주름진 얼굴을 보았다. 원장 수녀님도 고개를 돌려 나를 보셨다. 수녀님의 속눈썹이 그렇게 길고 진한지 그때 처음 알았다.

"그런데 그냥 하는 거구나. 왜지?"

나는 잠시 생각했다.

"아이들이 저를 좋아해요. 아이들에게 제가 필요하기도 하고요. 제 생각이지만요."

내가 웃으며 답했다.

"그리고 저도 아이들과 함께 있는 게 좋아요. 아이들을 돌보는 동안에는 제 언니랑 동생들이 그나마 덜 보고 싶거든요."

"언니와 동생을 자주 생각하니?"

원장 수녀님은 안네르에 대해 모든 걸 알고 계셨다. 그렇게 다 기억하는 게 쉽지 않을 텐데, 원장 수녀님은 수련 수녀들에 관한 거라면 뭐든지 알고 계셨다. 나는 고개를 끄덕였다. 수도원 아이들을 돌봄으로써 안네르의 죽음을 조금이라도 보상해보려는 내 나름의 노력이었는지도 모른다. 나는 아이들에게 나쁜 일이 생기지 않게 하고 싶었다. 예전에는 안네르를 지켜주지 못했지만 이곳 아이들은 꼭 지켜주고 싶었다.

"마레시, 넌 야이도 잘 보살펴 주더구나."

그건 질문이 아니었다. 햇빛에 반짝이는 파도를 비껴 걸으며 달팽이를 잡고 있는 야이를 보았다.

"저도 처음 이곳에 왔을 때 엔니케가 저를 많이 도와준걸요. 이제 제 차례예요."

"야이에게 무슨 일이 있었는지, 자기 얘기도 했니?"

원장 수녀님은 염색 작업을 하고 있는 로에니 수녀님 쪽으로 발걸음을 옮겼다. 숲길을 따라 걷는데 바다에서 포근한 바람이 불어와 아이들의 웃음소리가 들려왔다. 그 바람에 소금기와 비릿한 해초 내음, 진한 풀 내음도 함께 실려 왔다.

"조금요. 마음이 좀 더 열릴 때까지 기다리려고요."

"넌 야이에게 무척 중요한 친구란다, 마레시. 그 아이를 저버리지 말렴."

나는 놀라 원장 수녀님을 보았다. 수녀님의 어조가 새삼 무척 진지했다.

"물론 절대 안 그럴 거예요, 원장 수녀님."

"그래."

로에니 수녀님과 눈이 마주친 원장 수녀님은 손을 들어 인사를 했고 다시 평소와 같은 목소리로 돌아가 말씀을 이어가셨다.

"어쩌면 눔멜 수녀님이 널 수련 수녀로 부를지도 모르겠구나. 네가 아이들과 잘 지내니까 말이다."

눔멜 수녀님이라니. 한 번도 생각해 본 적 없는 일이었다. 원장 수녀님의 말씀이 옳을지도 모른다. 나는 눔멜 수녀님과도 잘 지내고 지금도 이미 수녀님과 아이들 문제를 함께 고민하거나 이것저것 얘기를 나누니까. 하지만 내가 정말 하고 싶은 일은 아닌 것 같았다. 물론 아이들을 돌보는 일은 좋다. 하지만……

"지금도 아이들을 보살피고 있고."

원장 수녀님은 다시 낮고 진지한 목소리로 나를 보며 말씀하셨다. 수녀님의 눈동자는 수녀님이 머리에 쓴 스카프와 똑같이 맑은 파란색이었다.

"마레시, 혹시 무슨 일이 생기면 네가 주니어 아이들을 맡아 주면 좋겠구나. 난 네가 아이들을 안전하게 지켜줄 거라고 믿는단다."

원장 수녀님이 손가락을 들어 내 이마에 살며시 가져다 댔고 나는 수녀님이 아주 중요한 이야기를 하셨다는 사실을 이해했다. 나도 진지하게 고개를 끄덕였다. 원장 수녀님은 잠시 내 눈을 가만히 들여다본 뒤 별다른 말씀은 하시지 않고 자리를 떠나셨다.

　"원장 수녀님이 뭐라고 하신 거야?"

　엔니케가 궁금한 얼굴로 내게 와 물었다. 엔니케는 한쪽 팔에 빈 바구니를 끼고 있었고 뒤로는 야이가 바짝 붙어 따라오고 있었다. 야이를 보니 조금 전 야이를 잘 도와주라던 원장 수녀님의 당부가 생각났다.

　"눔멜 수녀님이 날 수련 수녀로 부르실 것 같아."

　내가 천천히 답했다.

　"넌 어때, 좋아? 아이들이랑 있는 걸 좋아하잖아."

　엔니케가 물었다.

　"음, 그런 것 같아."

　나는 물가에서 말타기 놀이를 하며 뛰어다니고 있는 헤오와 이스미를 바라보았다. 야이도 아이들을 바라보았다.

　"좋을 것 같아."

　야이가 갑작스레 말을 꺼내 나는 조금 놀랐다.

　"나도 아이들이 좋아. 남동생이 세 명 있어. 어머니만큼이나 자주 나도 그 애들을 돌봤거든."

　나는 엔니케와 잠시 눈이 마주쳤다. 엔니케에게는 우나이 이야기를 해두었다. 엔니케 말고는 아무한테도 말하지 않았다. 야이가 거의 항상 우리와 붙어 다녔기 때문에 엔니케가 알고 있는 게 좋을 거라고 생각했다.

"내가 아이들을 볼 때 돕고 싶다면 언제든 환영이야. 이제 가자. 저녁 먹기 전에 애들 데리고 달팽이를 좀 더 잡을 수 있을지 한번 보자."

달팽이 수확 주간이 지나자 우리는 다시 수업을 듣고 의식을 올리고, 맡은 임무를 수행하는 일상으로 돌아갔다. 우리는 이제 달의 무도와 그날 밤 열리는 성대한 축제를 기다리고 있었다. 매일 밤 내 꿈에 침이 꿀걱 넘어가게 생긴 파이와 코안 알이 잔뜩 나왔다.

어느 날 수업 시간, 오 수녀님은 바깥세상이 어떻게 돌아가는지에 대해 우리에게 설명 중이셨다.

"우리가 알고 있는 곳에서도 많은 사람이 거짓된 신을 믿는단다. 전설 속 영웅이며 거대한 바다 괴물을 신으로 모시고 거기다 기도를 올리기도 하지. 자기들 상상으로 신을 만들어내 제물을 바치기도 하고."

창문을 통해 바닷바람이 살랑살랑 불어왔다. 바람에 초여름의 소리도 함께 실려왔다. 곤충들이 붕붕대는 날갯짓 소리, 바닷새가 꽤액 내뱉는 울음소리, 이제 갓 태어난 새끼 염소가 매애 하고 우는 소리.

오 수녀님이 수업을 이어가셨다.

"하지만 세상에 생명을 가져온 건 태초의 어머니란다. 그리고 모든 힘은 그분에게서 나오지. 우리 몸의 피가 혈관을 따라 흐르는 것처럼 태초의 어머니의 에너지는 세상 구석구석까지 흐른단다. 태초의 어머니의 성혈을 착취하는 사람들도 있지. 그분의 힘을 빼앗아 자기 이익만을 위해 악용하는 사람들 말이다."

"하지만 태초의 어머니의 힘을 일으키는 방법도 있잖아요."

란나가 말했다. 자매인 란나와 위다는 둘 다 콧케 수녀님의 수련 수녀인데 그래서 그 애들 옷은 항상 생명의 샘에서 나오는 수증기로 축축했다. 나는 그 애들을 좋아한다. 란나와 위다는 심지가 굳고 힘든 일도 마다하지 않으며 보통은 자기들끼리만 있지만 내게도 늘 친절하다.

위다가 란나 말에 고개를 끄덕이며 말했다.

"라보라에는 전설이 하나 있어요. 어떤 여자아이가 노래로 돌풍을 일으켜 커다란 산도 무너뜨렸대요. 그 아이는 태초의 어머니에게서 아무것도 훔치지 않았어요. 그분과 함께였어요."

오 수녀님이 답했다.

"그래, 그 전설은 아주 오래된 이야기지. 그 아이는 태초의 어머니의 목소리에 귀 기울이고 함께 노래하는 법을 배운 거란다. 태초의 어머니에 대한 좀 더 최근의 이야기도 많단다. 그분을 실제로 보았다는 여자들의 이야기 말이다. 태초의 어머니는 수많은 이름으로 불리고 수많은 모습으로 우리 앞에 나타나신단다.

그분은 어디에나 존재하시지. 어떤 이름으로 불리든 말이야."

오 수녀님은 주니어 교실 쪽을 가리키며 말했다.

"헤오는 태초의 어머니를 도왔다는 어떤 아카데 여자의 후손이란다. 태초의 어머니가 감히 자신에게 대항한 어떤 남자를 벌줄 때 그 아카데 여자가 태초의 어머니를 도왔고 그때 그분의 모습도 보았다더구나."

"한낱 인간이 어떻게 태초의 어머니의 힘을 불러올 수 있는 거죠?"

도리가 물었다. 새가 도리의 어깨 위에 딱 붙어 앉아 귀를 쫑고 있었다.

"여자는 모두 자기 안에 태초의 어머니를 품고 있단다. 그 힘을 불러일으키는 데는 여러 방법이 있지. 지금 우리는 그런 지식들을 많이 잃었어. 태초에 우리는 우리의 기원을 훨씬 더 잘 이해하고 있었고 그래서 우리 안에 있는 태초의 어머니의 힘도 훨씬 컸을 게다."

오 수녀님이 검지를 들며 말을 이었다.

"그런데 사람들이 태초의 어머니의 힘을 악하게 이용하기 시작했단다. 우리가 지금 두 발로 딛고 있는 이 땅을 파괴하면서까지 말이야."

"태초의 어머니께서는 어떻게 이런 일이 일어나도록 내버려두실 수 있는 거죠? 잘못된 거잖아요!"

엔니케는 화가 나 보였다.

"그래, 옳지 않지. 하지만 태초의 어머니는 사람들 사이에 일어나는 일에는 거의 개입하지 않으신단다. 우리는 우리 인생을 스스로 책임져야 해. 그건 태초의 어머니께서 우리에게 주신 선물이란다."

"그분의 힘이 왜 약해지는 걸까요?"

내가 물었다. 그분의 힘이 약해질 수 있다는 사실이 잘 이해되지 않았다.

"정확한 건 아무도 몰라. 초대 수녀님들의 성전에 그렇게 쓰여 있지만 그중 우리가 이해할 수 있는 건 아주 작은 일부일 뿐이란다. 어쨌거나 초대 수녀님들이 살던 땅에서 태초의 어머니의 힘이 악용되자 힘은 점차 약해져 갔단다. 초대 수녀님들은 태초의 어머니에 관한 지식이 잘못된 방식으로 사용되고 있으며 그래서 위험하다는 사실을 알아차리셨지. 그래서 수녀님들은 수수께끼 같은 방식으로 글을 남기셨어. 사람들은 자기만의 부와 권력을 갖고 다른 사람들을 노예처럼 부릴 수 있었고, 그런 사람들은 남들도 성전을 읽고 자기처럼 될까 봐 노심초사했지."

"남자들은 왜 이 섬에 들어올 수 없는 거죠?"

수업 시간에 야이가 질문을 한 건 처음이었다. 무심한 오 수녀님만 빼고 우리 모두 놀라 야이를 쳐다보았다.

"이곳은 신성한 땅이란다. 초대 수녀님들은 이 섬을 발견하자마자 그 사실을 아셨지. 이곳은 태초의 어머니의 기운이 아주 강하거든. 우리가 밟고 있는 이 땅 바로 아래, 그분의 피가 아주 가깝게 흐르고 있단다. 사람들은 저마다 태초의 어머니의 각기 다른 모습을 숭상한단다. 어떤 사람들은 메이든을 숭배하고 어떤 사람들은 마더를, 또 어떤 사람들은 크론을 숭배하지. 그렇지만 우리는 진실을 알고 있어. 태초의 어머니는 이 셋, 모두라는 사실 말이다. 그분은 이 세 가지 모습으로 동시에 이곳에 존재하신 단다. 시작과 중간, 끝이 모두 여기에 있지. 어쨌든 초대 수녀님들은 이곳에 남자가 발을 들일 수 없게 만드셨어. 수도원을 보호하려고 그런 걸 수도 있고 다른 이유가 있을지도 몰라. 처음부터 그래왔단다. 세상 사람들은 남자가 우리 메노스 섬에 들어오면 저주에 걸린다고들 하지. 우리는 그냥 그 소문을 딱히 바로잡지 않고 내버려 두고 있단다."

오 수녀님이 떨떠름한 웃음을 지으셨다.

야이가 앞으로 몸을 한껏 내밀고 또다시 질문했다.

"하지만 그래도 남자가 이곳에 온다면 어떻게 되나요?"

"이곳에도 남자들이 온 적 있어. 해적들이 초대 수녀님들을 공격했거든. 내가 말한 거, 기억나?"

내가 재빨리 대답했다.

"그리고 또 한 번 남자가 이 섬에 온 적이 있단다."

오 수녀님의 말씀에 나는 깜짝 놀랐다.

"오래전에 어떤 남자가 이 섬에 왔었단다. 그 남자는 몸을 다친 상태였고 숨을 곳이 필요했어. 수도원은 그에게 잘 곳을 내어 주고 상처를 치료해 주었단다."

야이는 팔짱을 낀 채 물었다.

"왜요? 태초의 어머니는 왜 그렇게 내버려 두셨을까요? 수도원은 왜 그랬고요?"

야이의 목소리가 날카로웠다.

"남자는 우리의 적이 아니란다, 야이. 그 남자는 우리 도움이 필요했고 우리는 우리의 의지로 그를 도운 거야. 우리는 그분의 지혜를 수호하는 사람이란다. 그리고 그 지혜는 모든 이를 위한 것이지."

*

어느 날, 수업이 끝나고 교실을 나가려는데 오 수녀님이 나를 부르셨다. 야이도 함께 멈칫했는데 문 앞에 선 야이에게 수녀님이 먼저 가라는 손짓을 하셨다.

"매일 저녁, 도서관에서 책을 읽더구나."

수녀님 말씀에 나는 고개를 끄덕였다. 오 수녀님은 창밖 너머로 바다를 바라보고 있었다. 수녀님은 항상 비뚤게 서 시선을 앞으로 고정하려고 턱을 높게 치켜들곤 하셨다. 그래서 목이 늘 S자 모양이었다. 수녀님은 푸른 스카프를 두른 삐쩍 마른 학처럼 보였다.

"거기 있는 책들을 다 읽을 수 있니?"

"아니요. 아주 오래된 책들은 못 읽어요. 초대 수녀님들이 모국어로 쓰신 책이나 동쪽 나라에서 가져오신 책들이요."

"그 책들 읽는 법을 배워보고 싶니?"

오 수녀님이 나를 보셨다.

종종 오래된 책이나 두루마리를 보게 되면 그 안에 무슨 내용이 쓰여 있는 건지 궁금했다. 눈앞에 보이는데도 읽지 못한다는 게 괴로웠다. 그건 마치 아주 근사한 비밀이나 맛있어 보이는 고기파이가 바로 앞에 있는데도 내가 손을 뻗으면 달아날 것만 같은 기분을 들게 했다. 나는 흥분해 몇 번이나 고개를 끄덕였다.

"아아, 좋아요! 저는 초대 수녀님들이 어떤 지식을 가져오셨는지 항상 궁금했어요."

"그것 중 상당수는 그 이후에 다른 책에도 옮겨져서 네가 본 책들에도 나오는 내용이란다."

"하지만 수녀님이 늘 말씀하셨잖아요! 해석된 걸 보는 건 스스로 배우는 거랑은 완전히 다른 거라고요!"

내 들뜬 모습에 수녀님이 웃으셨다.

"네가 정말 관심이 있다면 내가 기본적인 것들을 가르쳐줄 수 있어. 수업을 한두 개 정도 해줄 수 있겠구나. 평일에 아이들과 함께하는 수업이 끝나면, 음, 내 방에서 하는 게 어떠니? 할 수 있겠니?"

"당장 시작할 수 있을까요? 네?"

나는 오 수녀님께 애원하듯 말했다. 만약 할 수만 있다면 수녀님 손을 잡고 지금 당장 수녀님 방으로 가자고 이끌었을 것이다.

"음, 원장 수녀님께 먼저 여쭤봐야 한단다. 수녀님만 허락해주신다면 내일부터 바로 시작하자꾸나."

*

원장 수녀님께서 승낙해주신 덕분에 다음 날부터 나는 오 수녀님께 동쪽 나라 언어를 배우기 시작했다. 야이는 혼자 있고 싶지 않아 했지만 그렇다고 내가 오 수녀님 수업을 듣는 동안 다른 곳에 가고 싶어 하지도 않았다. 그래서 야이는 사원의 뜰에 앉아 내가 끝날 때까지 나를 기다렸다. 가끔 헤오나 고양이들이 와 친구가 되어 주었다.

　내가 처음 수도원에 왔을 때는 이쪽에서 쓰는 해안 지방 말을 전혀 몰라 처음부터 배워야만 했다. 주변 사람들이 쓰는 말을 알아듣지 못한다는 건 꽤 무서운 일이었다. 그땐 수업 같은 걸 따로 들은 게 아니라 그저 듣는 걸 되는 대로 모조리 흡수했다. 하지만 이번에는 달랐다. 필요해서가 아니라 궁금해서 배우는 것이었다. 하지만 그 언어로 말하는 사람 없는 환경에서 언어를 배우는 건 훨씬 더 어렵고 시간도 오래 걸리는 일이라는 걸 미처 몰랐다. 나는 무척 실망했다. 오 수녀님조차 단어들이 어떻게 발음되는지 알지 못했다. 기록된 언어가 있는 것에 만족해야 했다. 평생 가도 이 글자를 다 이해하지 못하겠다고 내가 불평하자 오 수녀님은 우습다는 듯 내가 어떻게 그렇게 빨리 배운 건지 모르겠다고 중얼거리셨다.

　매일 저녁, 나는 보물의 방에 틀어박혀 고서들을 붙잡고 어떻게든 해독해보려고 씨름했다. 처음에는 몇몇 단어만 알아볼 수 있었는데 달이 바뀔수록 이해할 수 있는 단어가 점점 더 많아졌다. 나는 모르는 단어를 발견할 때마다 사원의 뜰을 달려 수녀의 집으로 가 오 수녀님께 질문했다. 수녀님은 내가 방해된다고 뭐라고 하시면서도 언제나 내 질문에 대답해 주셨다. 오 수녀님은 그런 식으로 친절을 베푸는 분이셨다. 로에니 수녀님은 "지금은 안 돼, 마레시"라거나 "마레시, 넌 질문이 너무 많아"라고 말씀하시며 답해주지 않으실 때가 많았지만 오 수녀님은 그만 좀 방해하라고 툴툴거리면서도 내가 뭔가를 물으면 언제나 답을 해주셨다.

공부하고 싶은 흥미로운 책이 너무 많았다. 오 수녀님의 말씀이 옳았다. 고서에 있는 지식 중 상당수가 이미 다른 책에 옮겨져 있어 나도 읽은 적이 있는 내용들이었다. 하지만 시적 은유가 가득한 고대 동쪽 나라의 언어로 읽으니 알고 있는 내용인데도 완전히 새롭게 다가왔다. 훨씬 더 정교했다. 게다가 초대 수녀님들이 직접 쓰신 글을 한 자, 한 자 읽을 수 있게 된 것만으로도 황홀했다. 수도원에 들어온 이래 줄곧 초대 수녀님들에 대해 들어왔다. 이곳의 역사는 그들과 함께 시작되었고 지금까지 이어져왔다. 그 당시 수녀님들이 쓰신 글을 직접 읽으니 그들이 살아 움직이는 것처럼 생생하게 느껴졌다.

초대 수녀님들 중 한 분이며 지식의 정원을 만든 가라이 수녀님이 쓰신, 피에 관한 짧은 글을 읽었다. 그 글에는 어떤 식물이 피의 기운을 강하게 하고, 어떤 식물이 피를 멎게 하는지, 또 어떤 식물이 월경을 늦추는지 적혀 있었다. 어떤 장은 태초의 어머니의 성스러운 피에 관한 내용이었는데 그분의 피가 세상에 어떻게 흐르고 있는지, 그 피를 어떻게 다루어야 하는지, 그 행위에 따르는 위험은 무엇인지에 대해서 적혀 있었다. 또, 거기에는 삼위이신 마더, 메이든, 크론의 피를 한데 모으면 태초의 어머니의 성혈을 만들 수 있다고도 쓰여 있었다. 그 장은 너무 어려워 거의 이해하지 못했다. 다른 장에는 여자들에게만 있는 지혜의 피와 그 피를 다루는 방법이 적혀 있었다. 지혜의 피가 흐르고 있는 여자들만 주관할 수 있는 행사에는 어떤 것들이 있는지도 설명했다. 내가 오 수녀님께 지혜의 피가 무엇이냐고 묻자 수녀님은 무뚝뚝하게, 초대 수녀님들은 월경혈에 마법의 힘이 깃들어 있다고 믿었다는 이야기를 해주셨다.

한눈에 봐도 특히 낡고 해진 어떤 두루마리에는 초대 수녀님들이 고국 카레노코이를 탈출하는 이야기가 쓰여 있었다. 수많은 시련을 겪고 그 여정 끝에 만난 큰 폭풍이 그들이 탄 배를 한 섬에 데려다놓았는데 그 섬이 메노스였다는 이야기. 나는 이 이야기를 수도 없이 들었지만 이번에 새로운 사실을 발견했다.

"여기, 카레노코이에서 **나온넬**을 타고 온 일곱 명의 여자들이 메노스 섬에 상륙한 이후 일어난 사건에 대한 기록이 있다. 우리의 이름은 카비라, 클라라스, 가라이, 에스테기, 오르세올라, 술라니, 다에라이며, 지금은 이곳에 없지만 이오나 또한 우리 안에서 영원히 함께할 것이다."

이오나. 여덟 번째 수녀님이 있다는 사실은 전혀 몰랐다.

온통 머리카락에 대해서만 적혀 있는 책도 있었다. 그 책에는 한 장 전체가 빗에 관한 이야기뿐이었다. 태초의 어머니의 노여움을 불러오려면 구리로 만든 빗이 필요하다고 했다. 치료법이나 수도원 건물에 대해 쓴 책도 있었고 초대 수녀님들이 직접 쓰시지 않은 책도 많았다. 세상을 장악하는 방법이 쓰인 책도 있었는데, 내가 이해하기에는 너무 어려운 내용이었다. 동쪽 땅의 역사가 담긴 책들도 한 무더기 있었다. 아득히 먼 나라와 그 나라 사람들에 대해 상상하면서 나는 닥치는 대로 책을 읽어나갔다.

어느 날 저녁, 여느 때처럼 보물의 방에 가던 길이었다. 지식의 집 복도를 걷다가 지하실로 들어가는 문을 지나는데, 전에는 보이지 않았던, 문 위에 적힌 글자가 어느 순간 눈에 들어왔다.

동쪽 나라 언어로 쓰인 그 글자의 의미를 알고는 있었지만 직접 읽을 수 있게 된 건 처음이었다. **일곱 명의 수녀, 이곳에 잠들다. 일과 사랑 안에 함께.** 이렇게 쓰여 있었다. 단순하지만 아름다운 문장이었다. 그리고 일곱 명의 이름도 함께 새겨져 있었다. 카비라, 클라라스, 가라이, 에스테기, 오르세올라, 술라니, 다에라. 그리고 그 아래, 내가 늘 그저 장식인 줄로만 알았던 것도 이제는 알아볼 수 있었다. 아름다운 필체로 쓰인 글자 I였다. 이오나의 I.

지하실로 들어가는 문은 그냥 겉에서 보면 문처럼 보이지 않는다. 지식의 집 내부에는 부드러운 곡선을 그리는 반기둥이 복도를 따라 늘어서 있고 그 기둥들 사이에는 글자가 새겨져 있다. 지하실 문이라고 해서 따로 경첩이나 손잡이가 있는 것이 아니기 때문에 거기에 새겨진 글자를 읽지 못하면 그저 평범한 벽으로 보인다. 하지만 그것은 엄연한 문이며 이 섬에서 가장 신성한 구역, 크론이 다스리는 구역으로 들어가는 입구다. 나는 그 문을 지날 때면 될 수 있는 한 빨리 지나가려고 애썼다. 크론은 지혜와 죽음을 주재한다. 지하에 있는 묘실이 그의 신성한 공간이 된 건 자연스러운 일이었을 것이다. 물론 내게 지혜란 언제나 중요한 것이었지만 죽음이라면 지긋지긋했다.

굶주림의 겨울이 닥쳐왔을 때 우리 집에 난데없이 은빛 문이 나타났는데, 그 문은 밤이고 낮이고 며칠 동안이나 우리 집을 떠나지 않았다. 우리 가족 중 그 문이 보이는 사람은 나밖에 없었으므로 나는 그 사실을 아무에게도 말하지 않았다. 그때에는 문 너머에 무엇이 도사리고 있는지 알지 못했다. 절대 채워지지 않는 허기가, 내 팔과 다리를 먹어 치워도 채워지지 않을 허기가 나를 기다리고 있다는 사실을 전혀 알지 못했다. 그건 바로 크론이었다. 문고리는 오닉스처럼 까만 눈을 한 뱀의 모양을 하고 있었는데, 그땐 내가 너무 배고팠던 탓인지 그 뱀이 정말 쉭쉭 소리를 내며 기어가는 것만 같았다. 그 문은 원하는 것을 손에 넣고 나서야 어디론가 사라졌다.

크론, 그는 살아 있는 생명을 원했다. 안네르를 원했다.

손을 대면 부서질 것처럼 작고 가녀린 안네르를 내 품에 안았던 감촉을 나는 기억하고 있다. 그 애의 몸이 얼마나 가볍던지. 어머니가 흐느껴 우는 소리가 지금도 귓가에 들려오고, 안네르의 관을 손수 만든 아버지가 그 관을 부둥켜안고 눈물을 흘리는 모습도 여전히 눈앞에 생생하다.

그날 이후 줄곧 나는 크론이 무서웠다. 이 섬에서 날 불안하고 두렵게 하는 장소는 지하실이 유일했다.

＊

매일 저녁 내가 오래된 두루마리를 띄엄띄엄 읽는 내내 야이는 내 곁을 지켜주었다. 가끔은 야이에게 읽어주기도 했는데 야이는 재미있는지 질문도 했다.

해변에서 우나이 일을 털어놓은 이후로 야이는 약간 편안해진 것 같았다. 적어도 야이가 편하게 생각하는 나나 엔니케, 헤오와 있을 때는 누가 일부러 말을 걸지 않아도 스스로 먼저 이야기할 만큼 좋아졌다. 우리는 야이의 과거에 대해 조금씩 알게 되었다. 야이의 남동생들 이름은 소리안, 도란, 베크레트다. 야이의 어머니는 야이를 낳은 뒤 몇 번이나 유산을 겪어 더는 아이를 갖고 싶어 하지 않았다. 그러나 야이의 아버지는 아들을 원했고 베크레트가 태어난 뒤에야 아내의 침실을 영영 떠나버렸다. 아버지가 떠난 날 밤, 야이와 우나이는 어머니가 밤새워 우는 소리를 들었다. 다음 날 아침이 밝자 아이들은 어머니께 아버지가 많이 그리운지 물었다. 어머니는 반짝이는 눈물 사이로 미소를 지으며 말했다.

"그렇지 않아. 내 평생 지금보다 행복했던 적은 없단다."

우리는 가을이 되면 각종 잼이나 절임을 만드는데 야이가 그 일을 싫어한다는 것도 알게 되었다. 부엌에서 코끝을 찌르는 식초 냄새가 진동하고 온갖 채소를 써는 일도 너무 어렵기 때문이었다. 하지만 야이의 어머니가 사용했다던 갖가지 향신료를 절구에 넣고 빻는 일은 즐거워했다. 야이는 눈을 본 적이 한 번도 없다고 했다. 헤오와 내가 눈에 대해 설명하자 웃음을 터뜨렸다. 그 애가 웃는 걸 본 건 그때가 처음이었다. 야이의 목소리는 저음인데 웃음소리는 의외로 높고 경쾌했다.

"차갑고 하얀 게 하늘에서 떨어진다니! 헤오, 넌 정말 재밌다니까."

"화이트레이디산 꼭대기에 쌓인 새하얀 눈을 보지 못했어?"

나는 참을성을 거의 잃을 뻔했지만 상냥하게 물었다. 야이가 고개를 저었다. 나는 그제야 이해할 수 있었다. 그 애는 눈을 본 적이 없으니 산꼭대기에 하얀 꽃이 피었거나 흰 바위가 있는 줄로만 알았던 것이다.

봄에 내가 가장 싫어하는 날이 하나 있다. 그날 아침이 되면 만면에 웃음을 띤 콧케 수녀님이 우리를 기다리고 있는 생명의 샘으로 가야 한다.

"봄 빨래 철이 왔단다."

수녀님은 우리가 하기 싫어 툴툴거리는 소리를 들으며 즐거워하는 게 분명했다.

수련 수녀들은 모두 아침을 먹고 콧케 수녀님이 있는 중앙 뜰로 모였다. 콧케 수녀님과 위다, 란나가 미리 모든 걸 준비해 놓았다. 우물 근처 채석장에 모닥불을 피워두었고, 그 위에는 물을 끓일 큰 솥도 걸어두었으며, 큰 빨래통도 이미 여러 개 가져다 두었다.

"다들 어떻게 해야 하는지 알지?"

콧케 수녀님이 말했다. 우리는 수련 수녀의 집과 수녀의 집으로 가 침대보를 벗기고 벽장을 비워 침대보와 베갯잇, 옷 같은 것들을 두 팔에 안을 수 있는 만큼 전부 걷어 나왔다. 두 팔 가득 빨랫감을 안고는 비틀거리며 중앙 뜰로 나와 깨끗하게 청소된 돌 위에 모두 펼쳐놓았다. 그런 다음 콧케 수녀님과 위다, 란나가 이불과 옷들을 점검해 그대로 둘 것, 덧대거나 수선이 필요한 것, 이제 걸레로 쓸 것으로 구분해 나누었다. 그들 셋이 빨랫감을 나누어 종류별로 쌓아 올릴 동안 우리는 솥을 준비해 물을 끓였다. 물이 팔팔 끓자 엔니케와 나는 낑낑거리며 솥을 들어 빨래통으로 가져가 부었다. 뜨거운 물에 데이지 않도록 아주 조심해야 했다. 콧케 수녀님은 빨래통 안에 빨랫감을 적당히 나누어 넣고 그 위에 비누를 잘라 나눠주셨다. 어떤 애들은 하얗게 반질반질해진 오래된 주걱으로 빨래를 휘저었고 어떤 애들은 우물에서 물을 길어와 솥을 채웠다.

빨래는 내가 상상할 수 있는 일 중에서 가장 따분한 일이었다. 보통 빨래는 콧케 수녀님과 그의 수련 수녀들이 맡아서 하지만 봄 빨래는 모두 같이 한다. 빨랫감을 뜨거운 물에 한 번 담가 비눗물에 불린 뒤 그걸 수레에 싣고 바다로 간다. 그러고는 해변에 있는 바위에 앉아 손으로 벅벅 문질러 때를 지우고 물로 깨끗이 헹궈낸다. 옷과 이불을 햇볕 아래 널고 바닷바람에 마르길 기다리는 동안 앉아서 쉬며 점심을 먹는다. 빨래가 다 마르고 나면 찢어지거나 해진 곳들을 기우고 꿰맨다. 바느질은 빨래보다 훨씬 더 지루하다.

야이와 나는 그늘진 생명의 샘 벤치에 앉아 깨끗이 세탁한 리넨 천의 구멍을 꿰매고 있었다. 야이가 누군가에게 우나이 이야기를 좀 털어놓고 나면 야이에게 좀 더 좋지 않을까 해서 쭈뼛쭈뼛하다가 용기를 냈다.

"우나이 얘기해줘. 어떤 사람이었어?"

내가 입으로 실을 끊으며 말했다.

야이의 손이 잠깐 멈칫했지만 곧 바느질을 이어 나갔다. 나는 안도감에 숨을 후 내쉬었다. 나도 모르게 숨을 참았던 모양이다. 전에 헤오가 우나이에 대해 물었을 때처럼 내가 야이를 다시 공포와 두려움 속으로 몰아넣는 게 아닌지 걱정됐다.

"우나이는 나보다 두 살 많았어. 다른 모든 남자처럼 내 아버지도 첫째 아이가 아들이길 바랐지. 나와 우나이는 그에게 실망스러운 존재였어."

야이는 시트 방향을 돌려 바느질을 계속했다.

"우나이는 늘 착한 딸이었어. 아버지가 원하는 완벽한 코호족 여자아이가 되려고 정말 노력했지. 착하고, 말 잘 듣고, 눈에 띄지 않는. 아버지를 기쁘게 해드리려고 무척 애썼어. 그리고 나는 우나이처럼 되고 싶어 했고."

야이는 바느질을 멈추고 중앙 뜰 허공을 멍하니 바라보았다.

"하루 중 가장 좋은 시간은 남자들이 들판에서 돌아오기 전이었어. 집안일을 미리 끝낸 날에는 우나이랑 같이 지붕에 올라가 앉았거든. 어머니도 시간이 있을 때면 종종 올라오셨어. 저녁 공기는 따뜻하고 소마는 차가워서 컵에 방울이 맺혔어. 소마는 우리가 먹던 음료수야. 정말 시원한 맛이야. 민트랑 설탕, 세레라는 과일을 넣어 만들거든. 우리 산에는 세레가 많이 열렸어. 우리는 거기에 올라앉아 산 너머로 해가 지는 걸 보면서 실컷 웃고 떠들었지. 아버지가 여자들이 웃는 소리를 듣기 싫어해서 그때 많이 웃어줘야 했거든."

야이가 희미하게 웃었다.

"아니야, 제일 좋았던 시간은 밤이었어. 우나이랑 함께 침대로 올라갈 때. 우리는 침대에 가면 제일 먼저 서로의 머리를 풀어줬거든."

야이는 자기 머리를 가리켰다.

"코호 여자들은 머리를 묶어야 해. 여기서 하는 것처럼 머리를 풀고 다니면 절대 안 돼. 높이 묶을수록 좋아. 그래서 밤에 머리를 다 풀려면 시간이 꽤 걸렸어. 누가 도와주면 좀 쉬워. 머리를 다 풀면 우리는 이불 속으로 들어가 누웠어. 그럼 우나이는 그날 하루 내가 잘했던 일이랑 더 잘 할 수 있는 일들을 얘기해줬어. 얘기하는 동안에는 우나이가 내 머리를 마사지해줬어. 온종일 꽉 묶은 채로 다니느라 머리 가죽이 다 아프거든. 우나이는 내가 좋은 여자가 되기를 진심으로 바랐어. 고분고분하게 말도 잘 듣고 규율도 잘 따르고, 그래서 아버지가 우리 둘을 마음에 들어 하시길 바랐지. 그래서 나도 아버지 말을 잘 들었던 거야. 하지만 그건 전적으로 우나이를 위해서였어. 나는 우나이가 원하는 거라면 뭐든지 했거든. 하지만 우나이처럼 순종적인 아이가 될 수는 없었어. 아버지든 다른 남자든 그 누구와도 절대 눈을 안 마주치고, 고개 숙이고, 어떤 모욕을 해도 '네, 아버지' 하고 대답하는 건 난 절대 할 수 없었어. 우나이에게는 그런 것들이 자연스러워 보였어. 아버지가 우나이를 때리면 우나이는 자기 탓이라고 했어. 자기가 충분히 재빠르거나 조심하지 못했다고. 나는 그런 식으로 생각할 수 없었어."

야이는 나를 보았다.

"네 아버지도 너를 때리셨니? 네가 마실 걸 빨리 가져다드리지 않았거나 음식이 입에 안 맞거나, 아니면 아버지나 남자 형제의 시중을 들다가 실수로 뭔가를 엎지르거나 했을 때 말이야."

나는 고개를 저었다.

"아버지는 우리를 때린 적이 없으셔. 나는 다른 사람의 시중을 든 적도 없고."

야이의 눈이 동그래졌다.

"나는 다 그런 줄 알았어. 우나이는 우리가 아버지의 기대를 만족시킬 수 있게 되면 훨씬 나아질 거라고 믿었으니까……."

그 애는 눈을 감고 고개를 떨군 채 어렵게 말을 이었다.

"우나이는 평생 나무랄 데 없이 착한 딸이었어. 결국 그건 아무 소용도 없었지만."

야이의 목소리가 너무 작아져 잘 들리지 않았다.

"아버지가 우나이를 흙구덩이 안으로 던져 넣었을 때 우나이는 나오려고 하지도 않았어. 나올 수도 있었을 텐데. 저항해볼 수도 있었을 텐데. 그 사람은 먼저 우나이 몸 위로 흙을 뿌렸어. 머리는 마지막까지 남겨뒀지. 네가 자초한 죽음을 똑똑히 보라고. 언니는 흙이 너무 무거워 가슴을 짓누르니 그제야 빠져나오려고 애를 썼어. 숨을 쉴 수 없게 되자 공포에 질려 발버둥을 쳤지만 그땐 이미 너무 늦었지."

내 손에 들고 있던 하얀 시트가 땅에 툭 떨어졌다. 나는 야이를 꼭 안았다. 세상에 사람이 다른 사람에게 그런 끔찍한 짓을 할 수 있다는 사실이 믿기지 않았다.

"거룩하신 신이시여."

나는 야이를 꼭 안은 채 말했다. 그 애의 머리카락에서 비누와 햇빛에 잘 마른 리넨 향이 났다.

"메이든, 마더, 크론이시여, 당신 모두에게 기도드립니다. 이 아이에게 평안을 주세요."

야이는 내 팔을 확 빼더니 나를 밀어냈다. 그 애의 날카로운 눈썹 아래 황갈색 눈동자가 나를 노려보고 있었다.

"평안 같은 건 필요 없어, 마레시. 하지만 기도해줘. 내가 복수할 수 있도록."

그 순간, 나는 겁이 났다. 야이가 느끼는 고통과 분노는 내가 상상할 수 있는 수준을 넘어서는 것이었다. 나도 안네르를 생각하면 슬픔이 밀려왔지만 복수 같은 걸 생각해본 적은 없었다. 나는 고개를 돌려 땅에 떨어진 바느질감을 주워 들었다.

"여긴 어떻게 왔어?"

내가 물었다.

"어머니."

야이는 무릎 위에 놓인 바느질감을 내려다보며 자기도 어떻게 이 섬에 올 수 있었는지 모르겠다는 듯 멍하니 대답했다.

"우나이가 죽자 어머니는 생전 처음 아버지에 맞서기로 한 것 같았어. 아버지가 우나이를 땅에 묻은 그날 밤, 어머니가 내 방으로 왔어. 나도 잠들지 못하고 깨어 있었는데 처음엔 어머니가 뭘 하는 건지 몰랐어. 어머니가 방을 여기저기 뒤져 자기 보석 전부와 우나이와 내 것까지 한곳에 모아 싸주셨어. 멍하니 보고 있는 내게 옷을 입히고 내 옷 속에 보석을 감춰 넣고 내 머리를 묶어주면서도 어머니는 내내 한마디도 하지 않았지. 그런 다음 나를 밖으로 데리고 나갔어. 밖에서는 당나귀 수레꾼이 몰래 기다리고 있었고. 어머니가 어떻게 그런 사람을 찾았는지도 모르겠어. 나는 얼떨떨한 채로 따라갔어. '넌 수도원으로 갈 거야. 그곳에 가면 안전해. 이제 하나 남은 딸도 볼 수 없게 되겠지만 그곳에선 네가 살 수 있어.' 어머니는 그렇게 말했어."

"레드 수도원 이야기를 들은 적이 있어. 어머니랑 이모들이 여자들끼리 있을 때 가끔 얘기하거나 노래를 불러주셨거든. 난 신화 같은 건 줄 알았어. 믿을 수 없는 얘기잖아. 여자들만 있고 남자는 들어갈 수 없는 곳이라니. 수도원 여자들이 어떻게 생활을 꾸려나가는지 상상할 수도 없었어. 어떻게 살아남을 수 있는 건지도. 그동안 여자는 남자 없이는 아무것도 할 수 없다고 배웠으니까."

"수도원이 신화가 아니라 진짜 존재하는 곳이라고 어머니가 믿기는 했는지 모르겠어. 하지만 내가 우나이 도움 없이 아버지가 바라던 순종적인 딸 노릇을 할 수 없다는 건 분명 아셨던 것 같아. 그리고 한 번 딸을 죽인 사람이 두 번 죽이는 건 어렵지 않을 거란 사실도."

야이는 눈을 감았다.

"어머니는 아무 말도 없이 내 이마에 입을 맞추고는 나를 서둘러 보내셨어. 내가 가는 걸 지켜보지도 못하고 곧장 집으로 들어가셨어."

야이가 감았던 눈을 떴다. 그러고는 파란 하늘을 올려다보며 눈에 있는 뭔가를 불태워 없애려는 듯 태양을 노려보았다.

"나는 당나귀를 타고 밤새 길을 갔어. 다음 날 오후가 되어서 야 당나귀를 쉬게 해야 해서 잠깐 멈췄어. 수레꾼은 누가 쫓아오 기라도 할까 봐 무척 겁먹은 표정이었어. 내 생각엔 어머니가 수 레꾼한테 바다까지 나를 데려다주라고 값을 치른 것 같은데 그 남자는 다른 동네에 도착하자마자 도망가 버렸어. 난 그 동네가 어딘지도 몰랐는데 말이야. 아버지가 복수하러 올까 봐 무서웠 던 것 같아. 왜냐하면 우리가 작은 골목에 들어서자마자 갑자기 내게 마차에서 내리라고 하고는 휘이 손을 마구 내저으며 가라 고 했거든. 남자는 뒤도 돌아보지 않고 사라졌어. 난 모르는 사 람들뿐인 길 한복판에 내버려져 거기가 어딘지, 어디로 가야 하 는지도 모른 채로 멍하니 서 있었어. 정말 무서웠어, 마레시. 가 족 외에는 다른 남자랑 말을 해본 적도 없었으니까. 그리고 외로 웠어. 내 옆엔 늘 우나이가 있었는데……."

야이는 고개를 숙인 채 바늘로 천을 쿡쿡 쑤셨다.

"그러다 어떤 여자가 와서 날 도와줬어. 요이족이라고 했어. 요이족은 우리 코호족을 피하거나 싸워야 하는 적이라고 배웠 을 텐데. 그 여자는 내가 혼자 그곳에 덩그러니 있는 걸 보고는 나 같은 신분의 여자가 남자 보호자도 없이 혼자 있으면 안 된다 고 했어. 여자는 눈물이 터진 날 자기 집으로 데려갔어. 작고 수 수한 집이었어. 요이족의 집은 더럽고 천박하다고 들어왔는데 사실이 아니었어. 깨끗하고 점잖은 집이었어. 나는 여자에게 사 실을 있는 그대로 다 털어놨어. 내가 달리 뭘 할 수 있었겠어? 여 자도 수도원에 대해 알고 있었어. 요이족 사람들은 무식하고 허드렛일밖에는 할 줄 아는 게 없다고 배웠는데 그렇지 않았어. 여자는 내가 요이족 여자처럼 보일 수 있게 자기 옷을 줬어. 머리도 풀어줬는데 내가 머리 푼 모습을 본 사람은 어머니와 우나이 말고는 그 여자가 처음이었어. 여자는 내가 가지고 있던 보석을 속옷 단 속에 꿰매두라고 했어. 그래서 나는 반지 하나만 따로 빼고는 전부 속옷 안으로 감췄어. 여자는 날 먹여주고 재워줬고 그래서 따로 사례를 하려고 했더니 정색하며 거절했어. 다음 날 아침, 여자의 남자 형제가 와서 나를 마을 밖까지 데려다준다고 했어. 걸어가는데 아무도 내게 말을 걸거나 나를 불러 세우지 않았어. 하찮은 요이 여자에게 말을 걸거나 볼일이 뭐가 있었겠어? 난 계속해서 걸었어. 가끔 어떤 농사꾼의 수레나 장사꾼의 마차를 잠깐씩 얻어 타기도 했고. 살면서 그렇게 오래 걸은 건 처음이었어. 발이 부르터 피가 흘렀는데 금방 굳은살이 생겨서 더 잘 걸을 수 있게 되더라. 그렇게 걷다 마을이 나타났고 요이족 농부들이 지내는 하숙집에서 며칠 지내면서 굶주린 배를 채웠어. 그런데 어느 날 밤, 내 보석들을 모두 도둑맞아 버린 거야.

누군지 모르지만 아무도 모르는 데서 슬퍼해 줄 사람 하나 없이 쓸쓸히 죽어갔길! 아무튼 그때 내게 남은 건 따로 숨겨둔 반지 하나가 전부였어. 항구에서 배를 타려면 다시 길을 떠나야 했어. 나는 수도원으로 데려다 달라고 선장에게 내 마지막 남은 보석을 건넸어. 만약 선장이 날 데려다주면 수도원에서 훨씬 더 두둑한 은화를 받을 수 있다는 걸 몰랐더라면, 분명 내가 가진 걸 다 뺏고는 바다에 날 버렸을 거야. 그리고 원장 수녀님은 선장에게 후한 삯을 내어주셨지."

"배고프진 않았어? 무섭진 않았고?"

이야기를 하는 동안 야이의 손이 떨렸지만 야이는 멈추지 않고 바늘을 움직였다.

"오는 내내 그랬지."

야이 손에 있는 리넨 시트 위로 검붉은 점이 뚝뚝 찍혀 있는 게 보였다. 나는 헉, 숨이 멎었다. 야이가 여태껏 바늘을 찔러 넣은 건 천이 아니었다. 그건 야이의 손이었다. 그 애는 줄곧 자기 왼쪽 손을 뾰족한 바늘로 찌르고 또 찌르고 있었던 것이다. 내가 그 애 손을 낚아채자 야이는 상처 입은 동물처럼 말을 내뱉었다.

"이제 너도 알겠니? 내 어머니가 죽었다는 걸! 마레시, 내 어머니는 죽었어. 내 어머니도 죽었을 거라고! 아버지가 절대 살려 두지 않았을 거야……."

봄의 별이 잠에서 깨고 두 번째 보름달이 뜬 날, 달과 별이 나란히 뜨면 우리는 달의 무도를 치른다. 달의 무도는 수도원이 거행하는 행사 중 가장 중요한 의식이다. 달의 무도를 치르는 날이 되면 우리는 태초의 어머니를 만나기 위해 그분의 영역으로 가며, 태초의 어머니는 메이든, 마더, 크론, 이 세 가지 완전한 모습으로 우리를 만나러 오신다. 달의 무도에서 우리는 태초의 어머니를 기리며, 세상의 풍요와 삶과 죽음의 일치를 기원하는 춤을 춘다. 원장 수녀님은 달의 무도 전날이 되면 늘 우리에게 춤의 의미를 설명해주셨다.

*

달의 무도가 거행되는 날, 밤이 되자 우리는 해변으로 갔다.

입고 있던 옷을 벗었다. 밤하늘에는 구름 한 점 없었고 달은 밝게 빛나는 별들을 거느리고 하늘 위에 높게 떠 우리를 밝히고 있었다. 물의 흐름을 다스리고, 우리 몸에 흐르는 피를 다스리며, 모든 생명이 태동하고 자라게 하는 달. 시간을 지배하고 죽음을 주관하는 달. 태초에 여자가 그곳에서 창조되었다는 달. 우리의 슬픔을 들으시고 기쁨을 굽어보시는 우리의 신, 달.

우리 수련 수녀들이 수녀님들 사이사이에 서서 긴 줄을 만들었고 원장 수녀님이 그 줄의 맨 앞에 섰다. 원장 수녀님이 먼저 노래를 부르기 시작했다. 가사가 없는 그 노래는 마치 흐느끼는 듯 선율이 구슬펐다. 우리가 만을 따라 걸을 때도, 해변을 따라 걸을 때도 노래가 우리를 감싸듯 계속해서 이어졌다. 우리는 수도원 남쪽에 있는, 바다를 향해 불쑥 튀어나온 곳으로 이동했다. 원장 수녀님은 그 곳 근처에 있는 **메이든 댄스** 쪽으로 우리를 인도했다. 메이든 댄스는 부드럽고 동그란 조약돌들로 쌓아 올린 미로다. 우리는 1년에 딱 한 번, 달의 무도 때만 이곳을 방문하지만 메이든 댄스는 1년 내내 같은 모습으로 자리를 지킨다.

미로를 둘러싼 횃불이 활활 타오르고 있었다. 그 횃불 때문에 주변이 더 칠흑처럼 캄캄하게 느껴졌다. 하늘을 올려다보니 달은 아까보다 더 크게 떠 있었다. 마치 원장 수녀님의 노래가 달을 가까이 불러오기라도 한 것처럼. 밤공기는 상쾌했고 발밑에 있는 돌이 차갑기는 했지만 춥지는 않았다. 원장 수녀님의 노래가 내 몸을 따뜻하게 감쌌다.

원장 수녀님이 먼저 춤을 추며 미로 안으로 들어갔다. 메이든 댄스는 다른 미로들처럼 길을 잃으라고 만든 것이 아니다. 우리를 다른 세계로 인도하는 곳이다. 그곳에선 삶과 죽음이 하나이며 신이 우리를 기다리고 있다. 원장 수녀님은 발을 높이 들어 앞으로 나아갔지만 그러면서도 미로는 조금도 건드리지 않았다. 돌을 건드리면 불운이 생긴다고 했다. 나는 원장 수녀님이 달의 무도를 추는 것을 오랫동안 봐왔지만 실수하시는 걸 본 적은 없다. 수녀님은 미로 중간에서 천천히 원을 그리며 돌았다. 그가 부르는 노래가 말이 되어 흘러나왔다. 신에 대해 말했고 신의 말로 노래했다. 찬미하고, 두려워하고, 목격하고, 예견했다. 그 말들은 알아듣기도 어려웠지만 이해하기도 어려웠다. 그나마 내가 알아들은 단어는 위험, 피, 생명의 피, 갈라진 피, 다가오는 어둠 같은 것들이었다.

우리는 한 명씩 차례로 제 목소리를 더해 노래했고 달의 무도를 추며 미로 안으로 들어갔다. 우리는 모두 자기만의 방식대로 춤을 추었고 자기만의 새로운 노래를 더했다. 목소리 위에 또 다른 목소리가 더해져 신을 흠숭하는 음성이 울려 퍼졌으며 어느 순간 불어나는 밀물처럼 노랫소리도 점점 커졌다. 원장 수녀님에게서는 신의 목소리가 흘러나오고 있었다.

야이 차례가 되었다. 그 애의 두 팔이 허공에 들리며 미로에 이끌려갔다. 처음엔 야이도 겁먹은 얼굴이었는데 달이 야이의 입을 열어 노래하게 했다. 다른 이들의 목소리에 야이의 목소리가 더해졌다. 야이의 금빛 머리카락이 달빛과 횃불에 반사되어 눈부시게 반짝였다. 야이의 몸은 가냘프고 새하얀데 그 위에 남은 울긋불긋한 흉터가 빨갛게 도드라져 보였다. 그 애가 발을 떼자 두 손이 휙 밖으로 향했고 야이가 빙글빙글 돌기 시작했다.

처음엔 천천히, 그리고 점점 빠르게. 노래가 계속되었다. 야이는 어떻게 저렇게 빨리 돌면서도 미로의 돌은 하나도 건드리지 않는 걸까? 아직 노래를 부르지 않은 사람은 나뿐이었다. 나는 달려가 야이를 멈추게 하고 싶었다. 우리는 목소리를 낮췄지만 원장 수녀님은 노래를 계속했고 노랫소리는 오히려 점점 더 커졌다. 야이가 너무 빨리 돌아 머리카락이 그 애의 뺨을 때렸고 그 애의 형체도 흐릿해졌다. 미로의 한가운데 있는 야이는 내가 감히 따라 할 수 없는 아찔한 속도로 돌고 있었다. 야이 발밑에 있던 모래가 사방으로 흩어지고, 횃불이 위태롭게 어른거리며, 달이 야이 머리 바로 위에 내려올 때까지 야이는 빙글빙글 돌았다. 우리는 노래하고 또 노래했다. 야이도 노래했다. 우리의 노래가 야이를 다시 미로 밖으로 불러냈다.

야이는 돌멩이 하나 건드리지 않고 미로를 나왔다.

마침내 내 차례였다. 내가 발을 떼자 나도 모르게 내 목에서 노래가 흘러나왔다. 내가 부르는 노래가 귓가에 들려오는데 처음엔 내 입이 만들어내는 소리라는 걸 의식하지 못했다. 횃불이 내 몸을 따뜻하게 해주었다. 그러나 눈앞은 깜깜했다.

내 눈앞에 보이는 건 오직 달뿐이었다.

달은 아주 거대했다. 너무 가까이 있어 내가 손을 뻗기만 하면 닿을 수 있을 것 같았다. 아주 커다란 달만이 내게 보였고 달의 노래가 내 안을 가득 채웠다. 이제 나는 이해했다. 삶과 죽음에 관한 노래였다. 나는 노래에 몸을 맡겼고 노래는 나를 미로 안으로 데려갔다.

나는 전에도 이 춤을 몇 번이나 추었다. 그때마다 늘 달의 기운이 넘쳐흘러 내 심장을 빨리 뛰게 했고, 내 안의 힘을 느끼게 했으며, 자유롭게 했다. 그러나 이번에는 달랐다. 달이 그 어느 때보다 컸다. 달의 에너지가 공기를 뒤흔들었다. 달빛이 요동쳐 내 앞에 있는 것들이 전부 깜박거리는 것처럼 보였다. 미로를 둘러싼 여자들, 큰 바위, 까만 바다. 이 모든 것들이 흐릿해지고 뒤틀려 와인병을 눈에 대고 세상을 보는 것 같았다. 노래가 나를 이끌어 움직이게 했다. 내가 딛는 한 걸음, 한 걸음은 정확했고 흔들리지 않았다. 나는 미로의 돌멩이 하나 건드리지 않았다.

미로의 한가운데서 커다란 무언가가 어렴풋이 나타났다. 나를 둘러싼 모든 것이 떨리며 흔들리고 있었는데 어둠 속에서 그것만이 홀로 움직이지 않고 제 모습을 드러내고 있었다.

그건 문이었다. 눈부시게 밝은 달빛 아래 기다랗고 높은 은색 문이 있었다. 그 문은 닫혀 있었지만 그 뒤에 도사리고 있는 어둠을 나는 느낄 수 있었다. 그 어둠은 너무 깊어 달빛조차 닿을 수 없었다. 굶주림의 겨울에 처음 내 앞에 나타난 문, 그 문 뒤에는 크론이 도사리고 있을 것이다.

수녀님들과 친구들의 노래가 들려왔고 나는 무아지경 상태였는데도 공포에 질려 발버둥 쳤다. 그러나 아무 소용이 없었다. 춤은 나를 문 앞으로 가까이, 더 가까이 데려갔다. 문에서 눈을 뗄 수조차 없었다. 그 문을 이렇게 자세히 본 건 처음이었다. 문의 가장자리는 오래되어 검게 바랬지만 문은 희미하게 빛을 발하고 있었다. 문고리는 까만 눈의 뱀 형상이었다. 너무나도 낯익은 문이었다. 보고 싶지 않았는데, 문이 존재한다는 것조차 알고 싶지 않았는데, 문에서 눈을 뗄 수 없었고 다리가 말을 듣지 않았다. 반대편에서 문틈으로 차가운 공기가 흘러나와 내 다리를 휘감았다. 크론의 시큼한 숨결. 그 시큼한 냄새가 내 몸에서 나는 피 냄새와 섞였다. 굶주림의 겨울 이래 몇 년이 지나도록 내게 달라붙어 떨어지지 않는 죽음의 냄새였다. 크론이 안네르를 데려간 이후 말이다.

노래를 부르지 않으려고 이를 꽉 물어 턱이 아팠다. 춤을 추지 않으려고 몸을 비틀어 온몸이 아팠다. 하지만 내 몸은 점점 더 문에 가까워졌고 너무 가까운 나머지 어둠이 혀를 날름거리며 내 몸을 핥는 것 같았다. 문틈으로 스멀스멀 어둠이 기어 나왔다. 나를 끌어들이고 유혹하는데 거스를 수가 없었다. 죽음을 거스를 수 있는 사람은 없다.

그러다 목소리를 들었다. 어둠 저 건너편에서 들려오는 목소리였다. 어둠의 목소리가 내 귓가에 들려왔다.

마레시, 나의 딸아. 내게로 오는 문이 여기 있다. 내 문이 여기 있다.

내 몸이 춤을 추며 크론의 문턱에 닿자, 귓가에 들려오는 그의 목소리가 내 등골을 할퀴는 것 같았다.

이곳이 너의 집이다.

크론이 말했다. 나는 공포에 질려 온몸이 떨렸다. 공포가 너무 컸던 탓일까, 나는 마침내 내 목소리를 되찾았다.

"싫어!"

나는 비명을 질렀다.

내가 노래를 멈추자 음악도 멎었다. 순식간에 달빛이 희미해졌고 문도 사라졌다. 난 세상으로 돌아왔다.

"싫어!"

나는 고래고래 악을 썼다. 원장 수녀님이 미로 안으로 뛰어 들어와 나를 붙잡았다.

그 이후는 기억이 나지 않는다. 내가 정신이 들었을 때는 이미 원장 수녀님이 나를 미로 밖으로 데리고 나온 이후였다. 우리를 둘러싼 횃불이 아른거리고 있었고 달은 이제 저 멀리 물러나 작은 램프처럼 하늘 높이 떠 있었다. 원장 수녀님이 걱정스러운 눈빛으로 날 쳐다보셨다.

나는 저 구석에서 깊은 어둠이 내 주변을 미끄러지듯 맴돌고 있음을, 크론이 조용히 나를 부르고 있음을 느낄 수 있었다.

나는 달의 뜰에서 열리는 축제에 가지 않았다. 기숙사 침대에 가만히 누워 내가 보고 들은 것들을 머릿속에서 떨쳐내려고 애썼다. 잠을 자려고도 해봤다. 그런데 새벽녘이 되어서야 잠든 건지 한낮에 오 수녀님이 오고 나서야 잠에서 깼다.

"원장 수녀님께서 너와 이야기하길 원하셔. 몸은 좀 어떠니?"

수녀님이 빵을 한 조각 건네주셨다. 조금 뒤, 나는 천천히 옷을 갈아입었다. 수녀님은 그동안 가만히 나를 지켜보고 계셨다. 나는 원장 수녀님을 만나고 싶지 않았다. 어떤 질문에도 답하고 싶지 않았다. 대체 무슨 일이 일어난 건지 생각하고 싶지도 않았다. 하지만 원장 수녀님의 호출을 거절할 수는 없다. 나는 오 수녀님을 따라 중앙 뜰을 가로질러 달의 계단을 올라갔다. 그 길이 그날처럼 길게 느껴진 건 처음이었다. 여느 봄날처럼 파란 하늘 위로 해가 밝게 빛나고 있었다. 지식의 뜰에서 아이들이 뛰노는 소리가 들려왔고 새끼 염소들이 즐겁게 산을 오르는 모습도 보였다. 하지만 나는 여전히 크론의 숨결을 느낄 수 있었다. 조금이라도 어둠이 있는 곳에 가까워지면 크론의 목소리가 내 귓가에 희미하게 울렸다. 나는 오 수녀님의 뒤에 바짝 붙어 걸었다. 누군가와 함께 있으면 크론이 나를 데려가지 못할 것만 같았다.

그러나 나는 알고 있었다. 크론이 정말 뭔가를 원하면 그는 결국 그것을 손에 넣을 것이다.

달의 집은 이 섬의 다른 건물들처럼 회색 돌로 지어졌다. 낮고 작은 달의 집 옆에는 뜰이 있고 뒤로는 산이 둘러싸고 있어 마치 집을 지켜주는 것만 같다. 완전히 쇠로만 무장한 문이 집 앞을 떡 버티고 있는데, 문은 언젠가 한 번 단장했겠지만 오랜 세월 폭풍에 휘어지고 긁힌 곳들이 더러 있었다. 문에서 시큼한 쇠 냄새가 났다. 이곳에 온 건 처음 섬에 도착해 원장 수녀님을 뵈러 왔을 때, 그때 딱 한 번뿐이었다.

원장 수녀님은 커다란 책상 앞에 앉아 날 기다리고 계셨다. 산에서 불어오는 바람 덕분에 수녀님의 방은 시원했다. 그 방에는 두 개의 문이 있었다. 하나는 침실로 이어지는 문 같았고 하나는 철제 경첩과 큼직한 손잡이가 달린 나무문이었다. 침실 문이 약간 열려 있었는데 아주 소박한 방이었다. 좁지만 편안해 보이는 침대가 하나 있었고 침대 옆 창가에 있는 책상과 그 위에 놓인 램프가 전부였다.

원장 수녀님은 차분하고 무표정했지만 눈동자에는 걱정이 서려 있었다. 나는 나를 빤히 들여다보는 원장 수녀님의 눈을 피했다. 수녀님이 내 눈에서 진실을 읽어낼까 봐 두려웠다. 오 수녀님은 등을 곧게 세우고 입을 굳게 다문 채 내 옆에 앉아 계셨다. 오 수녀님이 그렇게 딱딱한 자세로 앉아 계신 건 처음 보았다.

"마레시, 어젯밤엔 무슨 일이 있었지?"

원장 수녀님의 목소리에는 거역할 수 없는 힘이 있었다. 그는 내 대답을 기다리고 있었다.

나는 맨땅만 쳐다보았다. 원장 수녀님께 거짓말을 할 수는 없었다. 그렇다고 사실을 말하고 싶지도 않았다.

"달이었지. 그렇지?"

원장 수녀님의 목소리가 한결 부드러워졌다.

"그분이 무섭게 느껴질 수도 있단다. 그럴 수 있어. 처음 달이 내게 말을 걸었을 때, 나도 두려웠단다. 그 막중한 책임감에 두려웠어. 하지만 그분이 날 당신의 종으로 선택하셨다는 걸 알았지. 지금은 수도원 원장으로서 하바 신을 가장 가까이 모시고 있지만 이 자리에 오기 전에는 나도 달의 부름을 먼저 받았단다. 네가 다른 일을 하고 싶을 수도 있겠지만, 마레시, 만약 달이 널부른 거라면 그걸 거스를 수는 없어. 너는 내 수련 수녀가 되어야 한단다."

나는 고개를 들었다. 원장 수녀님은 크론의 문을 보지도, 그의 목소리를 듣지도 못한 것이었다. 뭐라고 말해야 할지 몰랐다. 내가 달의 집의 부름을 받은 거라면 정말 큰 영광이겠지만 그건 사실이 아니었다. 그렇다, 달이 그곳에 있긴 했지만 나를 부른 것은 크론이었다. 아니, 그 둘은 하나인가? 나는 오 수녀님을 힐끗 보았다. 그러나 여전히 할 말을 찾을 수 없었다.

원장 수녀님의 눈빛이 나를 재촉하는 것처럼 느껴졌다.

"신이요……. 신은 세 가지 모습이신 거잖아요, 그렇죠? 메이든, 마더, 크론이요."

원장 수녀님이 나를 격려하듯 고개를 끄덕이셨다. 그 모습에 나는 용기를 내어 다시 질문했다.

"그럼 달은요? 달도 그들 중 하나인가요?"

오 수녀님이 한숨을 푹 내쉬었다.

"마레시, 내가 전에 설명했잖니. 그건…….'

원장 수녀님이 손을 들어 오 수녀님의 말을 중단했다.

"아니, 마레시. 달은 그 셋 전부란다. 달은 신의 일치를 드러내는 얼굴과 같은 거야."

"그럼 달은 저를 부른 게 아니에요. 그건 알 수 있어요."

내가 단호하게 말했다.

나는 원장 수녀님의 표정을 알 수가 없었다. 원장 수녀님은 내게 실망하셨던 걸까?

"정말 확신하니?"

나는 고개를 끄덕였다.

"무도 중에 무슨 일이 있었던 건지 말해줄 수 있니?"

나는 고개를 저었다. 절대 말하고 싶지 않았다. 생각조차 하고 싶지 않았다.

원장 수녀님이 이제 나가봐도 좋다는 신호를 보내셨다. 수련 수녀의 집으로 돌아가는데 나를 따라오는 오 수녀님의 뚫어질 듯한 시선이 느껴졌다. 원장 수녀님은 어쨌든 내 대답에 알았다고 하셨지만 오 수녀님은 영 못마땅하신 눈치였다.

중앙 뜰에 내려와 나는 고개를 들고 해를 보았다. 생명을 부여

해주는 해. 밝고 따뜻한 해의 기운을 한껏 담아, 내 안에 있는 아주 작은 어둠까지도 남김없이 몰아내고 싶었다. 오 수녀님의 얼굴을 마주 보고 싶지 않았다. 하지만 수녀님이 내 옆에서 팔짱을 낀 채 계속 서 계셔서 나는 결국 수녀님을 볼 수밖에 없었다.

"마레시, 무슨 일이 있었는지 말해준다면 내가 도울 수 있을지도 몰라."

오 수녀님이 어색하게 내 머리를 쓰다듬으셨다.

"궁금한 게 있을 때마다 늘 내게 왔잖니. 만약 뭔가 궁금하거나 알고 싶은 거라면……."

나는 입을 꾹 다물고 고개를 저었다. 수녀님은 나를 한참 보더니 한숨을 지으셨다.

"알겠다. 하지만 뭐든 말하고 싶은 게 생기면 언제든 내게 오려무나."

나는 수녀님이 사원의 뜰 쪽으로 계단을 오르시는 걸 지켜보았다. 오 수녀님이 내게 질문을 더 하라고 말씀하신 건 이번이 처음이었다.

다음 며칠은 힘들었다. 어떤 질문에도 답하고 싶지 않았고, 답할 수도 없었기 때문에 나는 애들과 어울리지 않았다. 될 수 있으면 햇빛이 드는 곳에만 있으려고 했다. 어둠이 무서웠다. 그림자만 드리워 있어도 크론의 문이 가까이 있는 것처럼 느껴졌다. 크론이 지배하는 영토로 날 데려갈 것만 같았다. 어둠은 어디에나 존재했다. 태양조차 예전처럼 밝게 느껴지지 않았다. 모든 것이 어두웠다. 바람이 불거나 파도가 치는 소리도 크론이 나를 부르는 소리처럼 들렸다.

내가 약해지고 불안정해지자 야이가 강해졌다. 한결 적극적으로 변했고 나와 엔니케 말고 다른 애들과도 말하기 시작했다. 내가 약해지니 야이가 나를 돌보느라 강해질 수밖에 없었을 것이다. 야이는 내게 아무것도 묻지 않았다. 그러나 어둠이 가까워져 올 때마다 내 곁에 있어주었다. 밝은 아침이라 해도 해가 아직 높이 뜨지 않아 건물들 사이로 짙은 그림자가 지면 그림자의 끝이 날카로운 칼처럼 느껴졌다. 그렇게 생각지도 못한 때조차 크론은 어느새 내 곁에 다가와 귓가에 대고 내 이름을 속삭였다.

나는 두려워 몸을 떨었다. 언제나 내 곁을 지켜주던 야이는 그럴 때면 햇빛이 닿는 곳으로 나를 데려가 다정한 목소리로 조곤조곤 내게 말을 걸어주었다. 야이가 처음 이곳에 왔을 때 내가 그 애에게 그랬던 것처럼. 야이가 말을 하면 아주 잠깐이었지만 크론의 목소리가 저 멀리 사라졌다.

낮이고 밤이고 크론은 끈질기게 나를 따라다녔다. 한시도 마음을 놓은 적이 없었지만 어두운 밤이 오면 특히 더 힘들었다. 짙은 암흑이 내 가슴을 눌렀고 눈 앞을 가렸다. 귓가에선 안네르가 마지막으로 가쁘게 몰아쉬던 거친 숨소리가 들려왔다. 죽음이 아주 가까이 있음을, 내 불안정한 심장이 약하게 뛰고 있음을 느낄 수 있었다. 대체 어떻게 하면 크론을 거스를 수 있는 걸까? 크론의 문에서 벗어나려면 어떡해야 하는 걸까?

내가 입을 열거나 소리를 내지 않아도 불안이 극도에 달할 때면 어김없이 야이가 나타나 내 손을 잡아주었다. 야이는 내가 원할 때면 언제든 자기 손을 잡을 수 있게 가만히 손을 내밀어 주었다. 그러면 나는 야이의 손을 꼭 잡은 채로 그 애의 손목 위에 내 엄지를 가져다 댔다. 엄지 아래로 그 애의 맥박이 느껴지면 나는 마음이 조금 안정되곤 했다.

야이의 손을 잡으면 나는 잠들 수 있었다.

며칠 동안 맑은 날이 계속되자 어둠에 대한 기억이 차츰 흐려졌다. 숨통이 트이는 것 같았다. 어딜 가도 따라다니던 크론의 목소리도 들리지 않았다. 나는 전처럼 친구들과 함께 웃고 어울려 놀았으며 수업도 듣고 일도 했다. 저녁에는 보물의 방으로 가서 책도 읽었다. 여전히 마음 한구석이 불편할 때가 있었는데 그건 지하실 문 앞을 지나야 할 때였다. 문 앞을 지나갈 뿐인데도 크론의 힘을 느낄 수 있었다. 그곳을 지날 때면 나는 늘 최대한 빨리 달렸다. 야이가 곁에 있어 정말 다행이었다. 크론의 지하실이 있는 지식의 집에 혼자 있는 건 생각만 해도 무서웠다.

어느 날 아침, 수업이 끝나고 엔니케와 야이와 함께 중앙 뜰의 우물가에 앉아 쉬고 있었는데 로즈의 종이 이쪽을 향해 걸어왔다. 그는 우리를 향해 미소를 지었다. 나는 로즈 앞에서는 왠지 모르게 항상 수줍어졌다. 수도원에서 머리에 스카프를 두르지 않는 수녀님은 로즈의 종이 유일하다. 로즈는 금빛으로 빛나는 황동색 머리카락을 늘 굵게 땋아 등 뒤로 길게 늘어뜨렸다. 그의 커다란 눈동자는 어두운 색깔을 띠었고 언제나 다정함이 서려 있었다. 뜨거운 봄볕에 하얀 피부 위로 벌써 주근깨가 가득 올라왔다. 그는 내가 여태껏 본 여자 중 가장 아름다웠다.

로즈의 종으로 부름을 받고 나면 원래 가지고 있던 자기 이름은 버려야 한다. 그저 로즈라고 불린다. 그래서 나는 수녀님이 로즈가 되기 전에 이름이 뭐였는지 알지 못한다. 로즈는 메이든의 또 다른 이름이자 태초의 어머니의 세 가지 모습 중 하나다. 그는 생명의 탄생을 주재하고 여성의 몸이 지닌 신성한 힘에 관여한다. 사람들은 메이든을 그저 순수함의 상징이라고 생각하기도 하는데, 우리 수도원 사람들은 잘 알고 있다. 여성의 가장 깊은 신비는 모두 메이든과 관련되어 있다는 걸 말이다. 메이든은 씨앗이며 새싹을 틔운다. 마더인 하바 신은 생명이며 열매를 맺게 한다. 크론은 죽음이다. 끝을 가져온다. 로즈가 우리 앞에 섰다.

"알다시피 난 아직 수련 수녀가 없어. 셋이 나 좀 도와줄래? 여름에 있을 의식을 준비하려면 사원 성물을 닦아야 하는데 너희들이 도와주면 좋겠어."

"그럼요."

엔니케가 바로 자리에서 일어났다. 그 애는 나처럼 로즈 앞이라고 수줍음을 타는 것 같지 않았다. 야이와 나는 앞장선 엔니케와 로즈를 따라 저녁 계단을 올라 로즈 사원으로 갔다.

로즈 사원의 문은 이 섬의 문 전체를 통틀어서 가장 아름답다.

눈처럼 새하얀 대리석으로 만들어졌는데 붉은 대리석에 장미 문양을 새긴 장식도 달려 있고 여자 세 명의 키를 합친 것만큼 높다. 우리는 문 앞에 섰다. 나는 그 반질반질한 문에 손가락 끝을 대고 스윽 쓸어보았다. 티 하나 없이 매끄러웠다.

"이제 아무도 이렇게 만들지 못해."

로즈가 말했다.

"이렇게 아름다운 걸 만들 수 있는 수녀님이 지금도 계셨다면 좋았을 것 같아요. 그래서 제게, 제게만이라도 방법을 전수해주셨다면 좋았을 텐데."

내가 반들반들한 그 문을 다시 쓰다듬으며 말했다. 로즈가 웃었다.

"오 수녀님에게서 네 얘기를 들었어, 마레시. 듣던 대로구나."

나는 얼굴이 빨개져 문에 얹었던 손을 거두었다. 로즈의 말을 완전히 이해한 건 아니지만 나쁜 뜻이 아니란 건 알 수 있었다.

로즈가 문을 열어 우리는 사원 안으로 들어갔다.

로즈 사원 안에 들어가 본 건 감사와 찬미 기도를 드릴 때뿐이었다. 이렇게 텅 빈 사원을 보니 적막이 느껴졌다. 양쪽에 길게 뻗은 동쪽과 서쪽 벽 윗부분에는 장밋빛 스테인드글라스가 있어 사원 바닥에 아름다운 빨간빛 장미 무늬를 드리우고 있었다. 홀 중앙에는 천장까지 뻗은 가느다란 기둥이 좌우로 열을 지어 늘어서 있었다. 긴 벤치도, 의자도, 테이블도, 그 어떤 장식도 없이 완전히 텅 비어 있었다. 장미 문양의 스테인드글라스를 빼면 빨간색과 흰색으로 만들어진 대리석 바닥이 그곳의 유일한 장식이었다. 여기저기 뻗은 덩굴과 꽃, 나뭇잎이 뒤섞인 대리석 바닥의 패턴은 너무 정교해 실로 만든 카펫처럼 보였고 어느 순간에는 글씨처럼 보이기도 해서, 계속 들여다보고 있으면 암호를 풀고 진실을 손에 넣을 수 있을 것만 같은 기분이 들었다. 하지만 아직까진 그 비밀을 풀지 못했다.

통로의 오른쪽 끝에는 로즈가 의식을 주관하는 제단이 자리하고 있다. 로즈가 먼저 대리석 계단을 올라 제단 위에서 우리에게 오라는 손짓을 했다. 텅 빈 사원에 우리의 발소리가 뚜벅뚜벅 울려 퍼지니 신성한 영역을 침범하는 기분이 들었다. 계단을 오르려는 순간, 뒤에서 보이지 않는 손이 나를 잡아당겼다. 옆을 보니 야이도 마찬가지인 것 같았다. 하지만 엔니케는 아무렇지 않게 제단 위를 올라갔다. 앞장서 가던 로즈가 뒤를 돌아보았다. 그는 잠시 엔니케를 유심히 보았다. 로즈는 하늘을 향해 두 손을 들어 올렸다.

"나, 로즈는 태초의 어머니의 이 딸들을 이곳에 허락하노라. 이들이 로즈의 신성한 영역에 들어올 수 있게 하노라."

피의 제전이나 장미 개화 축일 같은 큰 의식 때처럼 로즈가 엄숙한 목소리로 말했다. 우리를 잡아당기던 힘이 순식간에 사라졌다. 야이와 내가 계단을 올랐다.

로즈가 제단 뒤에 있는 장미나무 문을 열고 방 안으로 들어갔다. 그 방에 들어서니 온갖 물건들이 가득 들어차 있었다.

방에는 북쪽으로 창이 하나 나 있고 거길 통해 가느다란 빛이 들어오고 있었는데, 그 빛이 방 안에 쌓인 수백 개의 장신구에 반사돼 눈이 부셨다. 황동과 은으로 만든, 나만큼이나 큰 촛대도 있었다. 또 테이블 위에는 내가 상상할 수 있는 모든 모양과 모든 크기로 된 접시며 그릇, 상자 같은 것들이 산처럼 쌓여 있었다. 방에 있는 거의 모든 물건들에는 똑같은 장미 문장이 새겨져 있었다. 아주 오래돼 보이는 커다란 밤색 나무 궤도 있었는데 수십 년간 방치되었는지 경첩과 자물쇠 부분이 다 벗겨져 있었다. 벽을 따라 길게 늘어선 벽장 중에는 수수한 것도 있고 화려한 것도 있었다. 어떤 벽장은 문이 열려 있었는데 그 안에는 보석, 컵, 그릇, 상자 등이 가득 들어차 있었고 용도를 알 수 없는 것들도 있었다.

로즈는 여기저기 쌓여 있는 가구와 물건들 사이를 자연스럽게 지나다녔다. 어느 것 하나 건드리거나 부딪치지 않았다. 로즈가 방 안을 돌아다니며 해진 천이나 병 따위를 궤에서 꺼내는 동안 나와 야이는 문 앞에 멍하니 서 있었는데 엔니케는 호기심에 가득 찬 눈을 하고 방 안으로 성큼 들어섰다.

"여기 있는 걸 다 닦진 않을 거야, 걱정하지 마. 피의 제전이나 여름 의식 때 필요한 것들만 닦을 거야. 향로, 빗, 성반 세 개, 은촛대 세 개…… 내가 꺼내줄게."

로즈가 싱긋 웃으며 말했다.

그때, 방 안에 있는 어둠이 한군데로 모이기 시작하더니 순식간에 내 주변을 둘러쌌다. 그 깊고 짙은 어둠에 주변 공기가 요동쳤다. 나도 모르게 두 팔로 몸을 안고 웅크렸다. 아니야, 아직 안 돼! 나는 크론을 막겠다고, 죽음을 막겠다고 두 손을 마구 내저었다. 바락바락 소리를 지르고 싶었는데 목소리가 나오지 않았다.

로즈도 그 순간 하던 일을 멈췄다. 몸을 돌려 엔니케를 발견한 로즈의 손에서 병이 미끄러졌다. 그 병이 차가운 대리석 바닥에 떨어져 쨍그랑 소리가 울려 퍼지자 크론과 어둠이 사라졌다. 나는 그만 다리에 힘이 풀려 근처에 놓여 있던 아무 궤 위에 주저앉고 말았다. 야이는 내가 이상하다는 걸 알아차리고 내 옆으로 와 서주었다. 그 애가 나를 토닥여주거나 안아주는 것도 아닌데 그렇게 옆에 서 있어주는 것만으로도 나는 안정을 되찾았다.

엔니케는 어쩔 줄 몰라 하며 테이블 옆에 서 있었다. 엔니케의 손에는 청록색으로 녹슨 큰 구리 빗 두 개가 들려 있었고 로즈가 말했던 다른 물건들, 향로와 성반, 촛대도 테이블 위에 꺼내져 있었다.

"도와드리려고 한 거였는데."

엔니케가 사과했다.

"죄송해요, 수녀님. 이러면 안 되는 줄 몰랐어요."

"이게 다 어디 있는지 어떻게 알았니?"

로즈가 테이블 쪽으로 와 물건들을 살펴보았다. 그리고 성반 하나를 들고는 진짜가 맞는지 확인이라도 하듯 손가락으로 문질러 보았다.

엔니케는 혼란스러워하며 주변을 둘러보았다.

"저는… 저는 그냥 알았어요. 수녀님이 말씀하실 때 그것들이 그냥 보인 것 같아요. 제 손이 저절로 움직였어요."

로즈의 얼굴에 미소가 번졌고 눈에는 눈물이 글썽거렸다.

"드디어! 메이든께서 보여주실 줄은 알았지만 이렇게 알려주실 줄은 몰랐어!"

로즈가 고개를 흔들자 그의 머릿결이 햇빛에 반짝였다.

"태초의 어머니께선 재미있는 데가 있으시다니까."

우리가 영문을 몰라 멍하니 수녀님을 쳐다보고 있자 수녀님이 깔깔 웃으셨다.

"메이든이 로즈란다. 나의 주인이시지. 그분의 첫 번째 모습이시고. 그런데 오늘 내게 나의 수련 수녀를 보여주시는 일은 두 번째 모습이신 마더, 하바 신을 통해서 하셨구나. 난 이런 일이라면 세 번째 모습으로도 함께 보여주실 거라고 생각했는데."

"수련 수녀라니요!"

엔니케가 깜짝 놀라 소리쳤다.

"제가요?"

"그래, 엔니케. 너 말이야."

로즈가 다정하게 웃으며 엔니케에게 다가가 빗을 받아 들었다. 그리고 엔니케의 두 손을 잡았다.

"네가 로즈의 수련 수녀가 되는 거란다. 너도 뭔가 느껴지니?"

로즈는 엔니케의 손을 놓더니 진지하게 물었다.

"피의 제전 때 울리는 종은 어디 있지?"

엔니케는 잠시도 망설이지 않고 낮은 벽장 위에 올려져 있는 작은 상자를 가리켰다.

"메이든의 힘이 가장 강력할 때는?"

"봄이 되고 봄의 별이 깨어날 때요."

그 정도는 나도 알고 있었다. 오 수녀님이 수업 시간 때 가르쳐주신 것들이었다. 그런데 그다음 엔니케가 한 대답은 나를 놀라게 했다.

"그리고 동지 때도 강해져요. 마더께서 잠이 드실 때요. 아이들이 태어날 때, 땅을 일굴 때, 또 여자아이들이 월경을 시작할 때도요."

로즈는 고개를 끄덕였다.

"메이든이 지닌 신비는 몇 개지?"

"아홉 가지요."

"메이든의 숨겨진 이름을 말해보렴."

엔니케가 얼떨떨한 표정으로 로즈의 귓가에 대고 뭔가를 속삭였다. 로즈가 웃으며 엔니케의 손을 다시 꼭 잡았다.

"그래도 아직 의심이 드니?"

엔니케가 고개를 흔들며 울먹거렸다.

"그런데 로즈의 종은 아름다워야 하잖아요."

엔니케가 우물쭈물하며 말했다.

"항상 그랬잖아요. 전…… 저는 흉터가 있어요."

"메이든도 고통과 두려움을 느끼신단다, 나의 딸, 엔니케. 그렇다고 해서 그분이 덜 아름다운 건 아니란다."

로즈가 다정하게 말했다.

북쪽 창문을 통해 햇살이 들어와 로즈와 엔니케의 얼굴을 비추었다. 그 둘은 나이만 다를 뿐 무척 닮아 보였다. 숱 많은 곱슬머리와 다정한 눈동자가 꼭 닮았다. 하지만 그보다 더 닮은 건 둘의 표정이었다.

"넌 아름다워, 엔니케."

내가 말했다.

"그리고 첫서리가 오기 전에 넌 훨씬 더 아름다워질 거야."

나는 내가 왜 그런 말을 했는지 알 수 없었다. 로즈가 날카로

운 눈빛으로 나를 보았다. 로즈는 곧 다시 미소를 지었지만 그의
눈에는 슬픔이 담겨 있었다.

"결국 이곳에 오셨군요, 크론."

로즈가 엔니케를 수련 수녀로 선택한 다음 날 아침, 아직 어스름한 새벽녘이었다. 산과 집이 희미한 어둠에 잠겨 있던 시간, 피의 종이 둥둥 울리는 소리에 우리는 모두 잠에서 깼다. 우리는 멍한 얼굴로 침대에서 나왔다. 나는 주니어 아이들을 깨워 스카프를 챙길 새도 없이 잠옷만 입고 그대로 먼저 밖으로 나가게 했다. 놀란 수녀님들도 잠옷을 입은 채로 저녁 계단을 서둘러 내려오셨다. 우리는 손이나 팔, 어깨를 되는대로 수녀님들께 잡힌 채 정신없이 새벽 계단을 뛰어 올라갔다. 차가운 바닥을 맨발로 달렸다. 수도원 전체에 피의 종소리가 계속해서 울려댔는데 누가 종을 울리고 있는 건지 궁금했다.

바다에서 시원한 아침 바람이 불어와 머리가 헝클어지고 잠옷이 펄럭였다. 하늘은 푸르고 구름 한 점 없이 맑고 깨끗했다. 누군가가 소리치며 바다 쪽을 가리켰다. 나는 고개를 돌려 바다를 봤다.

이빨 바위 근처에서 배 한 척이 이곳을 향해 오고 있었다. 흰 돛이 바람에 나부꼈고 날카로운 뱃머리가 물살을 가르며 거대한 물보라를 일으키고 있었다.

피의 종이 조용해졌다.

나는 단번에 알았다. 그들이 누군지 알았다. 야이를 찾아야 했다. 주변에는 온통 흰 옷을 입은 무리가 서둘러 계단을 오르고 있었다. 야이가 저 배를 보기 전에 그 애를 찾아야 한다. 야이의 금빛 머리카락이 보였다. 야이는 도리와 요엠과 함께 올라오던 중이었다.

"야이! 야이!"

내가 소리쳐 불렀다.

야이가 내 목소리를 들었는지 모르겠다. 왜냐하면 동시에 배를 발견한 요엠이 그쪽을 가리켰기 때문이다. 야이가 그 배를 보았다. 그러고는 그 자리에 뚝 멈췄다.

"우린 끝났어."

야이의 목소리는 작았지만 나는 똑똑히 들었다.

"우린 끝난 거야!"

야이가 휘청했다.

"야이! 야이가 쓰러지려고 해! 잡아줘!"

오 수녀님이 다부진 팔로 간신히 야이를 붙잡았고 그길로 야이를 데리고 계단을 성큼성큼 올라갔다. 배를 본 우리는 모두 혼란에 빠졌다. 아무도 뭘 해야 할지 알지 못했다. 모두 겁에 질린 채 웅성거리며 바다만 쳐다보고 있었다.

"서둘러!"

원장 수녀님이 소리쳤다. 우리는 일제히 원장 수녀님을 쳐다보았다. 계단 꼭대기에 서 있는 원장 수녀님도 우리처럼 머리에 아무것도 쓰지 않아 긴 회색 머리카락이 은빛 폭포처럼 어깨 위로 흘러내리고 있었다.

"시간이 얼마 없어."

우리는 다시 서둘러 새벽 계단을 올랐다. 그러고는 우리를 위해 문을 잡고 계시던 에르스 수녀님의 안내에 따라 불의 집 안으로 들어갔다.

"다 준비된 것 같아요."

나는 원장 수녀님과 동시에 들어간 터라 에르스 수녀님이 원장 수녀님께 조용히 말씀하시는 걸 듣게 되었다.

"몇 개는 좀 오래됐는데, 제가 어떻게 알았겠어요……."

원장 수녀님은 에르스 수녀님의 어깨를 툭툭 두드리고는 급히 홀로 들어가셨다.

요엠이 사람들을 헤치고 달려가 벽난로 앞에 무릎을 꿇고 앉아 꺼져가는 불씨를 다시 살려냈다. 우리는 테이블 주위로 둥글게 모여 수녀님들 사이에 수련 수녀가 자리하도록 섰다. 몇몇이 창가로 달려가 창을 활짝 열었다. 나도 이빨 바위가 잘 보이는 곳에 섰는데 바위 바로 근처까지 온 배가 보였다. 나는 하얀 거품을 일으키며 전진해 오는 그 배에서 눈을 뗄 수가 없었다. 해가 떠오르자 그 빛에 세상도 함께 밝아졌다. 배 위에서 뭔가가 반짝였다.

무기였다.

수녀님들과 함께 불의 집에 있는 건 처음이었다. 내 옆에는 마레아네 수녀님이 계셨는데 오 수녀님이 야이를 데려오자 내 옆에 자리를 만들어주셨다. 오 수녀님은 다른 일 때문에 급히 자리를 떠나셨다. 야이는 정신을 차린 것 같았지만 그 애 얼굴이 너무 창백해 또다시 쓰러질까 봐 걱정이 됐다. 야이가 몸을 떨거나 한 건 아니었다. 오히려 너무 침착했다. 배고픈 고양이 앞에 선 쥐처럼 그저 고양이가 흥미를 잃고 떠나는 수밖에는 남지 않았을 때의 얼굴을 하고 있었다.

에르스 수녀님과 요엠, 시실이 놋으로 만든 접시를 바쁘게 실어 날랐다. 접시 위에는 진녹색 나뭇잎, 아몬드, 설탕에 조린 장미꽃잎이 놓여 있었다.

"가져가 삼키렴."

그들이 테이블을 돌아다니며 말했다.

"하나씩이야. 가져가. 삼켜, 얼른."

야이가 미동도 하지 않고 있어 야이 것까지 두 개를 챙겼다. 그리고 그 애 입 안에 아몬드를 넣어 먹게 하고는 나도 내 것을 삼켰다. 흙과 소금 맛이 났다. 설탕에 조린 장미는 새콤하면서도 달았다.

원장 수녀님이 차분하고 위엄 있는 자세로 앞으로 걸어 나가셨다. 창으로 들어오는 바람에 수녀님의 머리카락이 가볍게 흩날렸다. 수녀님의 손에는 황금 성배가 들려 있었다.

"먹어라, 나의 딸들아. 그리고 이 잔을 비워라."

원장 수녀님께서 말씀하셨다.

"잔을 다 비운 뒤 머리카락을 차분하게 가다듬거라. 그리고 머리를 땋아 묶어라. 머리카락 한 올도 빠져나와서는 안 된다."

나는 이상하게 생긴 나뭇잎 하나를 집어 들어 멍하니 있는 야이의 입안에 밀어 넣었고 나도 하나를 물고 천천히 씹었다. 그 쓴맛이 입, 가슴, 포궁을 지나 발바닥까지 퍼져나가는 것 같았다. 슬픔과 달빛의 맛이었다.

난데없이 찬바람이 바닥을 타고 올라와 발목을 감쌌다. 나는 순간 몸이 얼어붙었다.

크론의 숨결이었다. 그가 다시 나타난 것이다. 갑자기 주변의 모든 소리가 뚝 끊겼다. 바람이 불어오는 소리, 여자들이 잎을 씹는 소리만 들려왔다. 저기 오는 배가 돛을 펄럭이는 소리는 크론의 속삭임일까? 그가 날 부르고 있는 걸까? 나는 입 안에 든 나뭇잎을 삼킬 수 없었다. 움직일 수가 없었다. 내가 기척을 내는 순간, 그는 나를 찾을 것이다.

원장 수녀님이 우리 쪽으로 성배를 들고 와 내 입에 잔을 대주셨다. 성배의 붉은 포도주가 입으로 흘러들어 가니 입 안에 있던 잎과 함께 두려움도 씻겨 내려갔다. 포도주는 독하긴 했지만 꿀처럼 달고 피처럼 짠맛이 났다.

주변을 둘러보니 모두 익숙한 손놀림으로 머리를 땋고 있었다. 로에니 수녀님과 눔멜 수녀님이 벤치와 테이블 사이를 오가며 우리에게 머리 끈을 나눠주셨다. 나는 가만히 앉아 머리나 땋고 싶지 않았다. 포도주를 마시고 마비가 풀리자 이제는 도망치고 싶은 마음뿐이었다. 배를, 그리고 크론을 피해 산으로 도망가 숨고 싶었다. 머리를 땋는 내 손이 마구 떨렸다.

그런데 손가락을 움직여 머리를 땋아 내려가자 마음이 진정

되기 시작했다. 고국을 떠난 이후로 머리를 땋은 적이 없었는데 손이 기억하고 있었다. 내 손이 알아서 머리카락을 몇 갈래로 나누더니 휘감고 당기고 또다시 휘감고를 반복했다. 내 몸에 차분한 기운이 퍼져나가 나는 침착해졌고 강해졌다.

창문을 통해 불어오던 바람이 수그러들기 시작했다.

마레아네 수녀님과 내가 야이의 머리를 땋아주었다. 머리를 땋기 시작하자 야이도 긴장이 풀리고 있다는 걸 나는 알 수 있었다. 이건 우리가 거부할 수 있는 기운이 아니었다.

야이를 마지막으로 우리는 모두 머리 묶는 걸 끝냈다. 야이까지 머리를 묶고 나자 바람이 완전히 멈추었다. 이제 무슨 일이 일어날지 궁금해진 우리는 모두 창밖을 쳐다보았다.

바다는 고요했고 거울처럼 반짝이고 있었다. 작은 물결 하나 없이 완전히 잔잔했다. 해는 떴지만 아직은 산 뒤에 있어 수도원 건물들 사이에는 길고 짙은 그림자가 드리워져 있었다. 바람이 멈추자 돛이 느슨해진 배는 이빨 바위와 항구 사이에 가만히 떠 있었고 사납게 일던 물보라도 간데없이 사라졌다. 나는 기뻐 심장이 뛰었다. 수녀님들과 수련 수녀들 모두 숨죽이며 기다렸다.

배 위에서 뭔가가 움직였다. 검은색 옷을 입은 금발의 남자들이 보였다. 번쩍이던 무기들은 보이지 않았다. 배 양옆에 난 구멍으로 기다란 뭔가가 쑥 나왔다.

노였다.

"로즈 사원으로!"

원장 수녀님의 날카로운 목소리가 허공을 갈랐다.

"어서."

우리는 뭐라 말할 새도 없이 곧장 불의 집을 나섰다. 우리는 뛰었다. 땋은 머리가 뺨을 휘갈겼고 맨발로 돌 마루를 뛰어가는 소리가 타닥타닥 울렸다. 나는 야이의 손을 꼭 잡고 뛰었다. 새벽 계단을 내려가 중앙 뜰을 지나고 저녁 계단을 올랐다. 우리는 뛰는 와중에도 계속해서 배를 보았다. 배가 가까워졌다. 배는 조금씩 움직이고 있었다. 아까 물보라를 일으키며 전진해올 때보다는 훨씬 느려졌지만 어쨌든 이쪽을 향해 오는 중이었다.

로즈가 사원 문을 열어줘 우리는 그 안으로 뛰어 들어갔다. 사원의 창문은 스테인드글라스로 되어 있어 어둑한 아침 해가 아직 들지 못했고 안은 거의 깜깜했다. 어둠 속에서 흰옷을 입은 두 명이 제단 위로 급히 올라가 문 뒤로 사라졌다. 엔니케와 로즈였다.

우리는 기둥 근처에 모여 기다렸다.

그곳에서는 바다가 보이지 않았다. 배가 어디까지 왔는지 알 수 없었다. 야이는 내 손을 꼭 쥐고 있었다. 나는 겁이 났다. 그 남자들이 야이를 어떻게 할지, 우리는 어떻게 할지 무서웠다. 우리에게는 성벽이 있다. 충분히 높을까? 벽이 얼마나 오랫동안 버텨낼 수 있을까? 입안에선 여전히 나뭇잎과 장미꽃, 아몬드 맛이 났다. 달고 쓰고 흙 맛도 났다.

로즈와 엔니케가 제단 위로 나와 섰다. 항상 머리를 풀고 어깨 위로 늘어뜨리던 모습만 보다가 머리를 뒤로 꼭 묶고 있는 그들의 모습을 보니 어색했다. 로즈와 엔니케는 두껍고 긴 은색 촛대 두 개를 손에 들고 피처럼 검붉은 양초에 불을 붙였다. 촛불이 사원을 밝히지는 못했지만 먼동이 터오는 미명 아래 그림자를 아른거리게 했다. 로즈와 엔니케는 다시 제단 위에 있는 방으로 들어가 반짝이는 뭔가를 손에 들고 나타났다.

"머리를 풀어라!"

로즈가 전에 듣지 못한 목소리로 크게 외쳤다. 그의 목소리가 검으로 허공을 베는 듯했다. 엔니케가 그 뒤를 따라 외쳤다.

"머리를 풀어라!"

엔니케의 목소리도 평소 내가 알던 그 애의 목소리가 아니었다. 로즈가 그랬던 것처럼 엔니케의 목소리도 내 몸을 뚫고 지나가는 것 같았다.

로즈와 엔니케가 손에 들고 있는 것이 보였다. 그건 우리가 어제 본 구리 빗이었다.

우리는 우리의 금색, 은색, 빨간색, 갈색, 가지각색의 머리를 다시 풀어 내리기 시작했다.

한 차례의 거센 바람이 훅 들어왔다.

제단 위에서는 로즈와 엔니케가 익숙하고 재빠른 손놀림으로 머리를 풀고 있었다. 그러고는 구리 빗으로 자신들의 머리를 빗기 시작했다.

사나운 바람이 사원 안으로 들이닥쳤고 장밋빛 창이 덜거덕 소리를 내며 흔들렸다. 로즈가 구리 빗으로 정성스레 머리를 빗어 내리면서 무언가를 부르는 듯 장엄한 소리를 길게 냈다.

"깨어나라, 바람이여!"

로즈가 외쳤다.

"오라, 폭풍이여!"

홀에 있는 오 수녀님이 로즈의 빗을 넘겨받았다. 오 수녀님이 머리카락을 빗어 내렸다. 또 한차례 거센 바람이 사원 지붕을 흔들었다.

나도 머리를 풀었다. 머리를 다 풀자 머리카락에서 작은 불꽃이 타다닥 일어났다. 나는 재빨리 야이의 머리도 풀어주었다. 그애의 머리카락에서도 불꽃이 일며 치익 소리가 났다. 구리 빗이 여기저기 날아다니며 우리 머리를 빗었고 불꽃을 일으켰다. 로즈와 엔니케가 동그랗게 말린 자기 머리의 컬을 손가락으로 빗어 내렸다. 동시에 머리를 흔들며 신경질적인 웃음소리를 냈다. 빗 하나가 내게 와 야이의 머리를 먼저 빗겨주고는 나도 머리를 빗었다.

세찬 바람이 불어닥쳐 벽이며 천장, 창문을 흔들었고 대리석 문마저 바람에 열려 쾅하고 요란한 굉음을 내며 벽에 부딪혔다. 사원은 흰옷을 입고는 발을 구르고, 몸을 흔들며, 머리를 빗는 여자들로 가득했다. 우리의 머리카락이 더 많이 흩날릴수록 바람은 더욱더 거세졌다. 나는 밖으로 나가려고 안간힘을 썼다. 나는 봐야 했다. 알아야 했다.

바깥세상은 거의 알아볼 수가 없었다.

하늘은 폭풍이 몰고 온 구름 때문에 어두컴컴했다. 빛은 모두 사라져 버렸다. 공기 중에는 성난 바람에 휩쓸린 나뭇잎, 나뭇가지 그리고 쓰레기 냄새가 가득했다. 사원을 나왔지만 수녀의 집이 가로막고 있어 바다를 볼 수 없었다. 나는 휘몰아치는 바람을 뚫고 사원의 뜰을 건넜다. 폭풍이 내 머리카락을 휩쓸며 더 헝클어트렸고 그럴수록 바람은 더욱더 힘을 얻는 것 같았다. 머리카락이 내 뺨을 때리고 눈을 가려 앞을 볼 수 없었다. 채찍이 휘갈기는 것처럼 아팠다.

드디어 저녁 계단에 도착했다. 겨우 보게 된 바다는 내가 알고 있던 모습과는 완전히 딴판이었다.

사원을 덮칠 만큼 큰 파도가 밀려와 해안에 부딪혔다. 산산이 부서진 파도 거품이 공기 중에 흩날렸다. 수도원이 해안가에 있었다면 벌써 휩쓸려 갔을 것이다. 선착장과 그 옆에 있던 창고도 파도에 휩쓸려 떠내려갔다. 바다가 모든 것을 삼켰다.

그렇게 배는 흔적도 없이 사라졌다.

*

폭풍이 완전히 잠잠해지는 데는 꼬박 하루가 걸렸다. 우리는 폭풍이 잦아들 때까지 사원 안에서 머물다가 수녀의 집으로 이동했다. 수녀님들은 어린 수련 수녀들을 자기 침대에서 재운 뒤 창가에 앉아 바다를 가만히 지켜보았다. 바다는 천천히 제 모습을 찾아가고 있었다.

해가 질 무렵, 그제야 바람이 수그러들어 우리는 밖으로 나갈 수 있었다. 에르스 수녀님과 그의 수련 수녀들은 저녁 식사를 준비하러 갔고 우리는 콧케 수녀님을 따라 생명의 샘으로 갔다. 따뜻한 물에 들어가니 온몸의 긴장이 풀렸다. 수녀님이 원하는 만큼 오랫동안 탕에 머물러도 좋다고 하셨다. 오늘은 차가운 탕에 들어가지 않고 바로 옷을 입은 뒤 눔멜 수녀님을 따라 수련 수녀의 집으로 갔다. 다른 수녀님들은 모두 폭풍으로 입은 피해를 확인하느라 이리저리 바삐 다니셨고, 난 잘 알지 못하는 기도나 의식 같은 것들을 올리시느라 분주해 보였다. 엔니케도 로즈와 함께 사원에 있었다.

야이는 내내 멍하니 있었다. 아무 말도 하지 않았고 내가 가는 방향으로 밀거나 당기거나 하면 그대로 움직일 뿐이었다. 나는 야이의 머리도 말려주고 옷도 갈아입혀 주었다. 뭘 좀 먹어야 해서 불의 집으로 데려가는데 야이가 중앙 뜰에서 걸음을 멈추고 고개를 돌려 바다를 보았다. 우리가 선 곳에서는 성벽이 가로막고 있어 바다가 보이지 않았지만 파도가 쉬익 밀려와 바위에 부서지는 소리가 들렸다. 바람이 여전히 차고 거셌다.

"그 사람들, 아직 여기 있어."

야이가 조용히 말했다. 바람이 야이 말을 채가 버리기 전에 가까이 몸을 숙여 들어야 했다.

"느껴져. 저기 어딘가에 아직 있어. 아버지는 절대 포기하지 않을 거야, 마레시. 명예와 자존심, 이 둘을 빼면 살 수 없는 사람이지. 그게 전부인 사람이야. 그러니까 날 잡아서 벌주기 위해서라면 뭐든지 할 거야."

야이는 울지 않았다. 언성을 높이지도 않았다. 하지만 나는 그 애가 그렇게 체념하듯 말하는 게 더 걱정스러웠다. 야이가 두려워 몸을 떨었다면 차라리 덜 걱정했을 것이다.

"하지만 수도원이 널 지켰잖아. 그 사람들은 오늘 널 해치지 못했어. 그리고 앞으로도 그러지 못할 거야."

내가 달래듯 말했다.

야이가 몸을 돌려 나를 똑바로 바라봤다. 그 애가 내 눈을 본 건 배가 나타난 이후 처음이었다.

"그 사람은 포기 **안** 해. 분명히 다시 올 거야."

다음 날, 우리는 온종일 폭풍이 어지럽히고 떠난 자리를 청소했다. 떨어진 지붕 타일을 교체하고 뜰에 널브러진 쓰레기를 치우고 산길을 덮친 나무를 잘라 옮겼다. 산에서는 큰 바위가 굴러와 담을 부쉈다. 바다 쪽 경사가 가장 심한 곳이었다. 나르 수녀님은 쑥대밭이 된 지식의 정원을 살피며 화를 삭이지 못해 식식거렸고 마레아네 수녀님은 걱정으로 이마에 주름이 깊게 패었다. 어제 닥친 태풍이 과수원까지 모조리 망가뜨린 것이다.

나는 야이와 엔니케와 함께 베르크 수녀님과 루안을 도와 해변을 청소하는 일을 맡았다. 그곳에는 선착장과 창고였던 일부가 여기저기 부서져 널브러져 있었고 나머지는 파도에 휩쓸려 가버린 것 같았다. 베르크 수녀님은 우리가 수리해야 할 항목들을 전부 꼼꼼히 써두셨다. 우리는 여기저기 나뒹굴고 있는 나무와 널빤지들을 모아 이것들이 사나운 파도에 휩쓸려 가지 않게 해변에서 멀리 떨어진 곳으로 옮겼다. 물을 먹어 무거워진 나무들을 낑낑대며 옮겼더니 곧 팔과 등이 아팠다. 아직도 매서운 바람이 불어와 눈앞에서 머리카락이 춤을 췄고 우리가 말을 할 때마다 입가에 바람이 맴돌았다. 나는 야이의 금색 머리와 엔니케와 루안의 갈색 머리, 베르크 수녀님의 검은색 머리를 차례로 보았다. 그들의 머리카락이 스카프 아래서 거리낄 것 없이 휘날리고 있었다. 우리 머리카락 속에 그토록 놀라운 힘이 감춰져 있었다니.

나는 엔니케와 함께 낡고 갈라진 밤색 통나무를 물에서 건져 올렸다. 베르크 수녀님과 루안은 어디선가 굴러와 선착장을 막아버린 바위들을 끌어내고 있었다. 야이도 차가운 바다에 허리까지 들어가 돕고 있었다. 힘을 줄 때마다 그 애 입에서 끙 하는 신음이 흘러나왔고 얼굴도 잔뜩 일그러졌다. 큰 바위를 옮길 때는 더 큰 소리가 났다. 바위 하나를 옮기고 나면 바위 위에 양손을 짚고 고개를 숙인 채 잠깐 숨을 돌리고는 루안의 옆구리를 찔러 다음 바위를 옮기자고 했다. 베르크 수녀님이 야이에게 뭐라고 말씀하셨는데 내가 있는 곳에선 들리지 않았다. 그저 야이가 화를 내는 모습만 보였다.

이번에 야이는 자기 껍데기 속으로 숨어버리지 않았다. 대신 그 애는 화를 냈다.

우리는 수도원으로 돌아가는 좁은 계단을 올라가던 중이었다. 내가 해변에서 일하다 주운 반질반질하고 예쁜 회색 나뭇가지들을 야이에게 보여주었더니 야이가 그것들을 쏘아보았다. 그러고는 내게 등을 홱 돌리고 말했다.

"아무도 내 말을 듣지 않아. 전부 선착장이며 **파일나무** 같은 것들이나 걱정하고 있다고."

야이가 계단을 쿵쿵거리며 올라갔다.

"그리고 너!"

야이가 갑자기 돌아보는 바람에 나는 그 애와 부딪히고 말았다. 야이의 머리카락이 바람에 흩날리고 있었다. 나를 보는 그 애의 눈동자가 까맣게 빛났다. 나는 한 발 뒤로 물러섰다.

"넌 알잖아. 너, 원장 수녀님, 수녀님 몇 분 말고는 아무도 몰라. 다른 사람들은 몰라도 넌 우나이가 어떤 일을 당했는지 알잖아. 아버지가 뭘 원하는지 넌 알고 있잖아. 아버지가 이곳에 오면 다른 사람들은 그냥 둘 것 같아? 나만 데려갈 것 같냐고! 날 도와준 이곳 사람들 모두에게 복수할 거야. 모조리 다. 그런데 넌 **나뭇가지**에 감탄이나 하고 있다니!"

야이는 휙 돌아 나를 남겨두고 성큼성큼 계단을 올라가 버렸다. 나는 그 자리에 서서 울음을 삼켰다. 내가 어떻게 해야 했던 걸까? 만약 야이가 뭐든 도와달라고 했다면 나는 두말하지 않고 그렇게 했을 것이다. 그런데 그렇게 내게 쏘아붙이니 뭘 어떻게 해야 할지 알 수 없었다.

＊

우리는 그날도, 그리고 다음 날도 내내 청소만 했다. 수업은 없었고 끼니도 일 중간에 짬이 날 때 불의 집으로 가 때웠다. 야이는 나와 말도 하지 않고 나를 피했다. 그리고 나를 노려보고 무시했다. 그 애가 완전히 변해 뾰족한 엉겅퀴처럼 화만 내서 나는 어떻게 반응해야 할지 몰랐다. 야이는 나랑 같이 일하려고도 하지 않아 청소 둘째 날에는 그 애를 거의 볼 수도 없었다. 처음에는 마음이 아팠다. 야이는 지금 엄청 무서울 테니 이해할 수 있었다. 그런데 왜 나한테만 이렇게 화를 내는 걸까? 나에게만 이렇게 못되게 굴다니 억울했다!

나는 오후 내내 무거운 나무를 들어 옮기는 일을 했다. 폭풍에 쓰러져 산길을 덮친 나무들을 치우는 일이었다. 수녀님들이 나무를 톱으로 자르면 나무토막을 불의 집 헛간으로 옮겼다. 저녁이 되자 손이 덜덜 떨렸고 팔이 아파 저녁 식사에도 겨우 갔다.

불의 집에 갔더니 야이는 이미 테이블에 앉아 시실과 요엠과 이야기 중이었다. 야이는 분명 날 보았는데도 의도적으로 내 눈을 피했다. 그 애들은 자기들끼리만 옹기종기 모여 앉아 속닥거렸다.

나는 서빙 테이블로 가 접시에 빵, 치즈, 양파 피클을 담고 물 컵을 들었다. 자리에 앉으려는데 야이 옆자리 말고는 어디에 앉아야 할지 몰라 당황스러웠다. 야이는 여전히 내가 보이지도 않는 것처럼 행동했다. 나도 그 애 옆을 지나쳐 조금 떨어진 곳에 자리를 잡고 앉았다. 그 애들은 내게 신경도 쓰지 않았고 대화에 끼워주지도 않았다. 나는 내가 원해서 혼자 앉은 것처럼 보이려고 일부러 서쪽 창문을 바라보면서 아무렇지 않은 듯 빵을 먹었다. 내가 기분이 상했다는 사실을 야이나 요엠이 알게 하고 싶지 않았다.

최대한 빨리 빵을 먹고는 자리에서 일어나면서 야이를 보았다. 야이가 요엠과 딱 붙어서 얘기하는 중이었고 요엠은 맞장구 치듯 고개를 끄덕이고 있었다. 나는 입술을 꽉 깨물고 앞만 똑바로 보며 불의 집을 걸어 나왔다. 야이가 수도원에 오기 전에도 나는 그 애 없이 잘 지냈다. 지금이라고 그러지 않을 이유가 없었다. 앞으로도 그 애 없이 잘 지낼 수 있다.

그날 저녁, 나는 혼자 보물의 방에 갔다. 외로웠다. 그 어느 때보다 누군가가 내 옆에 있어 줬으면 했다. 오 수녀님의 방문을 두드렸지만 수녀님이 계시지 않았다. 오 수녀님은 그럴 때 내가 열쇠를 가져가도 좋다고 미리 허락해 주셨다. 열쇠를 가지고 사원의 뜰을 걷는데 벌써 저녁 어스름이 짙게 깔리고 있었다. 어두컴컴한 지식의 집에 들어서자 갑자기 무서워졌다. 야이가 옆에 있었으면 했다.

나는 잔뜩 긴장한 채로 복도를 걸어갔다. 지하실이 가까워지고 있었다. 크론이 내게 말을 건 뒤로 그곳을 혼자 지나는 건 처음이었다. 나는 열쇠가 호신용 단검이라도 되듯 두 손으로 꼭 움켜잡고 걸었다. 지하실이 가까워지자 나는 숨도 멈추고 조용히 달렸다. 크론의 목소리는 들리지 않았지만 그가 문 뒤에서 도사리고 있다는 것을 난 알았다. 그는 때를 기다리고 있었다.

보물의 방으로 뛰어들어 가 문을 쾅 닫고 나자 그제야 마음이 놓였다. 익숙한 먼지와 종이 냄새. 나는 숨을 후우 깊이 들이마셨다. 그냥 가만히 서 숨을 크게 들이마시고 후우 내쉬었다. 야이가 없으니 보물의 방이 완전히 다른 곳처럼 느껴졌다. 그 애가 오기 전과 달라진 건 없었지만 분명 뭔가 달랐다. 야이와 함께 그곳에서 시간을 보내는 데 너무 익숙해진 것이다. 어떤 책이 재

있을까 재잘거리며 함께 책을 고르고, 그 애가 책장 넘기는 소리를 들으며 곁에 앉아 책을 읽고, 방문을 잠그고 나와 어둑어둑해진 길을 걸으며 각자 읽은 책에 대해 실컷 떠들던 일들.

그날 저녁 나는 혼자 아주 오래된, 초대 수녀님들에 관한 책을 읽었다. 나는 늘 수녀님들 이야기가 쓰인 책을 좋아했다. 이 섬에 오기까지 겪었던 일들, 처음 몇 년 동안 먹을 것이라고는 야생에서 자란 딸기나 물고기밖에 없어 힘들었던 이야기, 지식의 집을 짓느라 고생한 이야기 같은 것들 말이다. 처음에 수녀님들의 섬 생활은 무척 힘들었다. 수십 년이 지나고 섬에 핏빛 달팽이가 산다는 사실을 발견하고 나서야 은화도 생기고 생활도 나아졌다.

이 섬에 수련 수녀가 처음 들어온 이야기나 수도원에 대한 소문이 어떻게 퍼지게 된 건지, 또 수도원이 어쩌다 힘없고 학대당하는 아이들에게 피난처가 되었는지, 이런 이야기들을 읽는 것도 늘 재밌었다. 나는 이야기 자체도 좋았지만 이야기가 가져다주는 위안이 좋았다. 이야기를 읽을 때면 나는 안전해지는 기분이 들었다.

이미 저녁이 늦은 시각이었고 바깥도 어둑어둑해져 있었다. 거대한 서가는 소중한 보물들을 가득 품은 채 어둠 속에서도 조용히 빛나고 있었다. 이 모든 건 초대 수녀님들이 계획한 것이었다. 수녀님들은 자기 뒤에 올 후대의 여자들을 위해 자신들이 아는 지식을 모두 이곳에 보관해 두셨다. 초대 수녀님들은 이 섬을 발견했을 때, 그래서 이제 살았다는 걸 알았을 때 어떤 기분이셨을까? 무슨 생각을 하셨을까?

보물의 방 안에 적막이 흐르는 가운데 밖에서 누군가 지식의 집 문을 열고 들어오는 소리가 들렸다. 그는 복도를 빠르게 걸어오더니 보물의 방의 문을 활짝 열었다.

"여기 있었구나. 오 수녀님이 여기 오면 널 찾을 수 있다고 말씀해주셨다."

로에니 수녀님이었다. 수녀님은 허리에 손을 얹은 채 문 앞에 서서 말씀하셨다.

"밤도 늦고 종일 일해서 피곤하겠지만, 방금 에르스 수녀님이 창고 지붕에 구멍이 난 걸 발견하셨다. 나무가 그 위로 쓰러졌더구나. 지금 당장 고쳐야 한단다. 임시로 때워놓더라도 일단 해놔야 해. 비라도 오면 저장해 놓은 음식이 다 못 쓰게 되니까. 그 일을 좀 도와줘야겠어."

"전 너무 피곤한걸요."

내가 조용히 대답했다. 사실이었다. 내가 책을 제자리에 꽂아놓는 동안 로에니 수녀님이 못마땅하다는 듯 혀를 끌끌 차며 고개를 저었다. 나는 무거운 책을 꽂으려니 팔이 떨려 힘을 꼭 줘야 했다.

"내가 이 도서관을 담당했다면 네가 이렇게 제멋대로 돌아다니도록 두지 않았을 게다. 오 수녀님은 네게 정말이지 너무 너그러워. 이렇게 특혜를 주어선 안 되는데."

오 수녀님이 내게 특혜를 준다는 생각은 한 번도 해보지 않았지만 별다른 대꾸는 하지 않았다.

"다른 사람이 할 수는 없나요?"

나는 하는 수 없이 문을 잠그고 나와 손바닥을 내밀고 서 있는 로에니 수녀님께 열쇠를 건넸다.

"몇 명이 벌써 일을 하고 있단다, 마레시. 다른 사람들도 다른 일을 돌보느라 바쁘고. 너도 이제 그만 빈둥대려무나. 그렇게 오래 걸리진 않을 게다. 책은 오늘 이만하면 됐으니 일이 끝나면 자러 가거라."

하지만 나무를 치우고 지붕을 고치는 데는 시간이 한참 걸렸다. 우리가 일을 끝냈을 때는 이미 밤이 깊어진 뒤였다. 너무 피곤해서 머리가 지끈거렸는데 마음이 심란해 잠이 오지 않았다. 딱히 이유는 없었지만 수련 수녀의 집으로 돌아가고 싶지 않았다. 탁 트인 바다를 보며 혼자 있고 싶었다. 나는 수녀님들 눈을 피해 조용히 염소 문으로 빠져나왔다. 수도원을 나와 혼자 산길을 걸었다.

수도원 뒤의 산길이라면 지식의 집만큼이나 내가 잘 아는 곳인데 지금은 길이 전혀 알아볼 수 없게 되어 있었다. 비탈에서 굴러온 돌과 부러진 나뭇가지들이 사방에 나뒹굴었고 큰 나무들도 여기저기 쓰러져 있었다. 땅거미가 진 밤이라 방향을 알아보기가 더 힘들었다. 나는 곧 길을 잃고 말았다. 그러다 아래쪽으로 로즈 사원이 보여 내가 북쪽으로 너무 많이 올라와 있다는 사실을 알게 되었다. 나는 잠시 바위 위에 앉아 숨을 고르며 어깨에 걸친 망토를 단단히 여몄다.

서쪽 밤하늘에 별이 하나 떴다. 초승달 아래 바다가 은빛으로 반짝였고 시원한 밤바람이 달을 어루만졌다. 밤이 되자 수도원은 조용해졌다. 모두 잠이 들었다. 유일하게 달의 집과 오 수녀님 방에서만 창에서 빛이 새어 나오고 있었다. 이제 고요해진 메노스 섬도 쌔액쌔액 숨을 내쉬며 잠이 들 준비를 하고 있었다. 올빼미도 나뭇가지에 자리를 잡았다. 조용한 달빛 아래 아름다운 것들을 보고 있자니 마음이 조금 가라앉았지만 그래도 어딘가 한구석은 편치 않았다. 나는 야이를 생각했다. 야이는 처음 이곳에 왔을 때부터 나와 가장 친했는데 지금은 나를 피하고 있다. 나는 이해할 수 없었다.

밖에 너무 오래 있었던 건지 발가락이 언 것 같아 자리에서 일어났다. 산길을 내려가는데 이 길로 가는 게 맞는 건지 자신이 없었다. 군데군데 파인 땅과 어지럽게 널린 나뭇잎들 때문에 길이 미끄러웠다. 나는 몇 번이나 넘어질 뻔했고 내가 어디에 있는 건지도 확신이 들지 않았다. 눈앞에 덤불이 나타났는데 전에 본 적 없던 것이었다.

발밑에 뭔가 부드러운 게 밟혔다. 그 순간, 내 아래 땅이 훅 꺼지더니 구멍이 드러났다. 나도 모르게 순간 몸을 앞으로 휙 숙여 겨우 배가 땅에 걸렸다. 나는 허공에 다리가 대롱대롱 매달린 채 떨어지지 않으려고 땅을 꼭 붙잡았다. 폭풍이 휩쓸고 지나가 숨겨져 있던 지하 동굴이 드러난 것이다.

어디선가 바스락거리는 소리가 들렸다. 희미한 달빛 아래로 수백 마리의 나비가 무지갯빛 날개를 파닥이며 덤불 속에서 날아올랐다. 날개는 이상하리만큼 컸고 은빛으로 반짝거렸다. 덤불에서 나비가 끝도 없이 나와 어두운 밤하늘로 날아올랐다. 그 모습이 너무 아름다워 나는 허공에 매달린 채 정신을 잃고 멍하니 바라보고 있었다. 섬이 내게 하는 잘 자라는 인사 같았다.

마지막 나비가 까만 밤하늘 속으로 사라졌을 때 목소리가 들려왔다.

마레시,

목소리가 다시 속삭였다.

나의 딸아.

구멍 깊은 곳에서 들려오는 목소리였다. 크론이다. 어둠 속에
그가 있었다. 날 기다리고 있었다. 내 발을 쥐는 그의 차가운 손
이 느껴졌다. 나를 데려가려고 온 것이다. 나는 온몸을 버둥거리
고 악을 쓰며 그 목소리를 떨쳐버리려고 했다.

"당신은 날 가질 수 없어! 난 당신 것이 아냐!"

나는 겨우 땅을 기어올라 얼음장 같던 크론의 손에서 벗어났
다. 덤불에서 또다시 바스락거리는 소리가 들렸다. 나는 처음에
나비가 더 나오는 줄로만 알았는데 이번에는 길고 가느다란 뭔
가가 풀 위로 스르르 기어 나와 내 발밑을 맴돌았다. 뱀이었다.
열 마리, 백 마리, 아니 수백 마리의 뱀이 덤불 속에서 꿈틀거리
며 스르륵 기어 나왔다. 기어 나온 뱀들은 구멍 속으로, 바위 밑
으로, 얽히고설킨 사이프러스 나무뿌리 사이로 사라졌다. 나는
죽은 듯이 꼼짝도 하지 않고 서 있었다. 이 섬에서는 뱀을 볼 일
이 거의 없는데, 내가 살면서 평생 본 뱀보다 더 많은 뱀을 지금
본 것이다. 크론의 문에 달려 있던 뱀 모양의 손잡이가 떠올랐
다. 공포가 엄습했다. 나는 당장 이 동굴과 크론을 피해 달아나
고 싶었는데 뱀이 무서워 몸을 움직일 수가 없었다. 마지막 뱀이
사라지고 나서야 나는 겨우 한 발짝 떼볼 수 있었다. 그리고 두
발짝. 나는 혹시 남아 있을지 모를 뱀을 쫓아버리려고 일부러 발
을 쿵쿵거리며 걸었다.

할 수만 있다면 크론도 함께 떨쳐내 보려고.

다시 길을 찾을 때까지 영원과 같은 시간이 걸렸다. 어둠 속에서 겨우 길을 찾은 뒤에는 뒤도 돌아보지 않고 염소 문을 향해 달렸다. 수도원 안으로 들어가자마자 있는 힘껏 문을 쾅 닫았다.

내가 문을 닫았다. 분명 내가 문을 닫은 걸 기억한다. 문을 당겼고 딸깍 하는 소리도 들렸다. 그런데 빗장을 걸었는지는 기억이 나지 않았다.

나는 너무 피곤했고 크론 때문에 겁에 질려 있었다. 얼른 내 침대, 내 이불 아래 안전한 공간에 들어가 숨고 싶었다. 다리가 후들거렸고 온종일 무거운 것을 들고 날랐더니 팔도 아팠다. 평소의 나였다면 문을 잠그는 걸 절대 잊지 않았을 것이다. 그러나 아무리 생각해봐도 그날 밤에는 내가 빗장을 걸었는지 도무지 기억이 나지 않았다.

나는 침대로 기어 올라갔다. 침대에 누우니 자고 있는 친구들의 숨소리가 들려왔다. 나는 야이 손을 잡고 싶었지만 야이가 뿌리칠 것 같았다. 녹초가 된 나는 곧 죽은 듯 깊은 잠에 빠져들었다. 꿈도 꾸지 않았다. 그러다 뭔가 귀에 거슬리는 소리에 잠에서 깼다. 한동안 정신이 몽롱했다.

아침이 오려면 아직 한참이 남았다. 창문 쪽에서 이상한 소리가 들려왔다. 뭔가가 날카롭게 창을 톡톡 치는 소리.

야이가 벌떡 일어나 앉았다. 이불 끝을 꼭 쥐고 있는 그 애의 손이 살짝 떨리고 있었다. 야이는 창문을 쳐다보았다.

창밖에서 뭔가가 날개를 파닥이고 있었다. 커다란 그것이 유리창을 쿵쿵 찧었다. 그리고 다시 유리창을 톡톡 두드리는 소리.

이번에는 소리가 훨씬 더 오래 계속됐다.

도리의 새가 휘파람 소리를 냈다. 미처 내가 말리기도 전에 도리가 침대에서 뛰어나와 창문을 열었다.

수도원의 상징인 코안새가 날아 들어왔다. 기숙사 안을 빙빙 돌며 귀청이 찢어질 듯이 큰 소리로 길게 울었다. 여기저기서 막 잠에서 깬 아이들이 멍한 얼굴로 중얼거리며 불평했다. 야이는 코안새에게서 눈을 떼지 않았다.

"저 새…… 새가 위험을 알려준다고 했잖아."

야이가 말했다.

엔니케도 일어났다. 상황을 파악하고 있는 듯했다.

도리의 새가 화난 듯 짹짹거렸다.

도리가 말했다.

"짝짓기 철이라 그래. 코안새가 산 저쪽 편에서 알을 품거든."

우리는 잠시 눈빛을 교환했다.

"섬 동쪽에 비바람을 피할 수 있는 작은 만이 있어."

내가 조심스레 답했다.

"그들이 온 거야. 그 사람들은 산을 잘 모르니 여기까지 오는 데 시간이 걸릴 거야. 어둡기도 하고."

야이가 말했다.

도리가 휘파람을 불어 코안새를 부르자 새가 도리에게 왔다. 도리가 코안새를 부드럽게 쓰다듬었다. 도리의 새가 질투하는 눈빛으로 쏘아보았다. 도리는 코안새를 조심히 창밖으로 내보내고 창문을 닫았다. 나도 일어나려고 침대에 앉았다.

두 발이 땅에 닿는 순간, 나는 알 수 있었다. 크론이 바로 가까이에 있었다. 그의 어둠과 갈망을 느낄 수 있었다. 크론의 문은 닫혀 있었지만 그의 시큼한 숨결이 공기 중을 떠다니고 있었다.

나는 숨을 깊게 들이마셨다.

"그들이 왔어. 어쩌면 벌써 산을 넘었을지도 몰라."

우리는 눈이 마주쳤다. 야이와 도리, 엔니케, 그리고 나.

턱이 덜덜 떨렸지만 그래도 어떻게 해야 할지 머리를 굴려야만 했다.

야이가 이불을 박차고 일어났다.

"내가 눔멜 수녀님을 깨울게."

"난 원장 수녀님께 갈게."

도리가 말했다. 그 둘은 한시도 지체하지 않고 뛰어나갔다. 엔니케도 일어나 아직 자고 있는 아이들을 다급히 깨웠다.

나는 움직이지 못한 채 그 자리에 앉아 있었다. 내가 걱정하는 건 배나 남자들이 아니었다. 그들은 두렵지 않았다. 내가 두려운 건 크론이었다. 나는 몸을 움직일 수가 없었다. 쿵쿵, 심장이 너무 빨리 뛰었다. 축 처진 안네르의 무게가 다시 느껴졌다. 그 애를 살리려고 온갖 애를 쓰고 내가 먹을 몫까지 줘봤지만 안네르는 이미 태어날 때부터 몸이 병약했다. 아무리 먹이려 애를 쓰고 열을 내리려 애를 써봐도 듣지 않았다. 그 애는 크론이 부르는 소리에 더는 버텨내지 못했다. 안네르가 떠났다.

나는 눔멜 수녀님이 방에 들어오기 전까지도 움직이지 못하고 같은 자리에 앉아 있었다.

"어떻게 그렇게 확신하는 거니? 새 한 마리가 이상한 행동을 했다고 해서 그게 위험을 알려주는 건 아니야."

수녀님은 뒤따라오는 아이를 나무라며 우리 방으로 들어오셨다. 그러고는 아직 잠에서 덜 깬 채 겁에 질려 있는 아이들을 주욱 둘러보셨다.

"정말이지, 마레시."

눔멜 수녀님이 나를 질책하는 듯한 눈으로 바라보셨다.

"애들은 네 말이라면 무조건 따르잖니. 그런 힘을 아무렇게나 쓰면 안 돼. 주니어 애들도 생각해야지. 그 애들이 얼마나 무섭겠니?"

주니어 아이들. 그 애들을 깨워야 했다. 그 생각에 정신이 번쩍 들면서 마비가 풀렸다. 나는 되는대로 망토를 걸치고 왼쪽 발에 샌들을 신고 껑충껑충 뛰어 오른쪽 샌들을 찾아 신고는 쏜살같이 뛰어나갔다. 등 뒤에서 눔멜 수녀님이 뭐라고 소리치셨지만 수녀님의 말씀이 들리지 않았다. 야이는 내게 고개를 끄덕이고는 자기 옆에 있는 다른 애의 이불을 휙 걷어버렸다.

"일어나, 당장! 옷 입고. 잠옷 위에 따뜻한 겉옷도 걸쳐. 지금 당장."

나는 주니어 아이들이 자고 있는 방으로 달려갔다. 아이들은 하얀 이불을 덮고 자고 있었다. 작고 가녀린 목, 반쯤 벌어진 입. 헤오, 이스미, 레이타, 시르나, 파에네. 야이의 말이 계속해서 내 머릿속을 울렸다.

그 사람은 분명 날 도와준 이곳 사람들 모두에게 복수할 거야. 전부 다.

나는 크론이 온 걸 느낄 수 있었다. 크론이 우리를 그의 문으로 이끌고 있었다.

"일어나, 얘들아. 지금 일어나야 해. 옷 입어."

나는 아이들이 겁먹지 않도록 조용히 말했다.

아이들은 내가 시키는 대로 따르는 데 익숙했으므로 일어나 앉아 옷을 입었다. 아직 눈과 입에 졸음이 가득한 아이들은 질문도 하지 않았다. 나는 아이들을 데리고 눔멜 수녀님이 계신 곳으로 갔다. 수녀님은 화가 나 팔짱을 끼고 서 계셨다. 겁에 질린 시니어 아이들도 나와 눔멜 수녀님 중 누굴 믿어야 할지 몰라 우리를 번갈아 가며 쳐다보았다. 이스미가 그런 우리를 보더니 눈물을 와락 터뜨렸고 헤오가 그 가늘고 작은 팔로 이스미를 안았다.

"울지 마, 이스미. 마레시가 있잖아. 마레시가 우리를 지켜줄 거야."

헤오의 목소리는 침착했고 확신에 차 있었다.

나는 하마터면 그 애들을 배신할 뻔했다. 내가 두려움에 망설이는 동안 소중한 시간이 날아가 버렸다. 야이가 뜰로 나가, 나는 아이들을 잠시 방 안에 두고 그 애를 따라 나갔다. 눔멜 수녀님도 뒤따라오셨다. 밤하늘에는 초승달이 낮게 걸려 있었다. 신이시여, 저희를 도와주세요. 그러나 지금은 그분의 힘이 가장 약할 때였다. 밖은 어두워 앞이 보이지 않았다. 중앙 뜰에는 적막이 흘렀다. 섬은 아직 깊은 밤중이었다. 눔멜 수녀님이 막 나를 혼내실 참인지 숨을 크게 들이마셨다.

그때, 불의 집 쪽에서 비명이 터져 나왔다. 시실의 목소리였다. 곧이어 뭔가가 쨍그랑 깨지는 소리, 문이 쾅 닫히는 소리. 또다시 귀가 찢어질 듯한 비명. 갑자기 소리가 뚝 끊겼다.

"염소 문! 그쪽으로 들어온 거야."

눔멜 수녀님이 낮게 외쳤다.

"불의 집."

나는 말도 제대로 나오지도 않았다. 그곳은 시실과 요엠, 에르스 수녀님이 잠자는 곳이었다.

두 사람이 날개를 퍼덕거리는 형체와 함께 달의 계단을 따라 다급히 내려오고 있었다. 원장 수녀님과 도리, 도리의 새였다.

원장 수녀님은 멈추지 않고 앞으로 계속 걸으며 말했다.

"사원의 뜰로 가세요. 그들이 이미 우리를 포위했어요. 달의 뜰에서 보고 오는 길입니다. 우리가 도망치지 못하게 정문에도 남자들이 지키고 있어요. 하지만 아직 그쪽으로 들어오지는 못했어요. 염소 문으로 들어온 것 같아요."

원장 수녀님이 말을 채 끝내기도 전에 야이와 나는 수련 수녀의 집으로 뛰어 들어갔다.

"나가. 남자들이 침입했어. 지금 당장 사원의 뜰로 가야 해."

나는 제일 어린 레이타를 안고 헤오 손을 붙잡고 달렸다. 야이는 이스미와 파에네 손을 잡고 내 뒤를 따랐고 엔니케는 시르나의 손을 잡고 달렸다. 등 뒤에서 다른 아이들도 뛰어오는 소리가 들렸다. 눔멜 수녀님은 우리가 전부 나온 게 맞는지 마지막 사람까지 머릿수를 확인하고는 제일 뒤에 따라오셨다.

저녁 계단이 이렇게 길었던가. 게다가 레이타가 내 목을 너무 꽉 껴안아 숨을 쉬기도 어려웠다. 나는 헤오 보폭에 맞춰 천천히 달려야 했다. 밤이 어두워 땅이 잘 보이지 않았다. 몇 번이나 넘어질 뻔해 정강이며 발가락이 돌부리에 치였다.

드디어 계단 꼭대기에 도착했다. 원장 수녀님과 수녀님들이 모두 사원의 뜰에 나와 계셨다.

"그건 허락할 수 없어요."

원장 수녀님이 로즈에게만 들릴 만한 목소리로 작게 말했다.

"절대 안 돼요."

"그 사람들은 어쨌든 그렇게 할 거예요."

로즈가 말했다.

로즈의 얼굴은 창백했지만 단호했다.

"아시잖아요. 그렇게 하면 다른 사람들은 지킬 수 있어요."

로즈의 시선이 나와 내 뒤의 다른 수련 수녀들에게로 향했다가 다시 원장 수녀님에게로 돌아갔다.

"특히 어린아이들이요."

"에오스트레."

원장 수녀님이 탄식하듯 불렀다.

"저는 이제 에오스트레가 아니에요. 로즈의 종입니다. 메이든, 그분의 화신입니다. 이곳은 제 영역이에요."

"계단을 막아야 해요!"

오 수녀님이 다급하게 외쳤다.

"그들이 벌써 중앙 뜰까지 왔다고요. 안 들려요? 수련 수녀의 집과 생명의 샘을 뒤지고 있어요."

"말도 안 돼. 피할 시간이 없어요."

로에니 수녀님이 말했다.

"하는 데까지 해봅시다."

원장 수녀님이 말했다. 그러고는 나를 보았다.

"마레시, 내가 부탁한 것을 기억해야 한다. 아이들을 데리고 지식의 집으로 가거라. 그리고 지하실로 내려가 숨으렴. 이 섬에서 가장 안전한 곳이란다. 남자들이 지하실 문을 늦게 발견하길 바라는 수밖에. 가능하면 안에서 방어벽을 쌓아놓거라. 야이도 함께 데려가고. 신께서 함께하시길."

원장 수녀님이 다른 수련 수녀들에게 물었다.

"마레시, 야이와 함께 가고 싶은 사람 없나?"

나는 레이타를 들어 안았다.

"가자! 서둘러!"

거칠게 질러대는 고함과 상스러운 웃음소리가 왁자지껄 들려왔다. 나는 지식의 집으로 이동해야만 했다.

엔니케가 고개를 저으며 말했다.

"저는 남을게요. 야이 나이대가 한 명도 없으면 의심하고 찾아 나설 거예요. 하지만 저희가 몇 명 남아 있으면 속일 수 있을지도 몰라요."

"저도 남을게요."

도리가 말했다. 토울란도 말없이 고개를 끄덕였다.

이제 더는 기다릴 수 없었다. 나는 지식의 집 문을 열고 아이들을 먼저 안으로 들여보내며 마지막으로 한번 더 뜰 쪽을 돌아보았다. 수녀님들이 수련 수녀들 앞으로 벽을 치듯 계단 앞에 섰다. 원장 수녀님은 그중 제일 앞에 섰다. 그리고는 두 팔을 하늘을 향해 높이 들었다.

수련 수녀 중 그 누구도 우리를 따라오지 않았다.

야이와 나는 아이들을 안거나 손을 잡고 지식의 집 안으로 뛰어 들어 가 문을 걸어 잠갔다. 우리는 곧장 지하실 문 앞으로 갔다. 그 문은 평범한 벽과 다를 게 없어 보였다. 그 위에 쓰인 글씨만이 그게 문이라는 걸 알려주었는데 안이 너무 깜깜해 글씨조차 잘 보이지 않았다.

"어떻게 열지?"

야이가 속삭이듯 물었다.

"나도 한 번도 들어가 본 적이 없어."

내가 조용히 답했다.

크론의 영토에 가까워지니 현기증이 이는 것 같았다.

"오 수녀님은 이곳에 문이 있다는 것만 알고 있으면 된다고 하셨는데."

나는 글씨 위에 손을 얹고 살짝 밀어보았다. 커다란 돌 하나가 스르르 소리도 없이 열리더니 칠흑 같은 어둠 속에서 계단이 모습을 드러냈다. 안에서 얼음장처럼 차가운 바람이 훅 불어와 아이들이 오들오들 몸을 떨었다. 그것만 빼면 아이들은 꽤 침착했다. 무슨 일이 벌어지고 있는 건지 완전히 이해하진 못한 것 같았다. 울거나 불평하지도 않았다. 그러나 나는 크론의 숨결을 느낄 수 있었다. 마른침을 꿀꺽 삼켰다.

"우리 아래로 내려가?"

헤오가 물었다.

"응, 불이 필요하겠어. 내려가다 넘어지면 다칠 것 같아. 야이, 내가 램프를 가져올 테니 먼저 애들 데리고 가. 만약 무슨 소리 들리면 그 즉시 문을 닫고."

야이는 아이들을 데리고 지하실 문 안으로 들어갔다. 나는 복도를 달려 교실로 가, 가끔 저녁 수업 때 사용하곤 했던 램프와 불쏘시개를 찾았다. 오일 램프 두 개를 집어 드는데 두 손이 덜덜 떨렸다. 그때 밖에서 큰 소리가 들렸다. 지난 몇 년간 수도원에서 들어본 적 없는 소리였다.

남자의 목소리.

무슨 일이 일어나고 있는지 알아야 했다. 테이블 위에 램프를 잠시 올려두고 창가로 기어올라 갔다.

남자들이 저녁 계단에 와 있었다. 희미한 초승달 아래라 얼굴은 잘 보이지 않았다. 두 손을 높이 들고 회색 머리를 길게 늘어뜨린 원장 수녀님 앞에 선 그들은 마치 짙은 어둠 덩어리처럼 보였다. 원장 수녀님 뒤에는 수녀님들이 서 있었고 그 뒤에는 잠옷도 미처 갈아입지 못한 수련 수녀들이 사과나무꽃처럼 바들바

들 떨고 있었다. 그 어둠 덩어리는 언제든 사나운 이빨을 드러
내 꽃잎을 갈기갈기 찢고, 바다에 내던지고, 바위에 내동댕이치
고, 번득이는 검으로 찌를 준비가 되어 있었다. 아무렇게나 길게
자라게 내버려 둔 금색 수염과 삭발한 머리, 기괴한 상징이 잔뜩
그려진 손들이 보였다.

원장 수녀님은 두 손을 높이 들고 있을 뿐 방어할 만한 것이
아무것도 없었다.

"남자는 이 섬에 들어올 수 없다."

단호하고 위엄이 실린 그 목소리는 쩽그랑거리는 소리, 왁자
지껄 떠드는 소리가 난무하는 소란 속에서도 내게까지 똑똑히
들렸다.

"남자는 이 수도원에 들어올 수 없다."

수녀님의 목소리는 조금도 흔들리지 않았다. 피의 종만큼이
나 명징했다.

"지금 즉시 떠나라. 배로 돌아가라. 그러면 제명에 죽을 수 있
을 것이다."

원장 수녀님의 옆모습이 보였다. 그는 단호했고 함부로 침범
할 수 없는 권위가 있었다. 수녀님의 목소리에 남자들이 주춤했
다. 감히 칼을 꺼내거나 전진하지 못했다. 남자들은 우리가 폭풍
을 불러오기 전에 바다가 얼마나 고요했는지 기억하고 있었다.
그들은 물러섰다.

그때 한 남자가 다른 사람들을 밀치며 앞으로 나왔다. 짧은 금
발에 잘 다듬어진 수염, 화려한 수가 놓인 깃 달린 상의, 정교하
게 장식된 칼자루. 그가 누군지, 나는 단번에 알았다.

야이의 아버지였다.

"그 애는 어디 있지? 그 쪼그만 계집년 어딨어?"

그는 원장 수녀님과 대면하자 그분의 권위와 위엄에 잠깐 멈칫했지만 뒤로 물러서지는 않았다. 대신 칼자루를 꽉 쥐었다.

"내 것을 내놓아라, 여자여. 그러면 너희들은 아무 일 없이 무사할 것이다."

그러나 그의 눈빛은 다른 말을 하고 있었다.

"당신은 잘못 알고 있다."

두 손을 높이 든 원장 수녀님의 목소리는 근엄했고 그 위엄 있는 자태도 흔들림이 없었다.

"이곳에 네 것은 없다. 그리고 화를 걱정해야 할 자는 당신들이지."

야이의 아버지가 원장 수녀님의 한쪽 어깨를 툭 쳤다. 뒤에 있던 남자들이 깜짝 놀라며 두려움에 떨었다. 아무 일도 일어나지 않았다.

"개처럼 낑낑대는 소리는 집어치워."

그가 으르렁거리며 원장 수녀님께 가까이 다가서 물었다.

"그 애 어딨어? 지금 어디에 있어, 내—"

분노에 찬 그가 화를 참으며 말했다.

"—딸."

"그 아이는 이제 나의 딸이다. 가거라."

원장 수녀님이 조용히 말했다.

"그만!"

야이의 아버지가 버럭 소리를 지르고서 자기 사람들에게 말했다.

"건물들 뒤져. 오크레트, 이쪽 사내들을 데려가라. 비니안, 너는 이쪽. 누굴 찾아야 하는지는 잘 알겠지."

남자들은 검을 뽑아 들었다. 몇몇은 남아 수녀님들과 수련 수녀들을 둘러쌌다. 패거리의 우두머리처럼 보이는 한 사내가 오수녀님과 로즈에게 가까이 붙어 있었다. 밝은 금색 수염을 양 갈래로 손질한 그는 실크처럼 매끄러운 상의를 걸치고 있었고 허리에 찬 톱니 모양의 단검은 거의 내 팔뚝만큼이나 컸다. 손과 이마에는 문신이 가득했다. 남자는 로즈를 뚫어지게 쳐다보면서 입안으로 혀를 날름거렸다. 로즈는 이를 못 본 척 바다 쪽을 향해 고개를 돌리고 있었다.

다른 남자들은 야이 아버지와 비슷한 옷을 입은 두 남자를 따라 흩어졌다. 한 명은 어렸고 한 명은 나이가 꽤 있어 보였다. 그들은 금세 돌아왔다.

"형님, 건물 안에는 아무도 없습니다."

나이 든 남자가 말했다.

"그런데 저 건물은 잠겨 있어요, 삼촌."

어려 보이는 남자가 지식의 집을 가리키며 말했다. 그도 야이 아버지처럼 검정 상의를 입고 있었다. 어린 남자는 자기 삼촌과 눈을 맞추지 않았다. 대신 흰옷을 입고 서 있는 여자들을 둘러보고는 발밑으로 시선을 돌렸다. 그러고는 초조한 듯 허리에 찬 단검을 만지작거렸다.

"그럼 가서 문을 부술 만한 걸 들고 와! 당장!"

야이의 아버지가 소리를 질렀다.

나는 창턱에서 내려와 램프와 불쏘시개를 낚아채 교실 밖으로 뛰어나갔다.

　샌들을 벗어 던지고 숨소리도 죽인 채 지하실을 향해 달렸다. 문밖에서 남자들이 웅성거리는 소리가 들려왔다. 나는 숨이 턱 막혔다. 남자들이 금방 문을 부수고 들어올 것이다. 이제 그들이 올 것이다.

　남자들 목소리를 듣고 이미 사태를 파악한 야이는 내가 지하실 안으로 들어가자마자 곧바로 문을 닫았다. 문은 소리 없이 닫혔다. 나는 램프에 불을 붙였다. 희미한 불빛 아래로 아이들의 하얗게 질린 얼굴이 보였다. 일렁이는 불꽃이 회색 돌벽과 구불구불한 계단을 밝혀주었다. 누구도 감히 말을 꺼내지 않았다. 그저 침묵 속에서 우리는 한 명씩 계단을 내려갔다. 나도 무서웠지만 선두에 설 수밖에 없었다. 계단은 그리 길지 않아서 지하실 바닥은 중앙 뜰 정도의 높이일 것 같았다. 계단을 다 내려가니 좁고 기다란 지하실이 나타났다. 천장이 낮고 벽은 땅속에 있던 암석이 그대로 사용된 것 같았다. 벽 양쪽에는 움푹 파인 벽감이 있었으며 그 공간에는 아무런 장식도 없었다. 한기가 돌았다. 그러나 버려진 곳은 아니었다. 마루는 깨끗했고 방 중앙에 자리한 작은 제단에는 크론에게 바치는 제물이 놓여 있었다. 지난가을에 수확한 겨울 사과와 아름다운 월장석, 뱀의 허물이 있었다.

　야이와 나는 램프를 높이 들어 앞을 밝혔다. 머뭇거리며 안으로 들어가 주위를 둘러보았다. 벽감 안에서 옅은 빛이 새어 나오고 있었다. 그 안에는 메노스 섬에서 살다 돌아가신 수녀님들의 유해가 있었다. 두개골의 검은 구멍 사이에, 손가락 마디에, 유해 구석구석에 크론의 그림자가 도사리고 있었다. 크론의 존재가 이토록 강하게 느껴진 건 처음이었다. 달의 무도에서조차 이 정도는 아니었다. 크론의 문이 눈앞에 나타난 건 아니었지만 나는 알았다. 문은 그곳에 있었다. 우리를 지켜보며 기회를 염탐하고 있었다. 아이들은 겁에 질려 아무 말도 못 하고 나와 야이 옆에 꼭 붙어 있었다. 지하실은 아주 길어 반대쪽 끝이 어둠에 묻혀 보이지 않았다.

"문 뒤에 방어벽을 쌓을 만한 게 안 보여."

야이가 램프를 들고 주변을 비춰보며 말했다. 나는 마른침을 삼켰다.

"그 사람들이 문을 찾지 못하길 바라자."

방을 맨 끝까지 둘러보고 나서야 그곳은 방이 아니라 동굴이라는 사실을 알게 되었다. 수녀님들이 유해를 모시려고 암석을 깎아 만든 지하실이었던 것이다. 지하실의 좁은 벽면은 큰 나무 문으로 막혀 있었는데 문은 오랜 세월의 풍파로 군데군데 낡고 썩어 있었다. 그 옆에는 눈에 띄게 큰 일곱 개의 벽감이 있었고 각각의 공간에는 갓 꺾은 꽃이 정성스레 놓여 있었다. 벽감마다 황동 명판에 죽은 자들의 이름이 쓰여 있었다. **카비라. 클라라스. 가라이. 에스테기. 오르세올라. 술라니. 다에라.** 일곱 개의 이름 뒤에는 전부 화려하게 장식된 기호 하나가 붙어 있었다. 글자 'I' 같았다. 그 당시에는 생각하지 못했지만 그 이후 줄곧 이 글자에 대해 생각했다.

나는 아이들을 바닥에 앉게 하고는 야이와 함께 램프를 내려놓고 자리에 앉았다. 아이들은 화이트레이디산에 소풍을 갔을 때처럼 작고 동그란 원을 만들어 앉았다. 헤오가 내 무릎 위로 올라왔다.

"남자들이 여길 내려오면 어쩌지?"

이스미가 물었다.

"바보 같은 소리 하지 마."

헤오가 장담하듯 말했다.

"마레시가 여기 있잖아. 그들은 감히 여기 들어오지 못할 거야. 그래도 만약 들어오려고 한다면."

헤오는 말을 하다 말고 크게 하품을 했다.

"달의 여자들 기억 안 나? 이번에도 여자들이 와서 바위로 쓸어버릴 거야."

아이들은 서로 머리를 기대고 무릎을 베고 팔을 허리에 두르고는 곧 잠이 들었다.

야이는 불안해 보였다. 그 애는 가만히 있지 못하고 서성이며 방 끝까지 걸어갔다가 다시 돌아오고 또다시 먼 어둠 속까지 걸어갔다 돌아오기를 반복했다. 걱정스러운 눈빛으로 주먹을 꼭 쥐고 있었다.

야이는 자신을 지켜보던 나와 눈이 마주치자 내게 걸어왔다.

"저들이 온 건 나 때문이야. 분명 수도원 사람들을 전부 죽일 거야. 내가 이곳에 죽음을 몰고 온 거나 마찬가지야. 여기 오지 말았어야 했어."

야이가 내게 손을 내밀었다.

"열쇠 줘. 내가 지금 나가면 돼. 그럼 다른 사람들은 해지지 않을지도 몰라."

그 애는 체념한 듯한 미소를 지었다.

"밖에 아직 누가 살아 있다면 말이야."

"넌 아무 데도 안 가."

나는 혜오의 머리를 살짝 옮겼다. 혜오가 자면서 긴 숨을 내쉬었다.

"지금은 안 돼. 아니, 그게 언제든 절대 못 가. 원장 수녀님이 우릴 지켜주실 거야. 무슨 일이든 다 막아주실 거야. 우린 믿어야 해."

그렇게 말하면서도 내가 진짜 그 말을 믿었는지는 나도 잘 모르겠다. 그저 믿고 싶었다. 원장 수녀님은 예전에도 이미 그들을 쫓아버린 적이 있으니까.

하지만 이번에는 그러지 못했다. 남자들이 섬에 들어왔다. 번 득이는 무기를 손에 든 채 수도원에 와 있었다.

야이는 이를 악문 채 내민 손을 거두지 않았다.

"열쇠 줘! 나 때문에 네가 다치는 건 원치 않아!"

"쉿, 아이들이 깨겠어. 남자들은 이곳에 절대 못 들어와. 그 얘기 생각나지? 지식의 집이 우릴 보호해준다는 이야기."

그 순간, 밖에서 뭔가를 쿵쿵 찧는 소리가 들려왔다. 우리 바로 위에서 들려오는 소리였다. 그 소름 끼치는 소리가 산 전체에 메아리쳤다.

야이와 내 눈이 마주쳤다.

"정문!"

"이제 아무 데도 가면 안 돼. 네가 나갔다가는 아이들이 여기 있는 것까지 그 사람들한테 들키게 될 거야. 원장 수녀님이 우리를 구하러 오실 때까지 여기 있어야 해."

야이에게는 단호하게 말했지만 속으로는 나도 확신이 없었다. 크론의 문에서 한기가 흘러나오고 있었다. 그의 숨소리가 들렸다. 크론이 우리를 기다리고 있었다. 제물을 갈망하고 있었다. 실은 나도 누가 정말 우리를 구하러 올지 확신할 수 없었다.

번쩍이는 무기를 손에 들지 않은 누군가가 말이다.

희미한 기척에 나는 눈을 떴다. 차가운 돌벽에 기댄 채 깜박 잠이 든 것이다. 헤오는 내 무릎을 베고 자고 있었다. 내가 정말 잠이 들었다니 믿을 수가 없었다. 밖에 있는 수녀님들과 친구들을 배신한 기분이었다. 그들은 한숨도 못 자고 있을 텐데. 뭔가 끔찍한 일이 벌어진 게 아니라면 말이다.

나는 램프 불을 좀 더 밝힌 뒤 주변을 살피다가 누군가 한 명이 없다는 사실을 알아차렸다. 야이였다.

나는 내 무릎 위에서 잠든 헤오를 조심히 바닥에 내려놓았다. 그 바람에 잠에서 깬 헤오는 졸린 아기 고양이처럼 끄응 하는 소리를 냈다.

"왜 그래, 마레시?"

"쉬잇, 다른 애들은 깨우지 말자. 야이가 어디 갔는지 좀 보고 올게."

"야이는 아마 동굴 안에 있을걸. 아까 거길 들여다보고 있었거든."

헤오가 잠에서 덜 깬 목소리로 말했다. 그러고는 이스미의 발쪽으로 몸을 웅크리고 다시 잠이 들었다.

처음에 나는 헤오가 무슨 말을 하는 건지 몰랐다. 그러다 누군가 지하실 끝에 있는 나무문 판자 일부를 떼어내고 나간 흔적을 발견했다.

나는 황급히 주변을 둘러봤다. 내가 램프를 들고 가면 아이들이 어둠 속에 남겨질 테니 그럴 수는 없었다. 불에 타기 좋은 널빤지 조각이 눈에 띄었다.

널빤지 위에 램프 오일을 조금 부어 불을 붙였다. 곧이어 불이 활활 타올랐다.

"헤오, 금방 올게."

내가 말했다. 헤오는 마지못해 고개를 끄덕였다. 나는 야이가 만들어놓은 깜깜한 구멍 안으로 기어들어 갔다.

동굴 안은 훨씬 좁았다. 울퉁불퉁한 바닥을 기어가다 보니 완만한 경사가 이어지는 오르막길이었다. 시야를 가리지 않기 위해 횃불을 높이 들었다. 불은 앞을 보는 것보다 마음을 안정시키는 데에 더 도움이 됐다. 한 손으로 벽을 더듬어 앞으로 나아갔다. 아이들을 오랫동안 혼자 둘 수는 없었다. 하지만 야이가 아버지에게 투항하게 둘 수도 없었다.

나는 오 수녀님이 해주신 이야기를 떠올렸다. 사람들은 각자 자기 인생에서 책임져야 할 것이 있다는 이야기와 서로에게 끔찍한 짓을 하기도 한다는 이야기들. 나는 걸음을 재촉했다.

횃불이 사그라들더니 이내 꺼져버렸다. 내 발이 얼어붙었다. 어둠이 사방에서 나를 덮쳐왔다. 크론의 암흑만큼 짙은, 낯익은 어둠이었다.

그 정도로 동굴 안이 캄캄했다. 저 멀리, 희미하지만 따뜻한 불빛이 보였다. 나는 불이 꺼져버린 널빤지를 손에서 놓고 두 손으로 벽을 더듬으며 불빛을 향해 힘껏 달렸다.

마침내 그곳에 있는 야이를 만났다. 야이는 램프를 높이 들어 위쪽을 보고 있었다.

"여기, 보여?"

야이가 말했다. 나는 숨을 헉헉 내쉬었다. 그 애는 위를 가리켰다.

"하늘이야. 밖으로 나갈 수 있어."

"가면 안 돼, 야이."

겨우 숨을 고른 뒤 내가 말했다.

"너는 우리 수도원 사람이야. 이제 더는 그 사람의 소유가 아니야."

"그래서 내가 가야만 하는 거야."

야이가 나를 보았다. 그 애는 놀라울 정도로 침착했다.

"나도 수도원 가족이니까. 이제 내게는 너희가 우나이만큼 소중해."

나는 램프 빛에 비친 야이의 얼굴을 들여다보았다. 야이의 두 눈이 우물처럼 깊었다.

"내가 올라가는 걸 도와줘."

"절대 안 돼."

우리는 한참을 서로 바라보았다. 야이가 절대 물러서지 않을 거라는 걸 알 수 있었다. 하지만 내 도움 없이 야이 혼자 동굴 밖으로 올라갈 수는 없었다. 하늘을 보니 이제 막 동이 터오고 있었다. 바다에서 불어오는 미풍에 가느다란 나뭇가지가 살랑살랑 흔들렸다.

"나 저 구멍이 어디로 난 건지 알아. 로즈 사원 바로 위쪽에 있는 산길이야. 나도 어제 발견했어."

야이가 아버지에게 제 발로 가지 못하게 할 방법을 생각해내야 했다. 야이는 이미 마음을 먹었고 내가 무슨 말을 한다고 해도 그 애 마음을 돌릴 수는 없을 것 같았다. 그렇다고 내가 여기서 동굴 밖으로 나가는 걸 도와주지 않는다면 야이는 지하실로 돌아가 정문을 통해 나갈 참이었다.

크론이 어둠 속에서 우리 주변을 맴돌고 있었다. 죽음의 냄새가 풍겨왔다. 내 머리 바로 위에 빛과 하늘, 시원한 바닷바람이 있었다. 크론을 피할 수 있을지 모른다.

"내가 올라가서 상황을 보고 올게."

나는 야이가 내 말에 동의해주길 간절히 바랐다.

"대신 네가 아이들과 있어줘. 아이들이 안전하게. 겁먹지 않게 옆에 있어줘. 이젠 그 애들이 네 동생이잖아, 야이. 내가 금방 돌아와서 무슨 상황인지 알려줄게."

야이는 생각 중인 것 같았다. 램프 불빛에 야이 얼굴이 번져 그 애가 무슨 생각을 하고 있는지 알 수 없었다. 마침내 그 애가 고개를 끄덕였다. 램프를 땅에 놓고 두 손으로 깍지를 껴 내게 올라가라고 했다. 내가 그 애 손 위로 한쪽 발을 올리자 야이가 나를 쑥 들어 올렸다. 그동안 수도원에서 온갖 일을 하면서 힘이 세진 것 같았다. 나는 손으로는 나무뿌리를 잡고 발로는 울퉁불퉁한 돌벽을 더듬어 발을 디뎠다. 그렇게 매달려 붙잡을 만한 데를 찾아가면서 조금씩 기어올라 갔다. 이제 바깥까지 얼마 남지 않았다. 바로 어젯밤 내가 이 구멍에 빠질 뻔했을 때 나를 붙잡아 주었던 나무뿌리와 가지가 보였다. 돌투성이 벽은 다행히 완전한 수직이 아니어서 손으로 붙잡고 발로 디디고 무릎으로 기어서 올라갈 수 있었다. 마지막에는 잔뜩 엉킨 억센 뿌리를 붙잡고 밖으로 나갔다. 새벽이 오고 있었다. 땅에 올라선 나는 아래를 내려다보았다.

"해가 지평선 위로 한 뼘이 닿기 전에 돌아올게. 그동안 절대 바보 같은 짓 하면 안 돼, 야이."

나는 목소리를 낮춰 말했다.

야이는 아무 말도 없었다. 깊은 동굴 아래 있는 야이의 얼굴은 보이지 않았고 그저 희미한 불빛 옆에 하얀 옷을 입은 형체가 서 있는 것만 알 수 있었다. 이윽고 그 애의 허스키한 목소리가 들려왔다.

"조심해, 마레시. 나의 자매."

이토록 조용한 수도원은 처음이었다. 사람들이 짐을 드나드는 소리도, 두레박을 삐걱거리며 물을 길어 올리는 소리도, 아이들이 까르르 장난치며 뛰노는 소리도 들리지 않았다. 정적에 싸인 수도원이 낯설었다. 젖을 짤 시간이 되었는데도 아무도 오지 않자 초조한 듯 매애 하고 우는 염소들의 울음소리만 들려왔다. 애처롭게 우는 염소의 울음소리 탓에 적막함이 더 크게 느껴졌다.

그 적막은 크론의 암흑을 생각나게 했다.

아직 해가 떠오르기 전이라 수도원은 옅은 어둠에 잠겨 있었다. 산길에서 수도원을 내려다보니 익숙한 건물들이 보였다. 내가 있는 곳에서 가장 가까운 곳은 산비탈과 맞닿아 있는 로즈 사원이었다. 로즈 사원에 가려 사원의 뜰은 보이지 않았지만 그 오른쪽에 지식의 집과 정원이 보였다. 정원은 마구 짓밟혀 있었다. 식물은 뿌리째 뽑히거나 짓이겨져 땅에 나뒹굴었다. 바다에서 바람이 불어와 죽은 식물의 맵싸하고 달큰한 냄새가 실려 왔다.

내 왼쪽에는 아직 해가 들지 않아 그늘진 중앙 뜰이 있었고 더 왼쪽에는 약간 경사진 불의 집 뜰이 있었다. 불의 집 문은 열려 있었다.

남자들은 보이지 않았다. 차라리 문신으로 뒤덮인 손에 단검을 들고 내 눈앞에서 왔다 갔다 했다면 이보다는 덜 무서웠을 것이다.

나는 들키지 않도록 기다시피 해서 산길을 내려갔다. 처음에는 덤불과 사이프러스 나무가 있어 몸을 숨길 수 있었지만 산 아래로 내려갈수록 풀이나 코르 뿌리 잎사귀들뿐이었다. 나는 숨소리도 내지 않고 조용히 움직였다. 성벽은 로즈 사원에 아주 가까이 붙어 있고 로즈 사원과 지식의 집 사이에는 샛길이 하나 있다. 산 쪽 성벽은 그렇게 높지 않은데 그건 이 험한 북동쪽 산을 넘으면서까지 누군가가 수도원을 침입할 거라고는 꿈에도 생각하지 못했기 때문이다. 그래도 내가 넘기에는 여전히 높았다. 그때 도리의 새가 날아와 담 위에 앉았다.

새의 파란색 꼬리가 새벽녘 어스름한 빛에 거무스레하게 보였다. 새가 신경질적으로 날개를 파닥이며 내 주위를 맴돌더니 사원의 뜰을 내려다보았다. 나는 새에게로 갔다.

"새야."

나는 새를 불렀다. 지금까지도 그때 왜 내가 새에게 말을 걸었는지 모르겠다.

"새야, 도리는 어디 있니?"

새가 나를 물끄러미 보았다. 새의 어두운 눈이 순간 반짝였다.

새는 짧게 꽥 울더니 내 머리 위로 날아와 앉았다. 날카로운 발톱이 내 머리를 긁고 머리카락을 헝클어트렸다. 새를 떼어놓으려는 사이, 다른 새가 날아와 발톱으로 내 팔뚝을 잡았다. 도리의 새 때문에 고개를 들 수 없어 팔뚝을 잡은 게 어떤 새인지도 알 수 없었다. 이 새들을 살살 떨어뜨리려는데 이번에는 다른 새가 한쪽 어깨에, 그리고 또 다른 새가 반대쪽 어깨에, 그리고 양손에까지 새들이 날아와 차례대로 앉았다. 계속해서 새가 날아와 온몸이 새들에 둘러싸인 형국이었는데 새들의 날카로운 발톱에도 나는 상처 하나 입지 않았다. 나는 새가 몇 마리인지 세다가 너무 많아 잊어버렸다. 그렇게 새들 아래 꼼짝도 못 하고 어리둥절하게 서 있는데 갑자기 몸이 가벼워졌다. 내가 하늘 위로 붕 떠오르고 있었다. 눈 깜짝할 사이에 새들이 나를 들어 올리더니 하늘을 날아 다시 땅으로 데려다주었다. 그러고는 조용히 날아가 사라졌다. 그땐 얼이 빠져, 날 들어 올린 게 새가 맞는지도 확신이 들지 않았다. 도리의 새가 내 머리에서 폴짝 내려와 오른손 위에 앉았고 나는 산발이 되어 눈 앞을 가리고 있던 머리카락을 뒤로 쓸어 넘겼다. 그런데 정신을 차리고 보니 내가 성벽 안쪽에 들어와 있는 것이었다. 나는 얼른 지식의 집과 로즈 사원 사이에 난 길을 따라 사원의 뜰로 갔다. 뭔가 움직이는 게 보였다. 곧이어 수도원에선 들을 수 없던 거칠고 어두운 목소리가 들렸다.

나는 지식의 집 쪽으로 달려가 벽 뒤로 바짝 붙었다. 도리의 새는 날아갔고 나는 귀퉁이에 숨어 주변을 살폈다.

도리의 새는 로즈 사원으로 날아가 창문에 앉았다. 그러더니 부리로 창문을 콕콕 두드리며 슬픈 울음소리를 냈다. 뜰에서 돌멩이 하나가 날아왔다. 돌은 간발의 차로 새를 비껴갔지만 장밋빛 스테인드글라스가 쨍그랑 소리를 내며 산산조각이 났다. 남자들이 웃음을 터뜨렸다. 새가 깍깍 울면서 빨간색, 파란색 깃털을 파닥여 날아올랐다. 그러고는 돌이 다시 날아올 걸 알면서도 그 자리에 다시 앉았다.

도리가 사원에 있는 것이다!

남자들의 그림자가 뜰을 오가는 게 보였다. 또다시 돌이 날아와 새의 오른쪽 창문을 하나 더 맞혔다. 새는 포기한 듯 지붕 가장 높은 곳으로 날아가 앉았다. 웃음소리와 상스러운 말소리가 들려왔다. 패거리 중 높은 사람으로 보이는 한 명이 나를 등지고 서 있었는데 허리에 달려 있는 톱니 모양의 단검을 보자 누군지 알 것 같았다. 로즈에게 바싹 붙어 있던 남자였다. 삭발 머리에 허벅지는 나무 몸통만큼 굵었다. 문신이 잔뜩 그려진 손에 큰 돌을 들고 있었는데 손가락 몇 개가 없었다. 남자는 사정거리 밖으로 벗어난 새가 앉아 있는 지붕을 올려다보았다.

"아직도 그 계집을 못 찾았어. 그런데 어떻게 떠나?"

누군가 말하자 지붕을 보던 남자가 고개를 돌렸다.

"사리안은 쓸데없는 얘기나 듣고 있어. 어쨌든 그 계집이 여기 없잖아. 우린 떠나면 돼. 폭풍도 이상했어. 사리안 말은 더 들을 필요 없다고. 그러니 우린 여기에 온 진짜 이유만 얻고 떠나면 되는 거야. 다른 곳으로 가자."

그가 말하며 어깨를 으쓱했다.

"집으로 말이지?" 또 다른 남자가 콧방귀를 끼며 끼어들었다.

"그 계집애 같은 비니안이 그러던데. 저 위에 은화가 쌓여 있다고. 우리 보수는 저기서 챙기면 돼."

남자가 달의 뜰을 가리켰다.

"그리고 이 안에서도."

손가락이 없는 남자가 로즈 사원을 가리키자 남자들이 저속한 웃음을 터뜨렸다.

사원 안에서 무슨 일이 벌어지고 있는지 알아야 했다.

내 바로 뒤에 지식의 정원을 빙 두른 낮은 담이 있었다. 그 담은 주욱 이어지다가 수도원의 성벽과 수직으로 딱 만난다. 나는 낮은 담 위로 기어올라 가 성벽을 향해 걸었다. 중심을 잡기가 쉽지 않았다. 담을 디디고 성벽으로 오르는 건 어렵지 않았다. 그리고 성벽은 두껍게 지어져 걷기에도 더 편했다. 남자들이 있는 뜰에서는 지식의 집이나 로즈 사원에 가려 내가 보이지 않았지만, 나를 가려줄 건물이 없는 구간에서는 그들이 안 보는 틈을 타 냅다 뛰는 수밖에 없었다. 다행히 나를 보지 못한 것 같았다. 로즈 사원 뒤편과 가깝게 맞닿은 성벽에 도착해 보니 사원에는 내가 선 높이에 안으로 움푹 들어간 창이 나 있었다. 나는 힘껏 뛰어 간신히 사원 창문으로 건너갔다. 붉은색 창문이라 안에 있는 사람들에게 들키지 않고 안을 볼 수 있었다.

나는 눈에 두 손을 동그랗게 말아 쥐고 안을 들여다보았다.

눈이 어둠에 적응하고 나서야 사원 홀이 시야에 들어왔다. 수련 수녀들과 수녀님들은 홀 중앙에 잡혀 있었다. 그들은 내 쪽을 등진 채 문을 보고 서 있었다. 나는 모두 무사한지 보려고 머릿수를 셌다. 남자들이 침입했을 때 불의 집에 따로 있었던 시실과 에르스 수녀님, 요엠이 생각났다. 안이 너무 어두워 잘 보이지 않아 수를 셀 때마다 숫자가 달라졌다. 그때 누군가 한 명이 살짝 움직였다. 그 바람에 그의 황동색 머리카락이 일순간 반짝였다. 시실이었다. 그 애가 살아 있었다.

시간이 좀 지나자 안이 더 잘 보였다. 남자 두 명이 문 앞을 지키고 있었고 세 명은 제단 위에서 주사위를 던지고 있었다.

로즈 사원 안에서 주사위라니.

남자들이 섬에 발을 들인 순간 이곳이 더럽혀진 건 알고 있었지만 이건 충격적이었다. 로즈 사원에 남자들이라니. 신은 그들을 막지 못했다.

사원 문이 요란스럽게 열렸다. 짧게 깎은 금발에 콧수염을 잘 다듬은 남자가 사원을 쿵쿵 걸어 들어왔다. 야이의 아버지였다. 그 뒤로는 야이의 아버지를 각각 삼촌, 형님이라고 부르며 지시를 받던 남자 둘도 따라왔다. 셋은 모두 허리에 날렵한 은색 단검을 차고 있었다. 칼자루에 빨간 보석이 잔뜩 박힌 야이 아버지의 검이 그중 단연 제일 값비싸 보였다. 그들은 수녀님들과 수련 수녀들을 지나쳐 곧장 제단 앞으로 갔다.

"그 애는 어디 있나?"

야이 아버지가 분노를 억누르듯 천천히 말했다. 고함치는 것보다 그렇게 조용히 말하는 게 더 위협적으로 느껴졌다.

"여기 수장과 이야기하겠다!"

수녀님들 무리가 술렁였다. 원장 수녀님이 제단 앞으로 나아갔다. 야이의 아버지가 원장 수녀님을 손가락으로 가리키며 말했다.

"마지막으로 묻겠다. 내 딸, 어디 있나?"

원장 수녀님이 말없이 그의 눈을 똑바로 보았다. 그가 고래고 래 욕설을 퍼부으며 계단을 내려와 원장 수녀님의 입가를 후려 쳤다. 수녀님의 고개가 홱 돌아갔지만 원장 수녀님은 한 발짝도 물러서지 않았다. 주사위 놀이를 하던 남자들도 깜짝 놀라 벌떡 일어났다. 그들은 무슨 일이 생길까 봐 벌벌 떨었지만 아무 일도 일어나지 않았다.

"보았느냐?"

야이의 아버지가 남자들에게 말했다.

"너희는 이 여자들을 두려워하지만 이들에게 마법 같은 능력 따윈 없다. 그날 만났던 폭풍도 평범한 폭풍이었을 뿐, 이들과는 아무 상관이 없어. 이것들도 집에나 들어앉아 있는 여편네들과 똑같은, 평범하고 약해빠진 계집들일 뿐이다."

그는 자기 패거리에게 시범이라도 보여주듯, 천천히 칼을 뽑 아 원장 수녀님의 가슴에 갖다 댔다. 그러고는 나이 든 여자의 살에 칼을 꽂으려면 얼마만큼 깊이 찔러야 하는지 알아보려는 듯 쿡쿡 찔러댔다.

"건물은 모조리 뒤져봤어요. 몇 번씩이나요, 삼촌."

그의 조카가 밖을 가리키며 말했다. 가느다란 금색 콧수염이 시선을 끌었다.

"그 애는 이곳에 없어요. 우리가 오기 전에 달아난 게 틀림없 어요. 폭풍이 잦아들자마자 떠났을지도 몰라요."

그의 목소리가 거의 애원하다시피 했다.

"시끄럽다, 비니안."

야이의 아버지가 분노로 씩씩댔다.

"그 계집애는 여기 있다. 난 알아. 문이 잠긴 서재 안에 분명 누가 있다. 그 애가 어디로 갔는지 난 알아야겠다."

그는 자기 조카에게로 몸을 돌리더니 칼끝을 겨누며 말했다.

"그 계집을 찾는 건 네게도 중요한 일이다. 모르겠느냐? 우리 가족의 이름에 이렇게 먹칠을 한 계집을 가만두면 아무도 자기 딸을 네게 신붓감으로 주지 않을 게다. 일도 못 찾고 다른 남자들에게 웃음거리나 되겠지."

비니안은 물러섰지만 그의 얼굴에는 언뜻 절망감이 스쳤다.

사리안이 원장 수녀님을 다시 보았다.

"우린 그 계집을 찾기 전엔 떠나지 않아. 난 기다릴 수 있다 만……."

사리안은 주사위 놀이를 하던 남자들을 검으로 가리켰다.

"저치들은 그러지 못할 텐데."

원장 수녀님이 여전히 아무 대꾸도 하지 않자 사리안은 수녀님의 어깨를 움켜쥐며 말했다.

"그때 가서 당신 탓을 해봐, 어디. 난 명예를 아는 남자답게 행동했다. 당신들을 이 짐승 같은 놈들에게서 지켜주려고 말이야. 하지만 보다시피 저들은 그저 고용된 일꾼들이지. 하찮은 범죄자나 일거리 없는 뱃사람, 수배돼서 도망 다니는 놈들. 저놈들은 여기까지 왔으니 대가를 받아야 하거든. 이제 기다리는 것도 지쳤을 거다."

뒤로 한 발 물러난 사리안은 자기 일당들에게 고개를 끄덕여 신호를 보냈다.

"가봐. 알아서들 해. 그래도 우리가 밖에 나갈 때까진 좀 기다려. 소란스러운 소리를 듣고 싶진 않으니까."

그는 동생과 조카에게 따라 나오라는 신호를 보냈다.

비니안은 고개를 푹 숙인 채 허둥지둥 그 자리를 떠났다.

셋은 사원을 나갔고 다른 남자들은 남았다. 남자들은 뭔가 미심쩍은 눈으로 수녀님들과 수련 수녀들을 쳐다보았다. 무기에서도 손을 떼지 않았다. 그들은 여전히 두려워하고 있었다. 뱃사람인 그들은 며칠 전 만났던 폭풍이 예사 폭풍과는 다르다는 사실을 알고 있었던 것이다.

하지만 그들의 눈앞에 아름다운 시실이 보였다. 사내 하나가 한 손에 칼을 든 채 다른 한 손으로 시실의 팔을 붙잡았다. 시실이 저항했지만 소용없었다. 그가 씩 웃었다.

"너희도 알아서 해!"

다른 두 명도 제단에서 내려와 먹잇감을 찾았다. 누가 보초를 설 것인가로 잠시 실랑이가 벌어졌다. 그들은 여전히 수도원 여자들을 두려워하고 있었다.

남자들은 악마의 주문을 물리치기라도 하듯 바닥에 침을 탁 뱉고 칼끝을 만지작거렸다.

시실이 비명을 질렀다. 그 순간, 누군가가 무리를 헤치고 앞으로 나와 시실을 붙잡았다. 요엠이었다.

"안 돼!" 요엠이 소리쳤다. 요엠의 목소리가 분명했다. "그 애한테 손대지 마!"

요엠은 야이가 어디에 숨어 있는지 말할 것이다. 나는 소리를 지를 뻔했다. 앞으로 달려가 요엠의 입을 막고 싶었다. 심장이 너무 빨리 뛰어 머리가 빙빙 돌았다. 요엠이 시실 앞을 가로막았다. 요엠의 얼굴은 보이지 않았지만 그 애가 팔을 벌리고 시실을 막고 있는 모습이 보였다.

"날 데려가."

요엠이 말했다. 남자가 천박한 웃음을 터뜨렸다.

"너를? 저 빨간 머리 대신에? 멍청한 소리 집어치워."

남자가 귀찮다는 듯 요엠을 밀쳤지만 그 애는 꼼짝도 하지 않았다. 대신 남자의 중심 부위를 발로 힘껏 찼다. 그는 고통스러워하며 몸부림을 쳤다. 그러나 금세 일어나 요엠의 얼굴을 후려갈겼다. 퍽, 끔찍한 소리가 났다. 요엠이 고꾸라져 그의 발밑에 쓰러졌다. 남자는 한 손으로 검을 높이 쳐들고 다른 한 손으로는 시실의 머리채를 잡았다. 다른 남자들도 칼을 뽑아 들었다. 그들에게 이런 종류의 저항은 별것도 아니었다. 주술이 불러온 듯한 바람도, 수상한 폭풍도 아니었으니까. 남자들은 이런 대항이라면 익숙했고 얼마든지 상대할 수 있었다. 그들은 피 냄새에 익숙했다.

"멈춰라."

누군가 외쳤다. 부드럽지만 다른 소란을 잠재울 만큼 강인한 목소리였다.

로즈가 제단 위로 올라갔다. 그러고는 입고 있던 옷을 벗었다. 장밋빛 스테인드글라스를 통해 들어오는 아침 햇살에 로즈의 몸이 붉게 물든 것처럼 보였다. 그의 흘러내리는 머리카락과 팔과 다리가 광채를 발하고 있었다. 로즈의 아름다움은 이 세상의 것이 아니었다. 사원에 있는 그 누구도 그에게서 눈을 떼지 못했다. 남자들은 보지 못했다. 그 순간, 로즈는 더 이상 신을 섬기는 종이 아니었다. 신이 로즈의 모습으로 오신 것이었다. 신의 아름다움을 마주한 자는 모두 마법에 걸려든다. 신은 우리 여자들의 몸에 감춰진 비밀을 잘 알고 계셨다.

"나는 이 사원의 사제이자 메이든의 종이다. 그것이 무슨 뜻인 줄이나 아느냐?"

로즈는 두 팔을 벌리고 미소를 지었다. 그 미소가 너무 아름답고 강렬해 그를 바라보는 내 눈이 시렸다.

"이제 싸움은 필요 없다. 이런 소란도 필요하지 않다. 나는 내가 뭘 하고 있는지 잘 알고 있다. 너희가 원하는 것을 줄 테니 따라오거라."

로즈의 목소리는 자기 것이 아니었다. 크론의 목소리처럼 깊은 곳에서 울려 나오고 있었다. 메이든과 크론. 시작과 끝이었다. 로즈는 시실을 붙잡고 있던 남자를 가리켰다.

"너부터 시작하겠다. 따라오거라."

남자는 넋을 잃고 순순히 따라갔다. 로즈가 제단 위에 있는 방으로 들어가자 남자는 로즈에게서 눈을 떼지 못한 채 스르르 따라 들어갔다. 그는 이제 시실은 완전히 잊은 듯했다.

"보르테, 문 잘 지켜. 소란 나지 않게."

남자의 목소리가 홀린 듯 취해 있었다.

"다음은 너잖아. 좀 기다리라고. 이 여자들을 감시해야 하니까. 정신 빠져 있으면 안 돼."

"내 평생 저렇게 예쁜 여자는 본 적이 없어."

보르테가 팔짱을 끼고 서서 중얼거리며 말했다.

문이 닫혔다.

문 뒤에서 소리가 들려왔다. 절대 듣고 싶지 않은 소리였다.

원장 수녀님이 팔을 들어 올렸다.

"로즈의 노래를! 노래를 불러라!"

원장 수녀님이 노래를 시작했다. 여자와 아이들, 모두 노래를 불렀다. 메이든과 로즈, 그분의 지혜와 아름다움을 노래했다. 남자들이 막으려고 했지만 여자들의 노래를 막을 수 있는 건 아무것도 없었다.

나는 창가에 웅크리고 앉아 두 손에 얼굴을 파묻었다. 안을 들여다볼 필요는 없었다. 노래가 모든 걸 말하고 있었다. 아침이 밝았으니 약속한 대로 얼른 야이와 아이들에게 돌아가야 했다. 그러나 로즈를 두고 차마 사원을 떠날 수가 없었다. 사원의 문이 열리고 닫히기를 반복했다. 뜰에서 보초를 서던 남자들도 차례로 들어오고 있었다. 자리를 뜨는 것이 로즈에 대한 배신처럼 느껴졌다.

노래가 끝난 건 이미 오전이 절반쯤 지나고 나서였다. 나는 다시 똑바로 앉아 사원 안을 들여다보았다. 새를 향해 돌을 던지던 손가락이 몇 개 없는 남자가 대리석 계단에 앉아 자기 검을 유심히 살피고 있었다. 매끈하던 검이 이제 뭔가로 얼룩져 있었다. 검은 덩어리가 엉겨 붙어 있었다. 피였다. 남자는 칼을 닦지도 않고 만족스러운 표정으로 그 피를 이리저리 들여다보고 있었다. 그는 피를 보는 것을 즐기는 사람이었다.

사원 안은 고요했다. 다시 적막이 흘렀다. 나는 야이에게 돌아
가야 했다. 자리에서 일어나 돌아서려던 그때, 뭔가 쾅 하고 굉
음이 울렸다.

사리안이었다. 그가 오크레트와 비니안과 함께 문 앞에 서 있
었다.

"내 인내심은 끝났다. 여자여, 앞으로 나와라."

그가 조용히 말했다.

원장 수녀님이 앞으로 나갔다. 사리안도 자기 무리를 이끌고
사원 안으로 들어왔다. 열댓은 되어 보였다.

문이 열리자 아침 햇빛이 사원 안을 비추었다. 원장 수녀님의
단호한 얼굴과 길게 늘어뜨린 회색 머리카락이 보였다. 햇빛이
모든 걸 환하게 드러냈다. 사리안이 검을 뽑았다. 그는 햇빛에
반사되어 번득이는 검을 앞뒤로 천천히 살피며 입을 뗐다.

"우리는 이 망할 섬을 이 잡듯 뒤졌다. 계곡에 있는 수도원까
지 가보았지. 그러나 찾은 건 그저 겁먹은 노인네들뿐이었어. 내
딸은 어디에도 없었다."

사리안은 그렇게 말하며 잘 보이지도 않는 얼룩을 소매로 쓱
쓱 닦아 도로 허리에 찼다. 그러고는 원장 수녀님 옆에 서 있는
손가락 잘린 남자에게 손짓했다.

"네 칼을 다오."

남자는 잠깐 망설였으나 피로 얼룩진 자기 검을 넘겨주었다.

"이놈들이 작은 보상을 얻긴 했지만 알다시피 오래가지는 못
할 거다."

사리안은 원장 수녀님의 턱 끝에 칼을 들이댔다.

"그러니 마지막으로 묻겠다. 그 빌어먹을 계집은 어디 있나? 은혜도 모르고 집을 나가 내 집안에 수치와 불명예를 가져온 내 딸년 말이다."

"이곳에 네 딸은 없다."

원장 수녀님이 칼에 맞서듯 턱을 치켜들었다.

사리안은 고개를 저었다.

"잘 들어라. 그건 내가 듣고 싶은 대답이 아니야. 그러나 내가 듣고 싶은 답이 이 망할 노친네 입안에 들어 있다는 건 내가 알고 있지."

사리안은 원장 수녀님의 턱을 붙잡고 강제로 입을 열었다.

"내가 직접 캐내면 된다."

그는 톱니 모양의 검을 원장 수녀님의 입안에 들이밀었다.

수녀님의 입에서 피가 흘러나와 턱을 타고 내려갔다. 나는 비명이 터져 나올 뻔한 걸 가까스로 틀어막았다. 그러나 원장 수녀님은 한 치의 흐트러짐도 없이 꼿꼿이 서 있었다.

"나는 그것만 찾으면 된다. 내가 원하는 답은 어디 있나?"

사리안은 칼을 조금 더 밀어 넣었고 수녀님의 입에서 또다시 피가 흘러나왔다. 그는 수녀님 입속에 찔러 넣은 칼을 빼더니 피로 얼룩진 칼을 보면서 만족스러운 표정을 지었다. 그러고는 움켜쥐고 있던 수녀님의 턱을 그제야 놓았다.

"그래서, 그년은 어디 있지?"

"태초의 어머니께서 그 아이를 보호하고 계신다."

피를 삼키느라 목소리가 제대로 나오지 않았지만 원장 수녀님의 목소리에는 여전히 위엄이 실려 있었다. 수녀님은 진실을 말씀하고 계셨다. 그러나 사리안이 그 진실을 이해할 리 없었다. 원장 수녀님은 손을 뻗어 사리안의 뒤에 멍하니 서 있는 남자들에게 말했다.

"내 말을 들어라. 너희들은 이 섬에 있으면 위험에 빠질 것이다. 폭풍과 바람 한 점 없던 고요를 기억하느냐? 지금 즉시 떠나라. 그러면 살 수 있다."

원장 수녀님이 한 마디, 한 마디 입을 뗄 때마다 입안에서 피가 흘러나왔다.

사리안은 욕지거리를 내뱉으며 주먹으로 수녀님의 입을 쳤다. 몇몇 남자들은 후환이 두려워 벌벌 떨었다.

"우린 여기 너무 오래 있었소. 삯을 주시오. 이제 집으로 돌아가겠소."

손가락이 잘린 남자가 중얼거리며 말했다.

화가 난 사리안이 두 팔을 벌리며 소리쳤다.

"여기서 원하는 건 다 가져가라고 말하지 않았나?"

"하지만 여기엔 값나가는 게 없단 말이오."

짜증이 난 남자가 불평했다.

"금붙이, 은붙이 몇 개 빼면 여기 있는 거라고는 책이나 이불, 음식, 짐승이 다요. 은화가 쌓여 있다고 하지 않았소!"

사리안이 남자의 어깨를 움켜잡았다.

"거래 조건은 이미 알 텐데. 여기에 아무것도 없는 게 내 탓은 아니지."

여기저기서 볼멘소리가 터져 나오기 시작했다. 해적들은 문신으로 뒤덮인 주먹을 꽉 쥐고 발을 굴렀다. 붉으락푸르락 달아오른 얼굴 때문에 안 그래도 사나운 눈썹이 더욱 짙어졌다. 별안간 나는 깨달았다. 그리고 사리안의 머릿속에도 같은 생각이 스친 것 같았다. 사리안과 그의 동생, 조카는 좋은 옷에 비싼 검을 들고 있었지만, 사리안이 고용한 해적들은 평범한 무기를 들었고, 몸에 흉터도 가득했으며, 머릿수도 훨씬 많았다. 원장 수녀님은 이 둘을 갈라놓으려는 것이었다. 그들을 서로 등지게 할 수 있는 건 딱 하나였다.

사리안은 두 손으로 검을 움켜쥐었다.

"당신은 독을 너무 많이 퍼뜨렸어."

그는 침착하게 말했지만 불안해 보였다. 이마에는 땀이 송골송골 맺혔다. 원장 수녀님의 심장에 칼을 겨눈 손도 미세하게 떨리고 있었다. 수녀님은 고개를 들어 그의 두 눈을 똑바로 마주보았다. 사리안은 분명 사람을 죽이는 것을, 그러니까 자기 눈을 똑바로 바라보는 사람을 제 손으로 죽이는 것을 두려워하고 있었다. 그러나 그는 이미 살인을 한 적이 있었다.

바로 그때, 원장 수녀님 뒤로 문이 나타났다. 높고 좁은 은색 문. 크론의 문이었다.

내 입에서 비명이 터져 나왔지만 아무도 알아차리지 못했다. 동시에 들려온 다른 소리가 모든 걸 뒤덮었다. 사원 문 앞에 하얀 형체가 나타났다. 사원 안으로 쏟아져 들어오는 햇빛에 그의 금빛 머리카락이 별처럼 광채를 발했다.

"제가 왔어요, 아버지."

사람들이 일제히 그쪽을 향해 고개를 돌렸다. 원장 수녀님이 손을 뻗으며 소리쳤다.

"야이, 안 돼!"

원장 수녀님은 처음으로 두려워 보였다.

야이는 원장 수녀님을 보지 않았다. 그 애는 다른 사람들은 존재하지도 않는 것처럼 아버지만 똑바로 바라보았다.

사리안은 칼을 야이에게로 돌렸다.

"이 망할 계집."

야이는 아무 말도 하지 않았다.

사리안은 피로 얼룩진 검을 손가락이 잘린 남자에게 돌려주었다.

"나는 이 아이를 데리고 배로 갈 테니 너희는 원하는 것을 챙겨라. 우리는 정오에 돌아간다. 오크레트, 비니안, 다른 여자들 잘 감시해."

사리안은 난폭하게 야이 팔을 움켜쥐고 앞으로 밀치며 뜰로 나갔다.

배의 선장으로 보이는 손가락 잘린 남자는 주변에 소리쳤다.

"들었지? 챙길 수 있는 건 다 챙겨. 그것 말고 더 받을 수 있는 건 없어 보이니까."

사리안의 형제인 오크레트가 뭐라고 중얼거렸지만 남자는 신경 쓰지 않았다.

그 뒤로는 어떻게 된 일인지 나도 모른다. 나는 곧바로 창문에서 뛰어내려 정신없이 달렸다. 그들이 염소 문으로 가고 있으니 내가 더 빨리 가야 한다. 내가 뭘 할 수 있을지는 몰랐지만 생각할 시간이 없었다. 너무 많은 시간을 낭비했다. 그래서 야이가 지하실을 떠난 것이다. 로즈 사원을 나와 수련 수녀의 집 지붕 위로 뛰어내렸다. 그러고는 지붕을 기어올라 반대편 지붕으로 미끄러져 내려갔고 망설일 시간도 없이 땅으로 뛰어내렸다. 더는 지체할 수 없었다. 나는 땅에 떨어지면서 돌바닥에 부딪혀 바닥에 벌러덩 자빠지고 말았다.

마레시.

어둠 속에서 크론이 속삭였다.

마레시.

크론의 목소리를 듣자 정신이 번쩍 들었다. 나는 벌떡 일어났다. 너무 늦기 전에 얼른 따라잡아야 한다. 다리는 그렇게 아프지 않았다. 나는 다시 내달렸다. 새벽 계단을 뛰어 올라갔다. 그곳엔 아무도 없었다. 염소 문이 열려 있었다. 나는 문밖으로 달려 나갔다.

야이가 내 앞 얼마 떨어지지 않은 곳에서 산길을 따라 걷고 있었다. 그 길을 벗어나면 바로 벼랑인지라 허리 높이의 낮은 담을 세워둔 길이었다. 야이의 뒤에는 아버지가 있었다. 허옇게 드러난 야이의 가냘픈 등 때문에 그 애가 한없이 약해 보였다. 야이는 완전히 무방비 상태였다. 사리안은 씩씩대며 계속해서 뭐라고 떠들었는데 내 헐떡이는 숨소리와 쿵쾅거리는 심장소리 때문에 단어만 조각조각 들려왔다.

망신. 나를 거역하다니. 정말 그럴 줄 알았느냐. 네 언니처럼. 창녀. 우나이.

야이가 걸음을 뚝 멈췄다. 아버지가 손을 들어 퍽, 그 애의 머리를 세게 후려쳤다.

나는 비명을 질렀다.

그 소리에 사리안이 뒤를 돌아봤다. 야이가 아버지의 뒤에 있었다. 그 순간, 휙 뭔가가 움직였다. 다부진 팔. 단 한 번의 가격. 정확한 손놀림. 절벽으로 떨어지는 사리안의 얼굴이 충격으로 일그러졌다. 사리안이 떨어진 곳은 며칠 전 우리가 폭풍을 불러 왔을 때 굴러 내려온 돌 때문에 담이 무너진 자리였다. 나는 담 밖으로 고개를 내밀어 떨어지는 그를 보았다. 그는 낭떠러지에 한 번, 두 번, 세 번 부딪히며 떨어졌다. 그가 바위 위에 떨어졌을 때는 흔적도 거의 보이지 않았다. 반짝이는 검정 옷 나부랭이만 바람에 휘날릴 뿐이었다.

야이는 그 자리에 얼어붙어 있었다. 충격으로 넋을 잃은 채 자기 손을 멍하니 바라보고 있었다. 그러다 현실을 깨닫고는 화들짝 놀라 자기 손을 몸에서 멀리 떼어놓으려는 것처럼 쭉 뻗었다. 야이를 꼭 안아주고 싶었다. 야이에게 다가가려는 순간, 누군가 뒤에서 나를 밀치고 야이를 향해 달려갔다. 비니안이었다. 그는 절벽 아래를 내려다보았다. 그러고는 야이를 보았다. 야이는 여전히 손을 앞으로 뻗은 채 안 그래도 큰 눈을 더 크게 뜨고 비니안을 보았다.

비니안도 움직이지 않았다. 그 둘은 내가 있는 걸 신경 쓰지 않았다. 비니안이 야이를 공격할까 봐 나도 뒤에서 마음의 준비를 하고 있었다.

"내가 아버지를 데리고 떠날게."

비니안이 천천히 말했다.

"싸움이 있었다고 할게. 그래서 네가…… 절벽에서 떨어졌다고. 너랑 너의 아버지 둘 다 말이야."

야이는 아무 말도 하지 않았다.

"내 아버지는 한시라도 빨리 여길 떠나고 싶어 하셔. 너희 아버지가 살아 있는지 확인하겠다고 절벽 아래까지 기어 내려가진 않을 거야."

"어머닌…… 살아 계셔?"

그제야 야이의 손이 떨리기 시작했다.

비니안이 고개를 끄덕였다.

"응, 네 아버지가…… 네 아버지는 네 어머니가 직접 보길 원했거든……. 당신이 딸을 벌할 때를 말이야."

야이의 손이 털썩 아래로 떨어졌다. 그 애의 얼굴에 미소가 번졌다. 순식간에 얼굴이 변했다. 내가 알던 야이가 맞는지 헷갈릴 정도였다. 그 애의 두 눈에 기쁨이 넘쳤다.

"그러니까 어머니가 이제 자유란 말이지. 어머니가 드디어 자유라고!"

"할 수 있다면 내가 도울게."

"어머니께 난 잘 지내고 있다고 전해줘. 내 집을 찾았다고. 약속해 줄래?"

비니안이 고개를 끄덕였다.

"그런데 왜?"

야이가 몹시 궁금한 표정으로 물었다.

"왜 나를 잡아서 데려가지 않아? 넌 칼도 있잖아."

야이가 단검을 가리켰다.

"왜 나를 돕는 거야?"

비니안의 몸이 굳었다. 목소리도 작아 거의 들리지 않았다.

"나에겐 비밀이 하나 있어. 아버지가 알게 되면 아마 날 죽일 거야. 이 섬에 온 뒤 내내 그 생각을 했어. 다음엔 나를 잡으러 오겠구나."

"우린 그럴 거라고 생각했어."

야이가 말했다. 소년은 깜짝 놀라 가슴이 철렁한 듯 보였지만 야이가 고개를 흔들었다.

"걱정하지 마. 우리 여자들끼리만 그렇게 생각한 거야. 아무에게도 말 안 했어. 너는 다른 남자들처럼 여자를 쳐다보지 않았거든. 그래서 눈치챘어."

어머니 소식에 기뻐하던 야이의 표정이 일순간 어두워졌다.

"너도 어서 그 집을 벗어나. 고향을 떠나. 네가 안전히 지낼 수 있는 곳을 찾아."

그때, 수도원 쪽에서 와 하는 의기양양한 고함이 터져 나왔다.

"찾았다! 보물이 숨겨진 곳을 찾았어! 책만 가득 들어차 있는 줄 알았더니 비밀 문이 하나 있어. 서둘러. 불 좀 가져와!"

지하실이다. 남자들이 기어코 지하실을 찾아낸 것이다.

나는 뒤도 돌아보지 않고 뛰었다. 앞만 보고 산길을 정신없이 내달렸다. 내 발길에 차인 돌들이 사방으로 튀었다. 말이 전속력으로 질주하듯 시끄러운 소리를 냈지만 상관없었다. 내가 아이들을 두고 나왔다. 야이도 그곳을 나왔다. 아이들만 홀로 남자들 무리에 남겨진 것이다.

그 뒤에 벌어진 일들은 말로 표현하기 어렵다. 내 기억은 흐릿하고 기억하는 것들조차 설명하기가 쉽지 않다. 하지만 최선을 다해 남겨보겠다. 오 수녀님이 말씀하시길, 그 이상 내가 할 수 있는 건 없다고 하셨다. 지금 이 글을 쓰면서도 그때의 기억을 떠올리면 무서워 심장이 떨린다. 내가 하는 말이 잘 전달되길 바랄 뿐이다.

나는 산길에 있는 동굴 통로로 달려갔다. 야이가 혼자 나올 때 사용했는지 나무토막이 동굴 바닥에 쌓여 있었다. 나는 굴 안으로 기어 내려갔다. 캄캄한 어둠 속에 혼자 남겨지자 크론의 목소리가 들려왔다.

마레시. 내 것을 다오.

손으로 벽을 더듬어가며 달려가다 넘어지면 다시 일어나 달리고 그러다 넘어지면 또다시 일어나 달리기를 반복했다. 헐벗은 발이 돌과 나뭇가지에 긁혀 온통 상처투성이였다. 멀리서 남자들의 목소리가 들려왔지만 길은 끝이 보이지 않았다. 칠흑 같은 어둠 속에서 가쁜 내 숨소리만 메아리처럼 울려 퍼졌다. 아이들 목소리는 들리지 않았다.

마침내 지하실에 있는 낡은 나무문 앞에 다다랐다. 지하실 반대편에서 촛불이 희미하게 깜박거리고 있었다. 나는 걸음을 멈췄다. 문에 기대어 잠시 숨을 골랐다. 어떤 장면을 마주할지 겁이 났다.

아이들에게 쓰라고 두고 간 오일 램프가 보였다. 불은 이미 꺼져 있었다. 자고 있던 아이들이 보이지 않았다. 어디에도 없었다. 지하실은 남자들로 가득했다. 해적들이 모두 그곳에 모인 것 같았다. 그들은 횃불과 램프를 들고 바쁘게 움직였다. 깜박거리는 촛불에 비친 그들 검의 그림자가 춤을 추듯 사방에서 어른거렸다. 남자들의 우락부락한 손이 수녀님들의 유골까지 뒤져 금은보화를 찾고 있었다. 그중 한 명이 중앙에 버티고 서, 이 모든 것을 지켜보았다. 그들의 우두머리, 손가락이 없는 남자였다. 사내들의 움직임을 하나도 놓치지 않고 지켜보는 삭발한 뒤통수가 보였다. 그는 콧구멍을 벌렁거리며 가쁜 숨을 몰아쉬고 있었다. 피비린내 나는 먹잇감을 앞에 두고 킁킁대는 짐승 같았다. 한 손은 톱니 모양의 단검에 올리고 있었다. 나는 그 칼끝에서 눈을 떼지 못했다. 칼에 묻은 피는 이제 검게 변해 있었다. 로즈의 피. 그리고 원장 수녀님의 피.

마레시.

크론이 속삭였다.

"아무것도 없잖아."

우두머리가 신성한 지하실 바닥에 침을 퉤 뱉었다.

"무덤뿐이잖아! 왜 우릴 뼈다귀밖에 없는 데로 부른 거야?"

허리에 칼을 두 개나 찬 땅딸막한 남자가 벽감을 뒤지던 것을 멈추고 팔짱을 꼈다.

"사람들은 다들 망자에게 제물을 바치잖아! 이 족속들은 그런 것도 안 한다는 걸 내가 어떻게 알았겠어?"

우두머리는 머리를 만지작거리며 마지막으로 주위를 한 번 더 둘러보았다. 금색 수염 아래로 입안에서 혀를 굴렸다. 남자가 갑자기 동작을 멈췄다. 옆 사람이 들고 있던 횃불을 홱 빼앗아 들고는 벽감 하나를 비추었다. 그는 씨익 소름 끼치는 미소를 지었다.

"우리가 귀여운 보물을 찾은 것 같군."

그가 조용히 말했다. 그러더니 벽감 안쪽으로 칼을 쑥 들이밀었다.

"저리 가!"

어린 목소리가 새어 나왔다. 헤오였다.

비명을 지르거나 울지 않았다. 그저 짧은 외침뿐이었다. 저리가! 용감한 내 동생들. 남자들이 몰려올 때 아이들은 혼자 있었다. 자기들이 유일하게 할 수 있었던 일, 숨을 만한 곳을 찾은 것이다. 내가 같이 있었더라면 동굴 밖으로 데리고 나올 수 있었을 텐데. 그런데 지금은 덫에 걸린 쥐와 마찬가지였다. 문 뒤에 서 있던 나는 횃불과 램프에서 피어오르는 연기 사이로 모든 상황을 지켜볼 수 있었다. 그런데 한 발짝도 움직일 수가 없었다. 모두 내 탓이었다. 원장 수녀님이 내게 하신 유일한 부탁이었는데 그 약속을 지키지 못했다. 부끄럽고 두려운 마음에 심장이 차갑게 식는 것 같았다.

"이 어린 것들을 팔면 꽤 받을 수 있겠어. 매음굴로 넘기는 거야 식은 죽 먹기지. 두 팔 벌려 환영할 만한 장사꾼들이 여럿 있다고."

우두머리는 입맛을 쩝쩝 다시며 벽감 안으로 검을 더 밀어 넣었다.

"집으로 돌아가는 길에 내가 교육을 좀 해줄 수도 있고 말이야. 이렇게 어린 여자애들은 고분고분하거든."

"저리 가!"

헤오가 다시 소리쳤다.

"신이 당신을 벌하실 거야. 이미 여기 와 계신 걸 모르겠어?"

남자들이 웃음을 터뜨렸다. 하지만 나도 알 수 있었다. 벽감 안에서도, 방 구석구석에서도 크론의 숨소리가 너무 크게 울려 남자들이 이걸 듣지 못한다는 게 믿기지 않았다.

마레시.

그가 속삭였다.

내가 원하는 것을 다오.

나는 비명이 터져 나올 것 같아 손으로 입을 꾹 막았다.

우두머리는 손에 들고 있던 횃불을 옆 사람에게 건넨 뒤, 벽감 안으로 손을 넣어 포악스럽게 헤오를 끌어냈다. 그는 헤오의 가 느다란 팔을 붙잡더니 그 애를 똑바로 세웠다. 헤오의 가냘픈 목 과 벌거벗은 발이 보였다. 남자가 헤오의 다리 쪽으로 손을 가져 갔다.

그 순간 나는 앞으로 나가려고 온 힘을 다했다. 그런데 신께 맹세코 그게 내 뜻대로 되지 않았다. 나는 겁에 질려 있었다. 그 때 느꼈던 공포심만큼이나 지금 이 글을 쓰면서 부끄러움을 느 끼고 있다. 헤오가 위험에 처해 있는데도 바로 뛰어나가지 못했 다. 나는 온몸을 부들거리며 가까스로 굴을 기어나갔다. 다리가 후들거려 제대로 서 있을 수도 없었다. 헤오는 이제 악을 쓰며 비명을 지르고 있었다. 그런데도 나는 여전히 입에서 손을 떼지 못한 채 무거운 진창을 걷듯 힘겹게 발을 내딛고 있었다. 남자들 이 손에 든 시퍼런 검이 무서웠다. 남자들이 나를 보았다. 그들 은 검은 입을 벌리고 소리를 지르며 내게 달려왔다. 바로 그때, 보았다. 크론의 은빛 문. 문은 내내 그곳에 있던 것처럼 오른쪽 벽에 나타났다. 이 섬에 있는 다른 문들처럼 선명하고 생생했다.

모서리가 닳고, 손잡이도 반질반질했다. 그저 다른 문들처럼 안과 밖을 나누는 평범한 문이었다. 문은 아직 닫혀 있다. 크론과 우리의 세계는 아직 분리되어 있었다.

마레시.

나는 손가락이 잘린 그 우두머리를 향해 힘겹게 걸었다. 크론이 내 귓가에 대고 속삭였다.

마레시.

그가 헤오를 밀쳐내고 칼을 들어 내 배를 찔렀다. 크론이 나를 다시 불렀다. 내 피가 칼을 타고 흘러 로즈 그리고 원장 수녀님의 피와 섞였다. 신의 세 가지 모습, 로즈, 마더, 크론의 피가 한데 만난 것이다. 로즈와 원장 수녀님이 시작이었고 내가 끝이었다. 크론의 목소리가 걷잡을 수 없이 커졌다. 그 목소리가 너무 커 헤오의 비명마저 까마득하게 들렸다. 나는 크론의 그림자 위로 털썩 쓰러졌다. 바닥에 엎드린 채 그 은빛 문을 향해 기어갔다. 크론이 내 귓가에 대고 자신의 진짜 이름을 말해주었다. 나는 피가 흥건한 돌바닥에 미끄러지고 넘어졌다. 손에서도 피가 뚝뚝 떨어졌다. 크론의 그림자가 나를 어루만지며 어둠 속으로 이끌었다. 문고리를 향해 손을 뻗었지만 닿지 않았다. 그래도 일어서야만 한다. 한 손으로는 배를 움켜쥐고 벽에 기대어 가까스로 몸을 일으켰다.

내 것을 가져오거라.

어둠과 고통의 신이 내게 속삭였다. 결국 나는 그에게 복종했고 문을 열었다.

문을 열자 암흑뿐이었다. 이 세상에 존재하지 않는 깊고 깊은 어둠이라 아무것도 보이지 않았다. 입안에 피가 가득 찼다. 나는 바닥에 털썩 무릎을 꿇었다. 앞이 보이지 않았다. 그러나 들을 수는 있었다.

문이 열리자 크론은 거침없이 뻗어나갔다. 크론의 무덤에 제 발로 걸어 들어온 제물을 하나씩 집어삼켰다. 한 명씩, 한 명씩 차례대로 남자들은 헝겊 인형처럼 돌바닥에 내동댕이쳐졌다. 발악하고 비명을 지르는 소리, 뼈가 으드득 으스러지는 소리가 들렸다. 자기들이 처한 운명을 깨달은 남자들은 공포에 질려 짐승처럼 울부짖었다. 그들의 두려움이 지하실을 가득 메웠다. 창자와 인분 냄새로 공기가 매캐했다. 피로 흥건한 바닥에 나뒹굴던 횃불이 칙 소리를 내며 사그라들었다. 크론은 그들이 해로운 벌레라도 되는 것처럼 뭉개버렸다.

배를 움켜쥔 내 손가락 사이로 흘러나온 피가 땅을 적시며 크론의 문 앞까지 가닿았다. 내 피가 그 문을 열어두고 있었던 것이다. 살을 에는 고통이 나를 어둠 속으로 데려가지 않도록 정신을 차려야 했다. 내 어린 자매들을 위해 이 일을 끝내야만 했다. 크론을 위해서도.

크론이 입을 크게 벌렸다. 그의 시큼한 숨결이 내 뺨에 닿았다. 크론은 숨을 크게 들이마시며 남자들을 하나씩 하나씩 빨아들였다. 사내들은 차가운 돌바닥에 내던져진 뒤에도 숨이 붙어 있었다. 그들은 벌벌 떨며 악을 썼다. 크론은 남자들을 산 채로 데려가고 싶어 했다. 그들의 육체와 정신, 완전한 파멸을 원했다. 크론은 머리카락 한 올조차 남기지 않았다. 보이지는 않았지만 나는 냄새로 알 수 있었다. 땀과 쇠, 피비린내가 가득했다. 그들 중 몇몇은 문으로 빨려들어 가면서 손을 뻗어 나를 붙잡으려 했지만 한낱 인간인 그들의 힘은 크론의 힘 앞에선 아무것도 아니었다. 그들이 깊은 암흑 속으로 사라지자 비명 소리가 간데없이 뚝 끊겼다.

지하실은 고요했다. 그제야 비로소 나는 모든 걸 내려놓고 바닥 위로 푹 쓰러졌다. 이제 끝이다. 이젠 나와 크론, 둘뿐이었다. 내 차례가 온 것이다.

마레시, 넌 내 것이다. 이제 알겠느냐?

나는 입을 뗄 수가 없었다. 목소리가 나오지 않았다. 크론의 영토로 들어서는 문턱에 선 나는 그의 말이 진실이라는 것을 알았다. 그래서 내가 여태껏 어느 수녀님께도 부름을 받지 못한 것이었다. 크론은 굶주림의 겨울에 이미 나를 선택했고 표시를 해두었다. 나는 그의 것이었다.

내게 오거라, 더 이상의 고통은 없을 것이니.

크론의 목소리는 마치 어머니처럼 부드럽고 따뜻했다. 크론과 마더, 메이든은 하나였다. 그들은 신의 각기 다른 모습일 뿐이었다.

이곳으로 오거라.

모든 것이 시작되고 끝나는 곳,

모든 것이 죽고 새로 태어나는 곳.

마레시, 너는 무엇보다 지식을 소중히 여긴다.

궁극의 지식이 이곳에 있다.

네가 바라온 모든 것이 여기 있나니.

내게 오거라.

크론은 원한다면 나를 데려갈 수 있었다. 하지만 그는 내게 강요하지 않고 청하고 있었다.

그 순간, 깊은 어둠이 덮쳐오는 동시에 누군가 내 손을 와락 잡았다. 나는 그 손을 꼭 붙잡고 매달렸다.

가끔 나는 내가 겁쟁이처럼 도망친 게 아닐까 생각한다. 용감하게 크론의 문을 건너가 그곳에 무엇이 있는지 봤어야 했는지도 모른다. 크론은 내가 꿈도 꾸지 못할 그 이상의 지식을 주겠다고 했다. 이 세상에서는 절대 얻을 수 없는 지식을 말이다. 사실 궁금하다. 아니, 단순히 궁금한 정도가 아니라, 얻을 수 있었지만 놓쳐버린 지식에 대한 갈망으로 때때로 밤잠을 이루지 못하고 온몸이 아프다. 하지만 용기가 없었다. 나는 지금 살고 있는 세상에서 가능한 한 아주 오래 머물고 싶다. 책과 염소, 나덤 빵 그리고 이 시원한 바람과 함께 오래도록 살고 싶다. 그래서 세상이 내게 줄 수 있는 것들과 내가 세상에 줄 수 있는 것들이 무엇인지 알아가며 살고 싶다. 나는 아직 인생에서 하고 싶은 것들이 많다. 아직은 때가 아니다.

내가 깨어났을 때 가장 먼저 눈앞에 보인 건 야이의 얼굴이었다. 그 애의 하얀 얼굴과 금빛 머리카락 그리고 그 어느 때보다 진한 다크서클이 눈에 띄었다. 그러나 내 눈이 여전히 어둠에 익숙한 탓인지 앞이 잘 보이지 않았다. 정신은 들었지만 몸은 아직 잠에서 깨지 않은 것처럼 기운이 없었다. 말을 하려다 입안이 말라 입을 떼지 못했다.

"아, 신이시여. 감사합니다. 이제 괜찮아. 여기, 입술 좀 적셔. 그런데 아직은 아무것도 마시면 안 돼."

야이가 말했다.

야이는 시원한 물이 담긴 컵을 내 입가에 대주었다. 나는 당장 그 물을 벌컥벌컥 들이켜고 싶었지만 꾹 참았다. 그래도 혀와 입술에 물이 닿으니 살 것 같았다.

"나르 수녀님을 모셔 올게."

야이가 일어났다.

"잠깐."

목소리가 거의 나오지 않아 나에게조차 들리지 않는데 야이가 나를 돌아보았다.

"무슨 일이 있었는지 먼저 말해줘."

야이가 미소를 지었다. 평소에는 잘 볼 수 없던 미소였다.

"너 이미 그 질문 했었어. 회복 중이라 그래."

야이가 내 이불을 고쳐 덮어주었다. 나는 몸에 감각이 거의 없어 몸 위에 덮인 이불도 느껴지지 않았다. 걱정하는 내 얼굴을 본 야이가 조심스레 말했다.

"나르 수녀님이 독한 약초를 쓰셨어. 네가 나을 때까지 고통을 좀 줄여준대. 네 배에 난 상처가 너무 깊었거든. 열도 있고."

야이는 손을 만지작거렸다.

"우리는…… 우린 네가 떠나는 줄로만 알았어."

나는 내가 얼마 만에 깨어난 건지 알고 싶었지만 입 밖으로 말이 나오지 않았다. 야이는 궁금해하는 내 표정을 보더니 먼저 말해주었다.

"너 여기 나르 수녀님 방에 지금 3일째 누워 있는 거야. 수녀님 말씀으로는 한동안 누워 있어야 한대."

침대 아래쪽에서 뭔가가 꿈틀거렸다. 작고 까만 머리 하나가 불쑥 올라와 실눈을 뜨고 나를 보았다.

"마레시! 깼구나!"

"쉬잇, 소리 지르지 마. 나르 수녀님이 오시기 전에 마레시가 알고 싶은 게 있대."

야이가 나를 보았다.

"헤오가 내내 네 침대 밑에서 자면서 널 기다렸어."

"음, 떠날 수가 없었는걸."

헤오가 내 손을 잡으며 말했다. 나는 헤오를 지하실에 두고 떠난 게 생각나 움찔했다. 그런 나를 보고 헤오가 급히 손을 뺐다.

"아팠어?"

나는 희미하게 웃었다.

"아니, 손잡아 줘. 좋아."

헤오가 안도하며 웃었다. 그리고 지나칠 정도로 조심하며 내 손을 다시 잡았다. 내 손을 잡은 헤오의 손을 나는 기억할 수 있었다.

"헤오, 너지? 내 손을 잡은 게."

말이 입 밖으로 겨우겨우 나왔다.

"지하실에서."

헤오가 천천히 고개를 끄덕였다.

"응. 마레시가 칼에 찔리는 순간, 순식간에 주변이 깜깜해졌어. 애들은 벽감 안쪽에서 웅크리고 있었고 남자들은 소리를 고래고래 질렀고 끔찍했어. 넌 쓰러져 있었는데 바닥이 네 피로 흥건했어. 너무 무서웠어. 네가 죽을까 봐 너무 무서워서 네 손을 꼭 잡았어."

"네가 날 구했어. 헤오 네 덕분에 내가 여기 있는 거야."

헤오는 말 없이 내 손을 꼭 잡았다. 그 애는 자기가 날 구했다는 걸 이미 이해하고 있는 것 같았다. 헤오의 웃고 떠드는 모습만 본 사람들은 잘 모르는 사실이지만, 헤오는 늘 많은 걸 알고 있었다.

나는 야이를 보았다. 다음 질문은 꺼내기가 무척 힘들었다.

"다른 사람들은…… 다른 사람들은 모두……."

"응. 모두 무사해, 마레시. 로즈도 무사하고. 좀 다쳤지만. 삼촌이랑 비니안, 남자들 몇은 바로 떠났어. 지하실에 안 가고 사원을 감시하던 남자가 셋 있었거든. 그런데 지하실에서 비명소리가 들려오고 다른 남자들이 아무도 나타나지 않으니까 곧장 떠나버렸어. 내가 곧바로 수녀님과 수련 수녀들을 풀어줬고."

"그리고 수녀님들이 지하실로 내려오셨어." 헤오가 끼어들었다. "이스미랑 다른 애들을 데려가셨고. 나르 수녀님이 붕대로 네 상처를 감고 우리가 너를 여기로 데려왔어."

"헤오, 미안해. 내가 그래선 안 됐는데—"

"쉿, 마레시."

헤오는 거의 오 수녀님만큼이나 엄격한 목소리로 말했다.

"넌 그저 해야 할 일을 한 거야. 넌 늘 네가 생각하는 최선을 다하잖아."

"나야말로. 내가 곧장 아버지에게 갔어야 했는데. 그럼 아무 일도 없었을 거야."

야이가 침통하게 말했다.

"음, 아마 그랬다면 지금쯤 넌 북쪽으로 가는 배를 타고 있었을 거야."

헤오가 말했다.

내가 야이를 쳐다보자 야이가 고개를 끄덕였다.

"응, 무슨 일이 있었는지 다 얘기했어. 아버지가 죽은 거······. 그런 끔찍한 비밀을 숨기고는 살 수 없어."

"아무도 야이를 비난하지 않아. 원장 수녀님도 같은 상황이었다면 똑같이 했을 거라고 말씀하셨어."

헤오가 힘주어 말했다.

묻고 싶은 게 더 많았는데 진통제 효과가 떨어지기 시작했는지 몸의 감각이 돌아오고 있었다. 말로 표현할 수 없는 고통이 밀려왔다. 야이가 하얗게 질린 얼굴로 나르 수녀님을 모시러 달려 나갔다. 수녀님이 붕대와 물약을 가지고 달려오셨다. 나는 다시 깊은 잠에 빠졌다.

몸이 조금씩 좋아지자 물을 마시기 시작했고, 음식도 먹고, 병문 안을 오는 사람들도 만났다. 가장 먼저 친구들이 왔다. 엔니케, 도리, 토올란, 시실. 요엠조차 만나니 반가웠다. 친구들이 늘어놓는 온갖 이야기와 농담에 아무리 웃지 않으려 애써도 웃음이 터져 나와 상처 부위가 아팠다. 혼자 있는 시간도 많았다. 나는 침대에 누워 생각했다. 생각할 게 너무 많았다. 머릿속에서 어떤 결심이 자라났다. 사실 절대 마주하고 싶지 않았는데. 머리로는 내가 뭘 해야 하는지 알고 있었다. 하지만 그걸 실행할 용기가 없었다. 상처 부위가 너무 아파 잠들지 못하는 밤이면 내 욕심과 양심이 밤을 새워 싸웠다. 창밖에 떠 있는 달이 가만히 나를 내려다보았다.

나르 수녀님은 나를 잘 돌봐주셨다. 수녀님은 내 건강이 많이 좋아졌다고 판단하신 것 같았다. 어느 날 아침, 잠에서 깨고 보니 원장 수녀님께서 내 침대맡에 계셨다. 오 수녀님도 그 뒤에 등을 꽃꽂이 세우고 알 수 없는 표정으로 서 계셨다. 나는 오 수녀님이 내 침대로 와 내 머리를 쓰다듬고 안아주시길 바랐지만 수녀님은 원장 수녀님 뒤에 무뚝뚝하게 서 계셨다.

"마레시, 나르 수녀님 말씀이 네가 많이 좋아졌다더구나."

원장 수녀님이 말씀하셨다.

나는 똑바로 앉으려고 몸을 일으켰다.

"네, 많이 좋아졌어요. 이제 진통용 허브를 먹지 않아도 돼요. 그리고 묽은 음식도 먹을 수 있어요."

"일어나지 않아도 된다."

원장 수녀님은 내 침대 옆으로 의자를 끌고 와 앉았다.

"지하실에서 무슨 일이 일어났는지 말해줄 수 있겠니?"

"그곳에…… 크론이 있었어요."

나는 어디서부터 시작해야 할지 몰라 주춤거렸다. 원장 수녀님이 나를 격려하듯 고개를 끄덕이셨다.

"실은 달의 무도에서 크론의 문을 봤어요. 크론이 저를 불렀어요. 저는 그 문을 알고 있었고요. 제 여동생이 죽었을 때 그 문이 나타났거든요. 제 가족이 모두 굶주렸던 추운 겨울에요. 너무 무서웠어요. 크론이 저를 데려가려고 다시 온 줄 알았어요."

나는 고개를 흔들었다.

"제가 잘못 알았던 거예요. 그날 이후 내내 두려움 속에 살았어요. 어딜 가도 크론의 목소리가 절 따라왔어요. 크론이 나타나 저를 데려갈까 봐 너무 무서웠어요. 남자들이 섬에 들어왔을 때 저는 그 문이 가까이 왔다는 걸 느낄 수 있었어요. 그러곤 정말 문이 나타났고요. 때를 기다리고 있었어요. 저는 제 죽음이 다가 왔다는 암시라고 생각했어요."

나는 위로를 받고 싶어 오 수녀님을 쳐다봤지만 수녀님은 입을 굳게 다문 채 나를 가만히 지켜보고 계셨다. 나도 시선을 돌렸다.

"남자들이 지하실을 찾았다며 흥분해 고함치는 소리가 들렸고, 그곳에 아이들만 남겨져 있다는 게 생각났어요. 저는 크론이 제게 보여줬던, 지하실로 이어지는 동굴 입구로 달려갔어요. 지하실에서 크론의 문이 나타났고요. 그의 갈망을 달래려면 제가 그 문을 열어야 한다는 걸 알았어요. 그러니까 크론은 절 데려가려는 게 아니라 자신의 문을 여는 자로 절 선택한 거였어요."

"크론이 너를 불렀니? 크론이 네게도 문을 넘어오라고 명령을 했니?"

오 수녀님이 물었다.

나는 고개를 저었다.

"아니요. 크론은 제게 오라고 청했어요. 명령하지 않았어요."

원장 수녀님이 오 수녀님과 눈빛을 교환했다.

"마레시, 넌 이곳에 온 지 시간이 꽤 흘렀는데도 아직 누구의 부름도 받지 않았지. 나도 그게 의아했단다. 그런데 이제야 그 이유를 알겠구나. 네가 갈 곳을 찾은 것 같구나."

원장 수녀님이 내게 가까이 다가왔다.

때가 됐구나, 하고 나는 생각했다. 원장 수녀님께서 나를 부르시려는 것이다. 나는 답이 이미 정해져 있다는 걸 알았지만 어떻게 표현해야 좋을지 몰랐다.

원장 수녀님이 이어서 말씀하셨다.

"크론은 아주 방대한 지식을 가졌단다. 어떤 지식은 겉으로도 쉽게 알 수 있지만, 감춰진 지식도 무척 많지. 대부분의 사람은 알지 못하는 지식 말이다. 크론의 종이 숨어서 일하는 이유이기도 하단다."

원장 수녀님이 오 수녀님을 보았다.

그 순간, 나는 깨달았다. 오 수녀님의 방문에 있던 뱀. 오 수녀님은 늘 책과 지식에 둘러싸여 있었다. 모든 게 크론과 딱 맞아떨어졌다. 나는 오 수녀님을 쳐다보았지만 수녀님은 여전히 아무 말씀도 없으셨다. 원장 수녀님이 말씀하셨다.

"오 수녀님의 오는 이름이 아니란다. 그건 지위 같은 거야. 로즈의 종이 그런 것처럼 수녀에게서 수련 수녀에게로 계속 이어져 내려오는 이름이란다. 오O는 영원한 원을 의미하지. 그래서 뱀이 자기 꼬리를 무는 상징을 갖고 있단다."

원장 수녀님이 손가락을 들어 허공에 원을 그리자 초점 없는 까만 눈을 한 뱀이 입에 꼬리를 물고 있는 모습이 눈앞에 보이는 듯했다.

"오 수녀님은 크론의 비밀을 수호한단다. 크론이 네게도 보여 준 비밀 말이다."

내 심장이 빨리 뛰기 시작했다.

"마레시."

오 수녀님의 목소리는 평소보다 훨씬 더 무뚝뚝했다. 깊고 거친 수녀님의 목소리가 크론과 무척 닮았다.

"나의 주인께서 너를 부르셨다. 그는 명령하지 않고 청하셨지.

나도 그분을 따를 거야. 나의 수련 수녀가 되어주겠니?"

나는 눈물이 터져 나왔다. 얼굴은 눈물, 콧물 범벅이었고 너무 심하게 엉엉 울어 온몸이 떨리고 숨도 제대로 쉬어지지 않았다. 원장 수녀님은 당황하셨지만 오 수녀님은 곧장 내게로 와 나를 안으며 머리를 쓰다듬어 주셨다.

"그래, 그래, 아가. 괜찮다. 무엇이 마음을 짓누르는지 말해보렴, 나의 마레시."

나는 겨우 울음을 그치고 입을 열었다. 배에 난 상처보다 이 말을 해야 하는 게 훨씬 더 아팠다. 나는 오 수녀님을 꼭 안고 가슴에 얼굴을 파묻은 채 엉엉 울었다.

"그보다 제가 더 바라는 건 없어요, 수녀님. 꿈에서조차 감히 생각해본 적 없는 멋진 일이에요. 수녀님의 수련 수녀가 돼서, 수녀님이 아는 지식을 모조리 배우고, 보물의 방에서 마음껏 책을 읽는 거요……."

오 수녀님이 조용히 웃으며 나를 꽉 안아주셨다.

"그런데…… 그럴 수 없어요. 저는……"

더 이상 말을 이을 수가 없었다. 수녀님이 화를 낼 텐데. 내게 실망할 텐데. 그래서 나는 숨도 쉬지 않고 빠르게 말했다. 그래야 마음을 바꾸지 않고 내 결심을 지킬 수 있을 것 같았다.

"이곳은 세상에서 제가 제일 좋아하는 곳이에요. 여기서 공부하고, 책을 읽고, 가르치며 사는 것보다 인생을 더 멋지게 살 수 있는 방법은 없을 거예요. 그런데 그럼 안 될 것 같아요. 수녀님, 우리는 세상을 등지고 살 수 없잖아요. 여기에 살면서도 이렇게 세상의 영향을 받은걸요. 수녀님이 제게 가르쳐주신 것들을 좋은 일에 쓸 수 있는데, 이렇게 안전한 곳에서 편하게만 살겠다는 건 제 욕심 같아요. 제 고국에 있는 사람들은 미신과 무지 속에서 살고 있어요. 제가 여기서 배운 것 중 아주 일부만 알아도 사람들이 배고프고 병들어 죽는 일은 없을 거예요. 여자와 남자가 자신을 어떻게 바라봐야 하는지 그리고 서로를 어떻게 여겨야 하는지에 대한 생각도 바꿀 수 있어요. 그런 지식들을 배우면 더 넓은 세상으로 가는 새로운 창문을 열 수 있을 거예요. 그러니 저는 집으로 돌아가야 해요. 그리고 사람들을 위해 뭔가를 해야만 해요."

오 수녀님과 원장 수녀님은 조용히 내 말에 귀를 기울였다. 원장 수녀님은 의자 뒤에 등을 기대며 말씀하셨다.

"크론이 어린 네게 너무 큰 지혜를 주셨구나."

오 수녀님이 원장 수녀님을 거의 쏘아보듯 하며 말했다.

"하지만 마레시의 용기는 전적으로 이 애 것이라고요!"

어제 아침, 오 수녀님을 따라 사원의 뜰로 올라갔다. 무척 이른 아침이라 사람들이 태양 경배를 드리러 나오기 전까지는 시간이 한참 남아 있었다. 해는 아직 뜨지 않았고 섬은 여느 여름 아침의 향기로 가득했다. 아직 온기가 남아 있는 바위, 여기저기 핀 오레가노와 사이프러스, 아침 이슬과 해초 냄새. 코안새가 직선을 그리듯 하늘을 날며 끼룩 짧게 울었다. 우리는 침묵 속에 나란히 걸었다. 걸으며 바다가 아니라 수도원의 벽이며 지붕을 바라보았다. 불의 집 굴뚝에서 연기가 피어올랐다. 에르스 수녀님은 언제나 일찍 일어나셨다.

화이트레이디산 위로 해가 떠올라 하늘과 산봉우리가 금빛으로 물들었다. 나는 내가 사원의 뜰에서 한 번도 태양 경배를 드린 적이 없다는 것과 앞으로도 그럴 일이 없다는 사실을 깨달았다. 내가 수녀가 될 일도, 다른 수녀 친구들과 함께 서 익숙한 태양 경배를 드릴 일도 없을 것이다. 눈물이 날 것 같아 뒤를 돌아 눈을 깜박거렸다. 오 수녀님이 다부지고 햇볕에 그을린 손으로 내 어깨를 잡아 해를 마주 볼 수 있도록 내 몸을 돌렸다.

"마레시."

수녀님이 평소보다 더 진지한 목소리로 나를 부르셨다.

"주변을 둘러보렴. 이건 죽음의 다른 얼굴이란다. 생명이지! 생명이란 훨씬 더 강한 것이란다."

수녀님은 한동안 말없이 그저 가만히 서서 해가 온 세상을 빛으로 물들이는 광경을 바라보았고 나도 그랬다. 오 수녀님이 나를 보았다.

"나는 네가 희생하려는 걸 알고 있단다. 다른 사람들이 널 이해하지 못할 거라고 생각하겠지만 나는 이해해."

내가 고개를 저으니 수녀님이 내 턱을 부드럽게 잡아 내가 수녀님의 눈을 똑바로 바라볼 수 있게 했다. 수녀님의 뺨은 눈물로 얼룩져 있었다. 그러나 목소리는 단호했다.

"넌 내가 감히 실행하지 못한 걸 하기로 한 거야, 마레시. 나는 이곳에 남기를 선택했단다. 안전함과 책, 지식을 선택했지. 크론이 내게 보여준 것들은 너무나도 큰 유혹이라 나는 세상에 등을 돌렸어. 하지만 이번에 네가 본 것처럼 세상으로부터 숨어봤자 소용없단다. 우리가 어디에 있든 세상은 결국 우릴 찾아낼 테니까. 숨는 건 겁쟁이 같은 짓이야. 넌 나보다 훨씬 현명하단다, 마레시."

나는 수녀님의 손을 내 뺨에 가져가 댔다. 수녀님이 미소를 지으며 눈물을 닦았다.

"늘 그렇게 다른 사람들을 먼저 생각하니 네 앞날이 쉽지만은 않을 거야. 너는 다른 사람들 걱정을 너무 많이 해. 그게 너의 특별한 점이기도 하지만 말이야. 네가 떠나기 전에 필요한 것들을 최대한 많이 준비할 수 있게 내 모든 노력을 다할 거야. 원장 수녀님과도 이야기해두었단다."

수녀님의 미소가 더욱 환해졌다.

"지금 우리를 떠나기에는 넌 아직 너무 어려. 고국으로 돌아가기 전에 더 많은 걸 공부해야 한단다. 네가 원하는 건 뭐든 공부해도 돼. 나르 수녀님은 네게 약초와 치료법을 가르쳐줄 수 있고, 마레아네 수녀님은 동물을 보살피는 법을 가르쳐줄 수 있지. 원장 수녀님은 은화와 숫자, 그리고 로에니 수녀님은 피의 비밀에 관해 알려줄 수 있단다."

내 얼굴에 나타난 표정을 보고 수녀님이 웃었다.

"로에니 수녀님께도 배울 것이 많단다, 마레시."

나는 뭐라고 말을 해야 할지 몰랐다. 너무 굉장했고 믿을 수 없었다. **모든 것**을 공부하는 사람이 있다는 얘기는 들어본 적도 없었다. 수녀님 말씀대로 그렇게 많이 배우고 나면 고향에 돌아가 초록 골짜기에 학교를 지으려는 내 꿈이 조금은 더 쉽게 이뤄질지도 모른다.

중앙 뜰 쪽에서 수련 수녀의 집 문이 열리는 소리가 들렸다. 수도원에는 이제 활기가 돌 것이고 수녀님들도 사원의 뜰로 나올 것이다. 하지만 오 수녀님은 가장 중요한 말을 아직 꺼내지 않으셨다. 내 아랫입술이 떨려왔다.

수녀님이 다정한 미소를 지으며 뼈만 앙상한 몸으로 나를 안았다.

"마레시."

수녀님이 내 귓가에 대고 말했다.

"넌 이제 내 수련 수녀란다. 지식을 섬기고 크론을 섬기는. 네가 이 수도원에 머무르는 한, 너는 이제 나의 아이란다."

나는 수녀님을 아주 꼭 안았다. 나는 세상에서 가장 행복한 아이였다. 수도원에서 마침내 나의 안식처를 찾았다. 지금까지 이미 아주 많은 걸 얻었지만 이제 그보다 훨씬 더 많은 걸 얻게 되었다.

지금까지 내가 기억하는 것은 전부 여기에 썼다. 며칠 동안 오수녀님의 방에 앉아 수녀님이 쓰시던 깃펜으로 글을 쓰고 있다. 수녀님께서 주신 반지도 손에 끼고 있다. 뱀이 꼬리를 물고 있는 형상의 반지 말이다.

　야이와 엔니케가 교대로 내게 음식을 가져다주는데 그 외 다른 사람들은 이 방에 들어올 수 없다. 방 안에는 나, 공기 중에 둥둥 떠다니는 빛 그리고 거친 종이 위를 사각사각 스치는 깃펜 소리뿐이다. 밖에서 익숙한 수도원의 소리가 들려왔다. 어린아이들의 웃음소리, 염소가 매애 우는 소리, 샌들이 달그락달그락 돌 위를 걷는 소리, 바닷새의 울음소리. 원래 그곳에 있어야 할 소리가 모두 제자리에 있었다. 남자들이 섬에 쳐들어왔을 때 이곳을 지배했던 침묵은 이제 기억 속에만 있다. 이 책에 그 기억을 묻고 있으니 이제 나도 평안을 얻을 수 있기를 바란다.

이제는 밤에 악몽도 꾸지 않고 밖이 어두워도 무섭지 않다. 내 안의 어둠 또한 이제 두렵지 않다. 크론은 나를 데려가지 않을 것이다. 아직은 말이다. 크론이 나를 데리러 올 순간을 생각하면 여전히 두렵지만 이제는 때가 오면 마주할 수 있을 것 같다. 오 수녀님이 늘 내 편이 되어 도와주실 것이다. 수도원과 여기 있는 내 친구들도 모두. 삶을 두려움 없이, 마음을 다해 살아가다 보면 언젠가 그 끝이 올 때 죽음도 두렵지 않을 거라는 믿음이 생겼다. 죽음은 그저 삶의 또 다른 모습일 뿐이었다. 언젠가 나는 크론에게 나를 맡기게 될 것이고 그는 자신의 신비를 내게 드러낼 것이다. 마음 한편에서는 그게 뭘까 궁금하기도 하고 심지어 기대도 된다. 크론의 문이 다시 열리는 날, 알게 될 것이다. 그러나 먼저, 나는 삶을 살아야 한다. 살아서 배우고 배운 것을 잘 사용해야 한다. 나중에 크론을 만나게 되는 날, 그가 날 자랑스러워할 수 있게 말이다.

오 수녀님이 내게 이 이야기를 쓰라고 격려해 주셔서 기쁘다. 손으로 펜을 잡고 내가 겪은 일을 종이 위에 글로 써 내려가는 것만으로도 나는 마음이 평안해졌다. 내가 겪은 이 이야기를 글로 옮겼더니 새로운 신화나 전설처럼 느껴졌다. 수도원을 둘러싼 수많은 다른 이야기들처럼. 그리고 글로 옮기기 전에는 의미를 이해하지 못했던 일들도 지금은 더 많이 이해할 수 있게 되었다. 하지만 동시에 그 일이 더 멀게 느껴지기도 했다. 나, 로바스에서 온 수도원의 수련 수녀 마레시가 겪은 일이 아니라 다른 사람, 그러니까 크론의 문을 열었다는 마레시라는 어떤 아이에게 일어난 일처럼 느껴졌다. 더 잘 설명하고 싶은데 이보다 더 잘할 수 있는 방법을 모르겠다.

오늘 저녁, 나는 내가 쓴 이 책을 들고 오 수녀님과 함께 보물의 방으로 갈 것이다. 그리고 수도원의 이야기를 담은 그 많은 중요한 책들 사이에 내 책을 꽂을 것이다. 내가 쓴 책이 내가 늘 읽던 책들 옆에 나란히 꽂힌다고 생각하니 기분이 이상했다. 하지만 오 수녀님이 이 책이 있을 자리는 그곳이라고 말씀하셨다. 뿌듯함에 가슴이 벅차올랐다. 내 글, 마레시의 글이 앞으로 수백 년도 넘게 수도원 도서관에 있을 거라니. 내가 떠나도 나의 글은 이곳에 오래도록 남을 것이다. 그렇게 생각하자 깜깜한 밤하늘에 흩어져 있는 별들을 바라보는 기분이었다. 경이로웠다.

자, 여기까지가 32대 원장 수녀 재임 19년에 야이가 수도원에 오면서 일어난 이야기다. 크론이 내게 말을 걸고, 여자들이 머리를 빗어 폭풍을 불러일으키고, 정체불명의 남자들이 섬에 쳐들어오자 메노스 섬이 경고의 메시지를 보냈을 때 벌어진 많은 일들, 로즈가 자매들을 위해 희생하고, 그리고 나, 로바스에서 온 수도원의 수련 수녀 마레시가 크론의 문을 열었을 때 벌어진 이야기다.

에필로그

오랜만에 다시 이 글을 쓴다. 지금 나는 오 수녀님의 책상 앞에 앉아 있다. 수녀님의 책상은 지난 3년 동안 내 책상이기도 했다. 깃펜은 여전히 같은 걸 쓴다. 나도 그대로냐고? 시간이 몇 년쯤 흘러 사람이 조금 바뀌었다고 해서 그 사람이 다른 사람이 될까? 남자들이 우리 섬을 침입한 이후 벌어진 일들에 대해 내가 쓴 글을 지금 막 다시 읽어보았다. 그 모든 걸 경험한 사람이 실제 나라고 생각하니 기분이 묘했다. 그 일이 아주 먼 일처럼 느껴졌다. 그러나 그 일은 이제 지금의 나와 떼려야 뗄 수 없는 일이 되고 말았다.

이제 떠나야 할 시간이다. 그게 무엇을 뜻하는지는 아직 전혀 알 수 없고 이 말을 글로 쓰는 것만으로도 마음이 힘들다. 준비가 덜 되어서가 아니다. 지난 몇 년간 수도원 전체가 내가 떠날 준비를 마칠 수 있게 도와주었다. 나는 내가 할 수 있는 최선을 다해 그 누구보다 더 많이 배우고 공부하고 일했다. 나는 선택받은 자들만 공부할 수 있다는, 달의 집에 있는 비밀 문서들도 읽었다. 가을에는 화이트레이디산에서 지내는 특권마저 누렸다. 그곳에서 뭘 했는지는 말할 수 없지만, 새들이 나를 들어 올려 담을 넘었다고 믿었던 일이 사실은 어떻게 된 일인지도 알게 되었다. 물론 여전히 배워야 할 것들이 많고 배움에는 영원히 끝이 없을 것이다. 그러나 이제 때가 되었다.

나를 수도원으로 데려온 것은 배고픔이었다. 먹을 음식이 없었다. 그러나 다시 한번, 배고픔이 두렵다. 지식이 부족할까 봐 두렵다. 이곳 수도원에는 방대한 책이 있다. 그리고 이보다 더 많은 걸 내게 가르쳐줄 수 있는 사람들이 있다. 이제 그들 없이 내가 이 부족한 지식을 어떻게 채울 수 있을까? 원장 수녀님께선 세상 밖에는 내가 배울 것들이 무척 많다고 하셨다. 누구도 가르쳐줄 수 없고 책에도 절대 나오지 않는 것들 말이다. 원장 수녀님 말씀이 옳을 것이다. 그런 건 얻기 힘든 지식이다. 그런 지식을 얻기 위해서는 어떤 방식으로든 대가를 치러야 할 거다. 그 방식이 무엇일지 지금은 잘 모르겠다. 나는 책에서 지식을 구하는 편이 더 좋은데.

야이는 작년 여름에 눔멜 수녀님의 수련 수녀가 된 이후로 무척 바쁘게 지내고 있다. 지난가을에는 세 명의 어린 수련 수녀가 새로 들어왔고 그들 모두 야이를 그림자처럼 따르고 있다. 그런데도 야이는 자기 자유 시간을 들여, 내가 떠날 때 필요한 튜닉과 바지, 머리 스카프 같은 옷가지를 손수 만들어주었다. 나는 로바스 옷이 아니라 수도원에서 입던 방식대로 옷을 입을 계획이다. 그렇게 다른 복장으로 다니면 뭘 하든 좀 눈에 띄겠지만 더욱 안전하게 다닐 수 있을 것 같다. 내 옷은 이미 가지런히 개어져 말린 라벤더 가지와 함께 가방 안에 들어 있다. 어제 짐을 싸는 나를 보고 야이는 내가 너무 서투르다며 내 짐을 대신 싸주었다.

"너한테 짐 싸는 걸 다 맡겨두면 너는 분명 책만 쌀 거야."

야이가 옷에 묻은 라벤더꽃을 탁탁 털어내며 날 나무랐다. 그 애 말은 사실이었다. 그러나 안타깝게도 책은 많이 가져갈 수 없다. 숙소에 혼자 남았을 때, 가방을 열어보았다. 그러자 비누, 깨끗한 리넨, 라벤더 향기가 코에 훅 끼쳤다. 집의 냄새였다. 그 어떤 책보다 값지고 소중한 향기였다.

야이는 핏빛 달팽이로 물들인 망토를 만들어 내게 깜짝 선물로 주었다. 지난 달팽이 축제 때 토울란이 실을 염색하고, 베 짜기 선수인 란나와 위다가 천을 짰으며, 야이가 다른 사람들의 도움은 한사코 거절하고 혼자 바느질해 만들었다고 했다. 어느 날 저녁, 평소처럼 레몬나무 아래 둘이 앉아 시간을 보내고 있을 때 야이가 그 망토를 건넸다. 야이는 망토를 건네면서도 내 눈을 쳐다보지 않았다.

"로바스에 가서 밤에 추울 때 입어."

야이는 무심한 척 말하며 바다 쪽으로 고개를 돌렸다. 그 애도 마침내 눈이란 게 존재한다는 사실을 인정한 것 같았다.

"그렇지만 야이……."

나는 더 이상 말을 잇지 못했다. 어둠이 무서워 몸을 떨었던 밤에 야이가 내게 그래주었듯 나도 조용히 야이의 손을 꼭 잡았다. 야이도 같은 생각을 하는 것 같았다. 이제 어두운 밤이 찾아와도 내 손을 잡아줄 이가 없을 거라는 사실이 떠올랐다.

나처럼 어린 사람이 갖기에 망토는 너무 값비싼 물건이라고 생각했지만 원장 수녀님은 내가 가져가야 한다고 말씀하셨다.

"마레시, 넌 아직 너무 어리단다. 이 망토를 입으면 사람들이 널 존중할 게다. 아무리 어려도 이런 망토를 입은 여자를 함부로 대하진 못하지."

원장 수녀님이 어제 나를 마지막으로 달의 집에 불러 하신 말씀이었다.

"로바스는 속국이에요."

나는 야이가 지나칠 정도로 촘촘하게 바느질한 망토의 실크 안감을 만지작거리며 말했다.

"우룬디안의 승인 없이는 법을 만들 수도 없고 아이들을 교육해서도 안 돼요. 우룬디안의 통치자는 로바스가 계속 무지한 상태에 머물러 있길 바라고요. 어떻게 학교를 세울 수 있을지 모르겠어요."

원장 수녀님이 눈썹을 치켜올렸다. 표정이 진지했다.

"그 임무가 쉬울 거라고 생각했니? 마레시, 지금부터는 네가 스스로 길을 찾아야 한단다. 하지만 나는 너를 믿는다."

그러고는 평소에 거의 볼 수 없는 장난꾸러기 같은 미소를 지으셨다. 그렇게 웃으시니 어린 수련 수녀 같았다.

"헤오, 내 은화 주머니를 가져오렴."

헤오가 뿌듯한 표정으로 나를 보며 활짝 웃고는 원장 수녀님 책상 뒤에 있는 문을 열었다. 수녀님 방에는 그런 문이 몇 개 있는데 그 문들은 벽과 거의 구분되지 않는 모습으로 비밀을 숨겨 두고 있다. 헤오는 이제 원장 수녀님의 수련 수녀다. 달의 집의 부름을 받은 수련 수녀 중 가장 어렸다. 우리가 이걸 예상하지 못했다니. 헤오보다 달의 집에 더 딱 맞는 수련 수녀는 없었다! 우리는 헤오의 해맑음과 장난기에 속은 것이다. 하지만 그 이면 에는 그 누구에게도 없는 진실함이 숨겨져 있었다. 헤오는 언제 나 완전히 자기 자신으로 존재했다. 다른 누구도 아닌 그 애가 크론의 문 건너편에서 내 손을 잡은 건 우연이 아니었다.

헤오가 두툼한 가죽 주머니를 가져와 원장 수녀님께 건넸다. 원장 수녀님은 내게 그것을 건네주셨다.

"이 은화는 네게 많은 문을 열어줄 게다. 이게 없다면 열리지 않을 문들이지."

나는 주머니를 열어보았다. 그 안에는 반짝거리는 은화가 잔 뜩 들어 있었다. 나는 원장 수녀님과 수학을 공부한 터라 그 돈 이면 수도원 전체가 1년을 꼬박 벌어야 모을 수 있는 어마어마 한 돈이라는 걸 알 수 있었다.

"수녀님, 이건 너무 많아요."

원장 수녀님이 두고 보라는 듯 웃었다.

"얼마 지나지 않아 그 돈도 바닥날 게다. 은화가 다 떨어지고 나면 의지할 데라고는 네 뛰어난 머리밖에 없을 거야. 그리고 이 것도."

원장 수녀님이 손을 내밀자 헤오가 뭔가를 건넸다. 그건 엄청 나게 크고 반짝이는 구리 빗이었다.

"로즈가 작별 선물로 이 빗을 네게 주고 싶다고 청했단다. 로즈가 직접 윤을 낸 거야."

이제 엔니케가 로즈의 종이었다. 그 애를 엔니케라고 부르면 안 되는데 야이와 나는 자꾸 그 애의 새로운 호칭을 잊어버리곤 했다. 그럴 때마다 이전 로즈였던 에오스트레가 늘 엄격하게 꾸짖었다.

"너희가 계속 로즈의 과거를 꺼내면 로즈가 어떻게 자기 역할에 충실할 수 있겠니!"

그러면 우리는 또 늘 진지하게 듣는 척 고개를 끄덕였지만 에오스트레가 다른 쪽으로 고개를 돌리자마자 그의 딸 예야에게 웃긴 표정을 지어댔다. 그러면 예야는 까르르 웃느라 콜록콜록 기침까지 했다. 예야는 살이 통통하고 해맑다. 힘도 세고. 예야를 보면 내 동생, 안네르의 가냘픈 몸이 떠올랐다. 만약 나와 가족들이 좀 더 지식이 있었더라면, 영양 상태나 치료법에 대해 잘 알고 있었더라면 안네르에게 좀 더 많은 걸 해줄 수 있었을지도 모른다. 안네르가 굶주림의 겨울을 이겨냈을지도 모른다. 내가 집으로 돌아가야 하는 이유 중 하나다. 내가 수도원에서 배운 것들로 사람들을 살릴 수 있다.

에오스트레는 예야를 가지고 난 뒤, 로즈의 종으로서 임무를 이어가기 힘들었다. 손가락 없는 남자의 칼에 베인 흉터 때문이 아니었다. 그는 남자가 자기를 벤 것이 기쁘다고 했다. 그 덕에 로즈의 피가 원장 수녀님의 피 그리고 내 피와 섞여, 결국 크론의 문을 열었으니 말이다. 남자는 로즈를 깊이 찌르지 않았다. 애초에 죽이려던 게 아니라 고통을 주고, 상처를 남기려는 게 목적이었다. 에오스트레는 여전히 아름다웠다. 세상의 어떤 상처도 그의 아름다움을 가릴 수는 없을 것이다. 예야는 모든 걸 바꿔놓았다. 에오스트레는 이제 태초의 어머니께서 지닌 또 다른 신비에 관련된 일을 하고 있다. 나는 언젠가 에오스트레가 하바의 종이 될 것이라고 믿는다. 아이를 낳은 여자는 하바 신과 가깝다. 우선 예야가 조금 더 자라고 난 뒤의 일이겠지만. 지금 에오스트레는 예야의 어머니 역할에 전념하고 있다. 그와 무척 잘 어울린다. 에오스트레는 행복해 보였다. 하지만 동시에 피곤해 보였다.

나는 원장 수녀님 손에 들린 빗을 보았다. 그렇게 반짝반짝한 윤을 내려고 엔니케가 얼마나 열심히 닦았을지 빤히 보였다. 내가 처음 이곳에 왔을 때 엔니케를 그림자처럼 따라다녔던 일과 그 애와 처음 친구가 된 일이 생각났다. 엔니케를 다시 볼 수 있을까? 수도원 친구들과 다시 만날 수 있을까?

"빗은 수도원을 지켜주는 소중한 물건이잖아요. 수녀님이 가지고 계셔야죠."

내가 조심히 대답했다.

"주는 선물마다 거절하지 좀 마."

헤오가 미간을 찡그렸다.

"우리가 주고 싶어서 그래. 너도 널 보호할 수 있는 게 필요하잖아. 학교를 세우고 나면 네가 만나고 사랑하게 될 학생들도."

헤오가 주먹을 꼭 쥐었다.

나는 원장 수녀님의 책상을 돌아가 그 뒤에 서 있는 헤오를 꼭 안았다. 그 애는 뾰로통한 얼굴로 딱딱하게 서 있었지만 못 이기는 척 내 포옹을 받아주었다.

"널 사랑하는 만큼은 절대 아니야. 알아줬으면 좋겠어."

내가 헤오의 귓가에 대고 속삭였다. 태양과 바다 그리고 그 애 향기가 났다.

"편지 자주 할게. 남쪽으로 편지를 가져다줄 수 있는 사람을 만나면 그 즉시 할게. 내게도 편지 보내줄 거지? 약속해."

"꼭…… 가야 해, 마레시?"

헤오가 물었다. 그 애도 나를 꼭 안았다.

"네가 너무 보고 싶을 거야. 벌써 보고 싶어."

헤오가 내 튜닉에 콧물을 닦으며 말했다.

나는 몇 번이나 울음을 삼켰다. 말하고 싶은 게 너무 많았다.

"나도 네가 보고 싶을 거야. 아주 많이. 그렇지만 가야 해."

나는 헤오를 오래 안았다. 시간이 너무 짧았다. 뒤에 있던 원장 수녀님이 나를 보며 말씀하셨다.

"너무 슬퍼하지 말거라, 마레시. 새로운 일을 시작하려면 오래된 일은 흘러가도록 둬야 한단다. 그렇다고 해서 영영 잃는 건 아니란다."

그 순간, 마음속에 작은 희망의 불꽃이 일었다. 원장 수녀님은 최면 상태에 있을 때 미래에 일어나는 일들을 보신다. 입을 떼는 순간, 내 마음을 아셨는지 수녀님은 고개를 저으셨다.

"일어날 일을 미리 아는 건 절대 좋지 않아. 너의 미래는 네가 만드는 거지 내가 주는 선물 같은 것이 아니란다. 우리가 줄 수 있는 건 이제 다 주었다. 나머지는 네 몫이다."

*

    이제 나머지는 나의 몫이다. 살면서 지금처럼 겁이 난 적은 없었다. 그 칠흑 같던 지하실 안에서도, 크론의 문 앞에서조차 말이다.

내일 새벽이면 발레리아의 배 한 척이 나를 데리러 오기로 했다. 그 배를 타고, 내가 처음 바다를 만났던 무에리오로 간다. 그곳에 도착하면 이제 나는 바다를 뒤로하고 북쪽으로 계속해 걸을 것이다. 원장 수녀님이 무에리오까지 가는 배는 마련해주셨지만 거기서부터는 스스로 길을 찾아야 한다. 내가 떠날 때 수녀님과 수련 수녀가 모두 나와 작별의 노래를 불러주겠다고 했다. 뜰에 나와 서 있는 그들을 뒤로하고, 친구들이 장식해준 계단을 밟으며 해변으로 내려갈 것이다. 그들의 노래가 나를 감싸 바다까지 데려다줄 것이다. 달의 무도 같기도 하겠지만 이번에는 그들에게 돌아가지 못한다. 이번엔 계속해서 앞으로 나아가야 한다. 그들이 보이지도 들리지도 않는 곳까지 가야만 한다. 나의 친구, 나의 가족.

　지금 쓴 글의 잉크가 다 마르고 나면 저녁 무렵 이 책을 다시 보물의 방으로 가져다놓을 것이다. 그렇다, 나는 아직도 그 방을 그렇게 부른다. 매사 심각하고 엄격한 로에니 수녀님조차 나의 유치한 면을 쫓아버리지 못하셨다. 수도원 책들 속에 숨겨진 보물에 매번 놀라는 건 어쩔 수가 없다. 이제 곧 엔니케, 아니 로즈가 임무에서 살짝 빠져나오고 야이도 눔멜 수녀님의 눈을 피해 잠시 나올 것이다. 그리고 우리 셋은 함께 지식의 정원에 앉아 평소처럼 마지막으로 실컷 수다를 떨 것이다. 야이와 엔니케는 내 영원한 자매들로 남겠지만 나는 이곳에서 그들과 함께 수녀가 될 순 없다. 이 아이들의 웃음소리와 우정 없이 나 혼자 어떻게 바깥세상을 헤쳐나갈 수 있을지 모르겠다. 그러나 그래야만 한다.

*

오늘 저녁 불의 집에서 송별회가 있다. 수녀님들과 수련 수녀들이 모두 온다. 벌써 코끝에서 맛있는 나딤 빵 냄새가 감도는 것 같다. 에오스트레는 예야가 잠들기 전까진 예야도 우리와 함께 있을 거라고 약속했다. 예야의 금빛 머리카락과 호기심 많은 눈동자를 떠올릴 때마다 나는 삶이 계속된다는 사실을 기억할 것이다. 어떤 일이 일어나든 삶은 앞으로 나아갈 길을 찾는다.

오늘은 내 평생 기억에 남을 저녁이 될 것이다. 나 때문에 열리는 연회라는 사실이 여전히 믿기지 않는다. 7년 전에 처음 여기 왔을 때만 해도 혀로 문을 핥지를 않나, 어떻게 행동해야 할지 도통 아무것도 모르던 애였으니까. 저녁 식사 후에는 지하실로 내려가 크론에 봉헌을 하고 초대 수녀님들께 감사 기도를 올릴 것이다.

그리고 나면 마지막으로, 나는 오 수녀님과 사원의 뜰에 앉아 바다 너머로 지는 해를 함께 바라볼 것이다.

감사의 말

내 이야기를 들어준 트라비스, 내 글을 읽어준 미아, 그리고 다시 영감을 준 비스뷔에게 감사를 전한다. 처음부터 나를 믿고 글을 써보라며 아낌없이 지지해준 어머니, 감사드려요. 마지막으로 그 누구 못지않게 언제나 나를 응원해주고, 언제나 내 글의 약점을 날카롭게 발견해주며, 언제나 유용한 조언을 아끼지 않았던 사라에게도 고마움을 전한다.

옮긴이의 말

〈이제 막 시작된 소녀들의 노래〉

횃불을 들고 차가운 돌바닥 위를 걸어간다. 캄캄한 지하실 복도를 따라 걷다 당도한 높은 문. 철컹, 무거운 문을 열고 들어서면 바닥부터 천장까지 이어지는 수만 권의 책들이 조용한 빛을 발하고 있다. 오래된 먼지와 양피지 냄새. 언제부터 그곳을 지키고 있었을지 모르지만, 누군가에게 읽히길 바라며 아주 오래전부터 기다리고 있었을 수많은 이야기.

《레드 수도원 연대기 1 : 마레시와 소녀들》은 그런 책 하나가 내게 닿은 듯한 기분을 들게 했다. 언제부터고 그곳에 있었을 테지만 이제야 발견된, 이제야 말해지는 소녀들의 이야기. 이 책을 옮기는 동안, 나는 우리의 이야기가 부재하는지조차 몰라 목마른 줄도 몰랐던 나의 어린 시절을 돌아보게 되었다. 이 책은 폭력이 가득한 세계에 저항해 용기를 내어 싸우는, 오직 소녀들만의 이야기다. 《반지의 제왕》, 《듄》, 《허클베리 핀의 모험》을 읽으며 자란 여자들은 프로도가, 폴이, 허크가 되는 상상을 했다. 나도 이 책들을 사랑해 마지않으며 이 책들은 새삼 말을 얹기도 멋쩍을 만큼 여전히 좋은 책들이지만 어린 시절의 나에게도, 지금의 나에게도 다양한 여성들이 주인공인 서사는 너무나도 필요하다.

《반지의 제왕》을 읽는 여자들은 주인공이 되어 상상 속을 누비려면 남자가 되어야 했다(자기 상상 속에서 자신을 조연으로 두는 사람은 많지 않을 테니). 그러나 《레드 수도원 연대기 1 : 마레시와 소녀들》을 읽으면서는 그러지 않아도 된다. 마음껏 좌충우돌하는 마레시가 되었다가, 뾰족한 야이가 되었다가, 귀여운 헤오가 되었다가 자유롭게 주인공이 되어 레드 수도원의 세계에 풍덩 빠져들 수 있다. 주인공이 되기 위해 성性을 바꿀 필요도, 여자로 남기 위해 남자 주인공의 부인이나 요정이 될 필요도 없는 것이다. 여자가 주인공인 서사에 우리는 얼마나 목이 말랐는가? 자기 이야기처럼 느껴지고 그 안에서 자유롭게 유영할 수 있는 서사가 있다는 건 무척이나 귀한 일이다. 최근 들어 조금씩 많아지고 있는 여성들의 이야기가 반가운 이유다. 여자들에게는 하지 못한 이야기가, 발견되지 못한 이야기가 여전히 너무도 많다.

이 이야기는 작가 마리아 투르트샤니노프가 어느 사진 전시회에 갔다가 본 그리스의 사진 한 장에서 출발한다. 바다와 수도원이 어우러진 아름다운 풍경의 사진이었지만, 작가는 그곳이 현재까지도 여자의 출입이 금지된 곳이라는 이야기를 듣는다. 수도승들이 거주하는 그 지역은 남성 순례자가 수도원을 둘러볼 동안 여성 순례자들은 배를 타고, 그것도 해안에서 500미터 이상 떨어진 곳에서 수도원을 바라보며 순례 아닌 순례를 해야 한다. 과거도 아닌 현재 유럽에 그런 공간이 실재한다는 사실에 커다란 충격과 흥미를 동시에 느낀 작가는 반대의 경우를 상상한다. 남자가 발을 디딜 수 없는 섬이 있다면 어떨까? 그렇다면 남자들의 출입이 금지된 이유는 무엇일까? 이렇게 촉발된 질문이 마레시라는 한 수련 수녀를 탄생시켰다. 그래서일까? 마레시와 야이가 마주했던 폭력과 억압이 완전히 허구만은 아닐 것이라는 기시감이 느껴진다. 사실 조금만 눈을 돌려보아도 여자라는 이유 하나만으로 벌어지는 폭력이 크고 작게 세계 곳곳에 존재하고 있으니 말이다.

하지만 어둠이 있는 곳에 빛이 있는 법. 마레시와 야이, 엔니케, 헤오, 도리를 비롯한 수도원의 소녀들은 서로 손을 잡고 싸우는 법을 배운다. 야이에게 '안전'이라는 감정을 알게 해주고 싶다는 마레시, 죽음(크론)의 공포 때문에 어둠을 두려워하는 마레시의 손을 꼭 잡아주는 야이, 암흑 속으로 떨어지는 마레시의 손을 와락 잡는 헤오. 이들은 서로를 구원한다. 세상의 폭력 아래 웅크리고 있던 소녀들은 어딘가에 존재한다는 수도원을 기어코 찾아 나서고(그들은 결코 이야기를 흘려듣지 않는다. 자신도 모르게, 이야기의 힘을 믿는다.) 끝끝내 그곳을 찾아내며 배우고 연대하고 함께 싸운다.

수도원의 여자들은 처음에 야이의 아버지 일당을 쫓아내긴 하지만 완전히 이기지는 못한다. 그들이 곧 다시 수도원을 침략했으니까. 그러나 야이의 아버지는 첫 번째 공격 때 수도원 여자들이 일으킨 폭풍, 그것이 무너뜨린 담에서 결국 바다로 추락하고 만다. 지금은 헛되어 보이거나 미미한 저항이 결코 의미 없지 않다는, 후에 뭔가를 불러올 수 있을지도 모른다는 작가의 은밀한 귓속말인 것만 같아 작은 희망을 품게 된다. 2020년 10월, 폴란드 여성들이 임신 중지 권리를 지키기 위해 시위에 나설 때 《레드 수도원 연대기 1 : 마레시와 소녀들》을 높이 쳐든 것도 우연은 아닐 것이다. 작가는 자신의 SNS에 관련 사진을 공유하며 자신의 책의 쓰임이 무척 자랑스럽다고 밝혔고 폴란드 여성들에게 연대와 지지의 마음을 보냈다.

작가가 어느 인터뷰에서 언급했듯 이 책에는 다양한 주제가 실려 있다. 독자들은 각자의 흥미에 따라 죽음, 배움, 연대, 우정, 용기, 소명 등 서로 다른 주제를 발견한다. 뜻밖에도 나는 수도원에서 핏빛 달팽이를 다루는 방식에 눈길이 오래 머물렀다. 여자들은 핏빛 달팽이를 아주 조심히 다룬다. 언뜻 보기에도 시간이 오래 걸리고 비효율적이며 수익도 낮을 것 같다. 그러나 마레시는 이렇게 말한다. 어차피 "그렇게 많은 은화가 필요하지도 않다"라고. 그렇게까지 많은 돈이 필요하지 않다니. 보통의 사람인 우리 눈에는 돈은 많으면 많을수록 좋은 것인데 말이다. 하지만 그렇게 오직 '더 많은 돈'만을 우위에 놓고 살다 보면 정작 중요한 것들을 놓치게 되는 때가 얼마나 많은가. 그렇게 살다 보면 결국 발레리아의 사람들처럼 우리의 '달팽이' 또한 결국 단 한 마리도 살아남지 못하게 될 것이다. 우리에게 마레시가 묻는다. 정말 이만큼 필요한 게 맞아?

처음 이 책을 손에 들고 읽기 시작했을 때 마지막 장을 덮을 때까지 나는 자리에서 일어나지 못했다. 마레시의 이야기에 단번에 빨려 들어갔고 마레시가 수도원을 떠난 이후의 여정이 궁금해 당장 2권을 펼치고 싶은 욕망에 사로잡혔다. 그러나 짓궂게도 작가는 그러한 독자의 마음을 알았는지 몰랐는지 다음 책에서 레드 수도원을 세운 초대 수녀님들의 이야기를 풀어놓는다. 하지만 기대해도 좋다. 사뭇 분위기가 달라지는 2권에서는 여덟 명의 초대 수녀들의 다소 어둡지만 한층 더 흥미로운 이야기가 우리 앞에 펼쳐지니 말이다. 그리고 레드 수도원 연대기의 마지막 여정인 3권에서 마침내 마레시를 다시 만날 수 있다. 수도원을 떠난 마레시의 모험이 우리를 기다리고 있으니 끝까지 긴장을 늦추지 않기를 바란다.

마지막으로, 작가는 마레시 그리고 오 수녀님의 입을 빌려 계속해서 말한다. 여성이 자신이 겪은 일을 기록으로 남기고 후대에 전해지게 하는 일은 아주 중요하다고. 글로 남은 것들은 살아남는다. 시간을 이기고 공간을 초월해 살아남는다. 그리고 그러한 글들은 그 글이 필요한 누군가에게로, 어딘가로 전해진다. 고독한 여성들은 오아시스를 찾듯, 단 하나의 친구를 찾듯《제인 에어》와《작은 아씨들》,《자기만의 방》을 찾아내고 글을 읽으며 위안을 얻는다. 이 책에서도 배움과 발화가 금지된 소녀들에게 은밀한 귓속말이 "적들의 귀를 피해, 여자들의 노래와 금지된 전설을 통해(본문 42쪽)"가 닿는다. 마레시가 남긴 이 이야기는 필요한 이들에게 다시 전해지게 될 것이다. 마레시의 글 뒤에는 제2의 마레시가 또 글을 덧붙일 것이고 그들의 글은 다른 이들에게 용기와 지혜의 등불이 되어줄 것이다. 거칠게 말하자면 기록되지 않는 일은 존재했음조차 의심받게 된다. 기록의 역사가 기원전 3300년경 시작된 점을 고려하면 여자들이 입을 연 것은 이제 막 시작된 일이나 다름없다. 앞으로도 여자들의 이야기는 계속해서 쓰일 것이고 말해질 것이며 기존의 이야기 또한 여자들의 입을 통해 재탄생할 것이다. 마레시가 썼듯 "이제 막 시작된 여자들의 노래를 막을 수 있는 건 아무것도 없다."

이 글을 옮기는 일이 그 노래에 목소리를 보태주었길 바란다.

2022년 12월 김은지

옮김 **김은지**

영어번역가. 고려대학교 화학과를 졸업하고 대기업 해외영업팀에서 13년간 근무했다. 분야는 달랐지만 늘 경계에서 사람들 사이를 연결하고 본 것을 전하는 일을 해왔다. 어린 시절부터 읽는 일을 사랑해 읽는 기쁨을 전하고 싶어 번역가의 길로 들어섰다. 현재 글로하나 출판번역 에이전시에서 소설과 에세이를 중심으로 영미서를 리뷰, 번역하고 있다. 출간서로는 《하루 5분 UX》가 있다.

그림 **산호**

두 권의 만화책 《장례식 케이크 전문점 연옥당》과 《비와 유영》을 출간하였다. 현재 만화 《그리고 마녀는 숲으로 갔다》를 연재 중이며 그림 속에 이야기를 담는 작업을 계속하고 있다.

레드 수도원 연대기 1

1판 1쇄 인쇄 | 2023. 06. 07.
1판 1쇄 발행 | 2023. 06. 29.

마리아 투르트샤니노프 글 | 김은지 옮김 | 산호 그림

발행처 김영사 | 발행인 고세규
편집 손유리 | **디자인** 홍윤정 | **마케팅** 이철주 | **홍보** 조은우, 박다솔
등록번호 제 406-2003-036호 | **등록일자** 1979. 5. 17.
주소 경기도 파주시 문발로 197(우10881)
전화 마케팅부 031-955-3100 | 편집부 031-955-3113~20 | 팩스 031-955-3111

값은 표지에 있습니다.
ISBN 978-89-349-5179-7 03850

좋은 독자가 좋은 책을 만듭니다.
김영사는 독자 여러분의 의견에 항상 귀 기울이고 있습니다.
전자우편 book@gimmyoung.com | 홈페이지 www.gimmyoungjr.com